Das Buch

Was tust du, wenn du nur eine einzige Chance hast, dein Glück zu finden?

Ein gebrochenes Herz und ein Jetset-Leben, das einem Scherbenhaufen gleicht – viel schlimmer hätte es für die junge Emily Carsen nicht kommen können. Voller Tatendrang versucht sie in ihrer Heimatstadt einen Neuanfang, und das auf engstem Raum mit ihrem hypochondrischen Vater und ihrer gehbehinderten Schwester.

Ganz unverhofft erhält sie ein lukratives Jobangebot, das alles verändern könnte – wäre nicht zuerst ein streng gehütetes Geschäftsgeheimnis zu lüften. Als sie dem ebenso hitzköpfigen wie gut aussehenden Chris MacGowan begegnet, der mehr mit ihrem neuen Job zu tun hat, als ihr lieb ist, steht Emily aus heiterem Himmel vor der größten Chance ihres Lebens.

Nach »Sommer ins Glück« (BILD-/ Kindle-Jahresbestseller 2016), jetzt der neue Roman von Katie Jay Adams.

Die Autorin

Katie Jay Adams ist eine 1977 im wunderschönen Mayen geborene Schriftstellerin. Ihrer Familie sagt man italienische Wurzeln nach, und das nicht nur, weil ihr Vater als Junggeselle Hals über Kopf nach Italien ging. Katie hat Betriebswirtschaftslehre in Deutschland und im Ausland studiert. Bevor sie sich dazu entschied, lieber mit Wörtern statt mit Zahlen zu jonglieren, hat sie lange am Finanzplatz Luxemburg gearbeitet.

Im Juni 2016 wurde ihr Debütroman »Sommer ins Glück« auf Amazon veröffentlicht. Die Geschichte von Annie und Jona stürmte innerhalb kürzester Zeit die Amazon-Charts, stieg in die BILD-Bestseller-Liste ein und wurde Kindle Jahresbestseller 2016.

Katie lebt mit ihrem Mann und ihren beiden Kindern mitten auf dem Land, hat eine ausgeprägte Spinnenphobie, liebt Schokolade, ist ein Kaffeejunkie, hat einen Tassen- und Nagellacktick und ist am glücklichsten, wenn sie einfach nur schreiben darf.

Ihre kleine Welt ist ziemlich bunt, mindestens genauso bunt wie die sommerlichen Cover ihrer Romane.

»Du selbst zu sein, in einer Welt,
die dich ständig anders haben will,
ist die größte Errungenschaft.«
Ralph Waldo Emerson

Prolog

Zuckerberg-Krankenhaus | San Francisco | Kalifornien

Es gab kein Versprechen. Ganz sicher nicht. Er hatte schließlich nur *Okay* gesagt, und das war bloß ein Wort. So wie *Ja* auch nur ein Wort war.

Hörbar atmete er aus und lehnte sich mit verschränkten Armen gegen die Betonwand. Das Krankenzimmer mit den Einbauschränken, dem Tisch und dem einzigen Stuhl war nicht besonders einladend. Trotzdem konnte und wollte er nicht nach Hause gehen. Unruhig wippte er mit dem Fuß, obwohl er diese lästige Angewohnheit überhaupt nicht mochte.

Wie lange war er eigentlich schon hier? Verdammt, er hatte seine Armbanduhr im Club vergessen. Als der Arzt anrief, war er, so schnell es ihm möglich gewesen war, in dieses Krankenhaus gefahren und dann … Zuerst war er nur auf dem Klinikflur auf und ab gegangen, so wie jemand, der auf dem menschenleeren Gang zwischen der doppeltürigen Stationseingangstür und dem Schwesternzimmer etwas Wichtiges verloren hatte. Eine Krankenschwester hatte ihn freundlich gegrüßt, an ihr Gesicht erinnerte er sich einen Augenblick später bereits nicht mehr.

Wie lange war das her? Seit er in diesem Zimmer war, hatte er offenbar an Zeitgefühl eingebüßt. Heftig presste er die Hände gegen seine Schläfen. Diese Kopfschmerzen machten ihn noch ganz verrückt. Immerhin hatte die Schwellung unter seinem rechten Auge nachgelassen, das spürte er. Er scheute sich jedoch davor, seine Wange zu betasten. Die unterschiedlichen Blautöne konnte er sich auch so bildlich genug vorstellen.

»Du bist ein Dummkopf«, sagte er zu sich selbst, und sein Blick glitt zu dem Tresorschlüssel, der unangetastet auf dem Tischchen lag. Wie hatte sie sich das eigentlich vorgestellt? Und wieso hatte er sich darauf eingelassen?

Theoretisch könnte er so tun, als gäbe es gar kein Versprechen – niemand hatte es gehört. Doch es war ihr Wunsch, und sie hatte genau gewusst, wie er reagieren würde: Er würde es zu Ende bringen.

Aus dem Plastikmülleimer neben dem Tisch lugte ein Strauß tiefroter Rosen hervor, die jemand weggeworfen hatte, obwohl sie noch gar nicht verblüht waren. Die Gänseblümchen, die er auf dem Weg durch den Krankenhauspark hastig gepflückt hatte, sahen dagegen richtig mickrig aus. Aber es waren ihre Lieblingsblumen.

Entschlossen blinzelte er die Tränen weg und schaute aus dem Fenster. Wie eine Decke breitete sich der für diese Jahreszeit übliche dichte Sommernebel über San Francisco aus; nicht einmal der flaschenförmige Coit Tower, der nachts rot leuchtete, war noch zu sehen. Es fröstelte ihn am ganzen Körper, irgendetwas drückte auf seinen Brustkorb wie ein Sack Zement. Mit einem Mal gaben die Knie unter ihm nach. Schwindel. Übelkeit. Widerwillig ließ er sich auf den wackeligen Metallstuhl in der Ecke fallen, ein Stöhnen drang aus seiner Brust.

Die Erde dreht sich weiter um die Sonne, egal, was passiert. Wenn du dreimal tief durchatmest, wird es besser. Wie ein Mantra hatte sie das dem kleinen Jungen vorgebetet, wieder und wieder, in jeder passenden oder unpassenden Situation – und er hatte daran geglaubt.

Ausgiebig sog er die klimatisierte Luft ein, fühlte sich aber nicht besser – im Gegenteil. Die nackte Glühbirne an der Zimmerdecke machte es durch ihr Flackern sogar noch schlimmer. Am liebsten würde er sie sofort austauschen. Noch nicht einmal einen ordentlichen Lampenschirm gab es hier.

»Versprich es.« Er hatte ihre heisere Stimme noch immer im Ohr, und er erinnerte sich, wie er ihre Hand gehalten hatte. In diesem einen Moment war sie wieder die Frau gewesen, die stets ihren Kopf durchsetzte. Selbst hier, wo es nur blassblaue Bettwäsche und ebensolche Nachthemden gab. Keinen orangeroten Lippenstift und keine Hippiekleider.

Sein *Okay* hatte so gar nicht nach ihm geklungen, zu leise, fast schüchtern. Dann hatte er nichts mehr gehört. Es war still in dem Zimmer. In seinem ganzen Leben war es noch nie so still gewesen.

Sie durfte nicht gehen.

Nicht hier. Nicht ausgerechnet jetzt.

1. Kapitel

Acht Jahre später | Napa | Sommer in Kalifornien

Seit ungefähr zwei Wochen war es jeden Morgen blaugrau, und das Merkwürdige war: Emily Carsen mochte die verwaschenen Schleier am Himmel. Natürlich hätte sie das niemals zugegeben. Schließlich hatte sie weitaus wichtigere Gedanken als das Wetter. Aber auf Nebel folgte immer Sonnenschein, und das war schon einmal ein Anfang.

Augenblicklich dachte sie an den anstehenden Termin in San Francisco und seufzte. Hoffentlich klappte das. Aus irgendeinem verwegenen Impuls heraus formte sie mit Zeige- und Mittelfinger ein Peace-Zeichen, dabei war sie von *Friede, Freude, Eierkuchen* genauso weit entfernt wie vom Nordpol. Gedankenverloren versuchte sie, ihre Haare ordentlich zu einem Pferdeschwanz zusammenzubinden. Hatte sie sich wirklich unbedingt anpassen wollen, nur weil die meisten Frauen bei Andersen & Partner diese Bob-Frisur trugen? Sie strich sich die restlichen losen Strähnen hinter die Ohren. Prüfend sah sie noch einmal in den Badezimmerspiegel, dem eine Ecke fehlte, und betrachtete den Sonnenbrand auf ihrer Nase. Zwischen Zahnpastatuben, Toilettenpapier und Wattestäbchen konnte sie in dem fremden Badschränkchen allerdings keine vernünftige Creme finden. *So ein Chaos.*

Auch wenn zu Hause in New York in der letzten Zeit so ziemlich gar nichts in Ordnung gewesen war, vermisste sie doch ihre eigene Wohnung. Außerdem fehlten ihr die Spaziergänge durch den Central Park, die Fahrten mit der Staten Island Ferry und die Bagels von Best Bagels, die so dick mit Cream Cheese, Salat und Tomaten belegt waren, dass man sie kaum zum Abbeißen zwischen die Zähne bekam.

Ihr Leben war einfach so wie eine Bombe in die Luft geflogen.

Auf dem Weg durch den Flur stolperte Emily über den welligen Teppich. Als hätte die letzten Jahre niemand bemerkt, wie unpraktisch das Ding war. Sie rollte ihn zusammen und schob ihn an die Wand. Das sah zwar nicht schick aus, aber es war sinnvoll. Beruhigt ging sie weiter.

Aus der Küche führte eine Verbindungstür direkt auf die Veranda. Die Morgensonne spähte durch den Glasausschnitt der Verandatür und erhellte die aufgeräumte Kochzeile. Der wackelige Fliegengitterschutz und die morsche Holzverkleidung der Tür muteten alles andere als einbruchsicher an. Emily durchsuchte die Küchenschränke nach einer Müslischüssel, konnte jedoch keine finden. Waren die denn alle in der Spülmaschine? Und warum piepte die Maschine nicht, wenn das Programm zu Ende war?

In ihrer New Yorker Wohnung hatte ständig irgendetwas gepiept: der Herd, wenn die Milch überkochte; der Eisschrank, wenn die Tür zu lange offen stand; selbst der Staubsaugerroboter beschwerte sich über seinen leeren Akku. Wie ein digitales Vogelkonzert. Das scheppernde Geräusch, das von Dads 80er-Jahre-Kühlschrank ausging, klang dagegen eher wie eine Bedrohung. Doch selbst wenn das Gerät den Geist aufgäbe, bei Dad landete nichts unüberlegt auf dem Sperrmüll – er konnte alles reparieren oder *umfunktionieren.* Vermutlich würde er sogar aus einem defekten Kühlschrank noch eine vollautomatische Nagelfeile basteln.

Michael hätte diese Aussage lustig gefunden. *Michael.* Sie spürte ein Ziehen in der Brust, direkt an ihrem Herzen, das sich anfühlte wie ein Scherbenhaufen. Mit einer Hand öffnete sie die Spülmaschinentür, die sofort ohne Halt nach unten klappte. Offenbar war der Mechanismus kaputt. Vorsichtig nahm sie eine warme Schüssel aus der Maschine und stellte sie auf die Anrichte. Dann angelte sie das Müsliglas aus dem Regal und schüttelte die Flocken darin so kräftig durch, als mixe sie einen Cocktail.

»Wenn man dich so beobachtet …«, schaltete sich eine belustigte Stimme von der Seite ein. »Du hast echt schräge Angewohnheiten: Teppich einrollen, Müsli in den Wahnsinn schütteln.«

Emily fuhr zusammen. »Kim.« Sie hatte ihre Schwester gar nicht bemerkt. »Der personifizierte *frühe Vogel* ist also wach.«

»Und das seit Ewigkeiten.« Ohne hinzusehen, rührte Kim Zucker in ihren Filterkaffee. »Im Gegensatz zu dir brauche ich keine vierundzwanzig Stunden Schlaf«, sagte sie lachend. »Deine Schlafgewohnheiten haben sich in New York jedenfalls nicht geändert.«

Kim redete weiter, doch Emily hörte ihr nicht mehr zu. Stattdessen lief in ihrem Kopf schon ein ganz anderer Film ab: wie sie vor exakt zwei Wochen in ihrer ehemaligen Wohnung Pfannkuchen gewendet hatte und wie plötzlich alles anders war. Fröstelnd zog sie die Schultern hoch und kniff die Augen zusammen.

»Woooow.« Ihre Schwester lachte lauthals auf. »Du siehst aus wie ein tiefgefrorener Hase im Scheinwerferlicht.«

»Woooow?«, wiederholte Emily im gleichen Tonfall. Es machte Spaß, Kim ein bisschen aufzuziehen. Viel zu selten hatte sie mit ihrer Familie telefoniert, besucht hatte sie Dad und Kim nur zu festlichen Anlässen. Die Entfernung zwischen Ost- und Westküste war jahrelang eine akzeptable

Ausrede gewesen. »Etwas Besseres als der dümmliche Hase in irgendeinem Licht fällt dir nicht ein? Was ist denn bei dir schiefgelaufen?«

»Na, Gott sei Dank, du kannst es noch«, freute sich Kim und klatschte in die Hände. »Und ich dachte schon, es könnte langweilig mit dir hier werden.«

»Bin ich deiner Meinung nach so öde?«

Kim legte den Zeigefinger an die Lippen. »Meinst du bevor oder nachdem du damals in einer Nacht-und-Nebel-Aktion deinen Michael in Las Vegas geheiratet hast?«

1:0 für Kim.

Wortlos lehnte Emily sich gegen die Küchenanrichte, rührte in ihrem Schokomüsli und hoffte insgeheim, Kim würde sich ins Badezimmer verziehen, am besten ohne unangenehme Fragen zu stellen. Doch sie kaute genüsslich auf ihrem Vollkorntoast herum und schlürfte Kaffee aus einer Blümchentasse.

»Du bist ein richtiger Morgenmuffel, Emmi. Nimm dir einen Orangensaft aus dem Kühlschrank, der macht dich wach, und dann drück endlich mal den *An-Knopf.*«

Emily zog den Müslilöffel aus dem Mund. »An der Spülmaschine?«

»An dir selbst.« Gut gelaunt summte ihre Schwester eine Melodie, die nach Urlaub, tonnenweise Eis und Sommer klang. Ob sie die selbst komponiert hatte?

»Ich sollte auch Vollkorntoast frühstücken, wenn man davon so unfassbar gute Laune bekommt«, sagte Emily und trennte mit dem Löffel die Schokostückchen in der Müslischüssel von den Haferflocken.

Statt zu kontern, schaltete Kim das nostalgische Radio ein und drehte es so laut, dass Emily ernsthaft überlegte, sich das Müsli in die Ohren zu schütten. Die Lautsprecherboxen knarzten und knackten. »Diesen Lärm hält ja niemand aus«, stöhnte sie.

»Bist du zurückgekommen, um unser Leben zu ändern?« Der ironische Unterton in der Stimme ihrer Schwester war nicht zu überhören.

»Ihr lebt immer noch exakt so wie früher.«

»Sagt die verheiratete Endzwanzigerin, die gerade wieder bei ihrem Daddy eingezogen ist.« Aufrecht saß Kim in ihrem Rollstuhl, die hellblauen Augen strahlten verschmitzt. Dieses Mädchen war schlagfertiger als ein Boxweltmeister.

»Es ist in der Tat alles ziemlich seltsam«, murmelte Emily und verzog das Gesicht. Die Haferflocken schmeckten alt. »Wie machst du das nur?«

»Was? Mit Dad in einem Haus zusammenwohnen?« Ihre kleine Schwester schaute sie amüsiert an. »Du hast mich ja damals alleingelassen. Was hätte ich tun sollen?« Sie nutzte Emilys Sprachlosigkeit und drehte mit spitzen Fingern an den Radioknöpfen. Wild dudelte die Musik der verschiedenen Sender durcheinander. »Was hältst du eigentlich davon, wenn ich mit Lucas zusammenziehe?«

Emily verschluckte sich fast. »Mit einundzwanzig Jahren? Findest du das nicht etwas zu jung?«

»Du warst auch einundzwanzig.«

»Solange du nicht sofort heiratest – so wie ich das damals getan habe.« Ihr Ehering steckte mittlerweile seit sechs Jahren an ihrem Ringfinger. Ob er dort noch hingehörte, wusste sie nicht so genau.

»Heiraten ist nichts für mich.« Nachdenklich biss Kim in den Toast. »Du siehst echt professionell aus: beschäftigt und gut.« Sie musterte den feinen Hosenanzug. »Also du siehst natürlich immer gut aus, aber heute besonders – für eine mittellose Arbeitslose.«

»Ich bin nicht mittellos.« Emily schnappte nach Luft. »Zumindest noch nicht.«

»Wirf doch nicht jedes Wort auf die Goldwaage.« Kopfschüttelnd legte ihre Schwester den Frühstücksteller und das Messer in den Schoß und bewegte sich mit dem Rollstuhl rückwärts vom Tisch weg. »Das klappt schon mit deinem Vorstellungsgespräch. Ich drücke dir jedenfalls die Daumen.«

Emily musterte Kims trainierte Arme, die das Fortbewegungsmittel spielend lenkten und einen außergewöhnlichen Kontrast zu ihrem kindlichen Gesicht bildeten. Sie schob sich einen weiteren Löffel Flocken in den Mund und fragte möglichst beiläufig: »Wie kommst du heute zur Arbeit?«

»Ist das so eine Art eine Fangfrage?«, sagte Kim, ehrlich überrascht.

Zugegebenermaßen hatte es Emily in den letzten Jahren nicht sonderlich interessiert, wie ihre Schwester von A nach B kam. Mit Michael hatte sich das Leben so leicht angefühlt: Partys, schicke Restaurants, Geld und vor allem keine Familienprobleme. Vielleicht war das falsch.

»Ich weiß noch nicht, ob ich in die Bäckerei fliege oder schwimme«, antwortete Kim und zwinkerte ihr zu. »Wie kommst du denn zu deinem Vorstellungstermin nach San Francisco? Immerhin hast du weder Auto, noch Fahrer.« Langsam rollte sie vor und touchierte einen wackeligen Holzstuhl, der aussah, als ob er durch den Zusammenstoß gleich in sich zusammenbräche.

Dieses Haus war ein einziger Flohmarkt.

»Der Stuhl ist vom Trödel«, bestätigte Kim, als habe sie Emilys Gedanken erraten. »Übrigens: Der Anzug wirkt in Kombination mit deinen dunklen Haaren ein bisschen duster. Also es steht dir natürlich – aber wir haben doch nicht Halloween. Wir haben Sommer!« Sie überlegte und anscheinend ereilte sie sofort ein Geistesblitz. »Du könntest dir die Nägel in einer erfrischenden, witzigen Farbe lackieren, Emmi.«

Genau. Irgendwelche Kunst-Experimente fehlten ihr gerade noch.

»Ich bin auch ohne Nagellack witzig.« Sie hob eine einzelne Braue.

»Du bist was?« Kims Augen vergrößerten sich zu Untertassen. »Na ja …«

»Was soll denn *Na ja* heißen?« Emily ließ ihren Blick suchend über die Spüle schweifen.

»*Na jaaa* eben«, wiederholte Kim gespielt theatralisch und drehte flink den Rollstuhl, um dem nassen Schwamm, den Emily nach ihr warf, auszuweichen. Der Spülschwamm klatschte an die Wand und hinterließ einen dunklen Fleck auf der vergilbten Tapete.

»Hat halt nicht jeder Lust auf türkisblaue Nägel, pinke Oberteile und zerrissene Jeans. Und dann diese gebleichten Spaghetti-Haare.« Wäre Emily nicht zu alt dafür, hätte sie ihrer Schwester jetzt die Zunge herausgestreckt. »Du bist eine Farbexplosion, meine Liebe.«

»Na und?« Kim stellte den Teller klirrend auf der Spüle ab und steuerte den Ausgang an. »Und du bist eine Trauerweide.« Mitten in dem breiten Türrahmen drehte sie sich noch einmal um. »Das ist der Unterschied zwischen uns.«

»Toller Unterschied«, gab Emily beleidigt zurück, obwohl sie genau wusste, dass Kim sie nur ärgerte. Aus Reflex rührte sie in der Müslischüssel herum, als wäre die ein Suppentopf. »Solltest du mich als Schwester nicht unterstützen bei dem, was ich gerade durchmache?«

»Ich weiß ja nicht, was du durchmachst. Du bist hier einfach aufgetaucht. Versteh mich nicht falsch – ich freue mich total, dass du da bist. Und jetzt suchst du einen Job.« Der Rollstuhl verweilte immer noch im Türrahmen. »Hast du vor, zu bleiben?«

Eine Pause entstand, und obwohl Emily gerne etwas gesagt hätte, konnte sie diese Frage nicht beantworten. Sie war noch zu erschrocken, zu verwirrt von all dem, was geschehen war. Aber es war nicht der richtige Moment, um im Selbstmitleid zu ertrinken – erst recht nicht vor ihrer Schwester.

»Kauf dir bunten Nagellack und sieh den Dingen ins Auge«, sagte Kim prompt und legte den Kopf schief. »Hat Michael dich etwa betrogen?«

»Würde das rechtfertigen, dass ich ihn verlassen habe?« Emilys Kehle fühlte sich staubtrocken an. Themenwechsel. Dringend. Mit einem vernehmlichen Geräusch stellte sie die Schüssel in das Spülbecken. »Wo ist Dad überhaupt?«

»Da, wo er immer ist – nach seiner obligatorischen Zigarre und dem morgendlichen *Ich bekomme gleich einen Herzinfarkt*-Gerede.« Kim rollte mit den Augen.

»Ernsthaft, er sollte eine Verhaltenstherapie wegen dieser eingebildeten Herzanfälle machen. In New York geht jeder Zweite zur Therapiesitzung. Die Couch ist in.«

Nun sah Kim sie an, als wäre sie vollkommen übergeschnappt. »Eine brillante Idee«, antwortete sie knapp und drehte den Rollstuhl. »Sprich du mit Dad über eine Therapie. Viel Spaß dabei. Ich muss los.«

So ein Rollstuhl konnte ziemlich schnell sein. Emily sah ihrer Schwester noch nach, als die schon lange aus ihrem Blickfeld verschwunden war.

Die Büros der Red River Winery in San Francisco befanden sich nicht, wie Emily vermutet hatte, in der Montgomery Street zwischen den namhaften Banken und Unternehmen, sondern hoch oben auf dem Nob Hill, dem überteuerten Villenviertel der Stadt. Auf dem Weg dorthin überholte Emily die sogenannte Cable Car, die Kabelstraßenbahn, die Touristen aus allen Ländern gemächlich den Berg hinaufschleppte. Gott sei Dank hatte Dad ihr den Schlüssel zu seinem Honda auf der Kommode im Flur hinterlassen und war mit einem Kollegen zur Arbeit gefahren. Bis hierhin lief also alles bestens.

Interessiert betrachtete sie das hochmoderne Unternehmensgebäude, in dessen riesiger Glasfassade sich die Sonne spiegelte. Das grelle Licht blendete sie, weshalb sie kaum den hauseigenen Parkplatz erkennen konnte. Ihre Armbanduhr, ein Geschenk von Michael, hatte sich an ihrem Handgelenk verdreht, und sie musste sie zuerst in Position schütteln, um die Zeit ablesen zu können. Immer noch hatte sie es nicht geschafft, das Silberband kürzen zu lassen. Aber sie war pünktlich zu ihrem Termin.

»Mrs. Carsen?« Der hochgewachsene Mann richtete gerade seine Krawatte, als Emily die gläserne Eingangshalle betrat. »Ich bin Max Brown.«

Hatte sie sich verhört oder hatte er sich als *der Inhaber* vorgestellt? Der Chef des Imperiums persönlich führte das Vorstellungsgespräch mit ihr? So selbstbewusst wie möglich reichte sie ihm die Hand zur Begrüßung, bevor sie gemeinsam in den Aufzug stiegen, der sie in den achtunddreißigsten Stock beförderte. Ihre Ohren reagierten auf den Höhenunterschied mit einem leichten Druckgefühl, aber das kannte sie schon aus New York, das am anderen Ende der Welt zu liegen schien – zumindest von Emilys Welt.

»Schön hier«, hörte sie sich sagen.

Max Brown bedachte sie mit einem Lächeln. Warum hatte der eigentlich keine silbergrauen Strähnen in seinen dunklen Haaren? Stattdessen war er das Abbild eines kaum gealterten Hollywood-Filmstars, obwohl er eher Dads Generation angehörte. Mit einem kurzen Kopfnicken bedeutete er seiner persönlichen Assistentin im Vorbeigehen, dass er sie für dieses Gespräch nicht benötigte.

»Haben Sie gut hierher gefunden, Mrs. Carsen?«, sagte er und richtete seine ganze Aufmerksamkeit auf Emily.

»Beeindruckend.« *Das war keine gute Antwort auf seine Frage.*

Aber die Fensterfront von Max' Büro eröffnete einen spektakulären Ausblick auf die Wolkenkratzer San Franciscos, insbesondere auf die Transamerican Pyramid, das pyramidenartige Finanzgebäude, dessen Spitze bis weit in den Himmel reichte.

»Ich war viel zu lange in New York.« Emily zuckte innerlich zusammen, weil sie das tatsächlich gesagt hatte.

»Setzen Sie sich, Mrs. Carsen. Kaffee?« Max Brown deutete auf einen Ledersessel und hielt eine Edelstahlkanne in die Luft. »Wir machen heute mal alles selbst«, sagte er fröhlich.

In einem ihrer unzähligen Ratgeber hatte sie gelesen, es sei wesentlich klüger, während eines Vorstellungsgesprächs nur Wasser zu trinken.

»Keinen Kaffee bitte.« Sie winkte ab und ließ die Fingerspitzen über das glatte Leder des Sessels gleiten. Der Bezug fühlte sich kühl an und er sah teuer aus. Sie zog ihren Blazer beim Hinsetzen in Form und schlug die Beine übereinander. Hoffentlich merkte der Mann nicht, wie nervös sie war. Red River war bekanntlich ein riesengroßer Konzern, der die besten Rotweine in die ganze Welt verschiffte.

Max räusperte sich und goss Kaffee für sich selbst in eine der tomatenroten Porzellantassen. »Rot, Mrs. Carsen. Hier ist vieles rot.«

»Das sind wirklich schöne Tassen.« Wenn das so weiterging mit ihren Antworten, konnte sie den Job direkt vergessen. Emily appellierte an ihre Gehirnzellen, sich gefälligst sofort einzuschalten.

Unterdessen lehnte Mr. Brown sich in seinem Sessel zurück. »Das ist unsere Corporate Identity: Red River. Red – Rot. River – Fluss wie Wein. Rotwein.« Anscheinend liebte er knappe Erklärungen. »Ich denke, das ist so weit klar.« Er lachte herzlich, und es bildeten sich kleine Grübchen auf seinen Wangen, was Emily richtig sympathisch fand. »Was sagen Sie dazu?«

»Zur Farbe Rot?« Sie ließ ihren Blick durch den Raum schweifen und überlegte eine Sekunde, ob sie etwas Allgemeines antworten oder ihn zu dem überdimensionalen, tiefroten Gemälde an der Wand befragen sollte. War das ein Stier oder ein Pferd? Lieber nicht. »Finden Sie die Farbe nicht ein wenig extrem?«, sagte sie stattdessen, was auch nicht besser war.

»Für unser Marketing ist das sogar ganz gut.« Max beobachtete sie, hob die Tasse und trank einen Schluck. »Es ist eine Signalfarbe.«

»Viele Menschen empfinden Rot eher als bedrohlich.« Sie machte eine Pause. »Blut, Feuer, Wut. Das reimt sich.«

Statt zu lachen, runzelte Mr. Brown die Brauen. »Gut, fangen wir an. Wo, denken Sie, liegen Ihre Schwächen, Mrs. Carsen?«

»Schwächen«, wiederholte Emily wie ein Echo. Irgendwo zwischen New York und San Francisco war ihr offenbar die Konzentration abhandengekommen. »Ehrlich gesagt habe ich mich schon immer gefragt, warum das so ein beliebtes Thema für Vorstellungsgespräche ist.«

»Das ist ja mal eine interessante Sichtweise.« Max stellte die Tasse ab, lachte und klopfte sich auf die Oberschenkel. »Haben Sie denn keine Schwächen?«

»Wer möchte schon freiwillig darüber reden?« *Das lief irgendwie in eine völlig falsche Richtung.*

»Auf den Mund gefallen sind Sie jedenfalls nicht.« Max fummelte an seinem Krawattenknoten. »Das passt mir gut.« Er ließ einen Zuckerwürfel in seinen Kaffee fallen, dann ging er unvermittelt zum allgemeinen Vorstellungsgespräch über. Dazu gehörten unter anderem finanzwirtschaftliche Fragen, die Emily eher an ihren vorherigen Job erinnerten als an die aufregende Marketingstelle, auf die sie sich hier beworben hatte. Trotzdem funktionierte es hervorragend, bis ...

»Auf Ihrem Lebenslauf ...« Max kräuselte die Nase. »Da war keine Angabe zu Ihrem Beziehungsstand.«

»Ist der wichtig?«

»Nun ja, wir sind ein traditionelles Unternehmen und möchten einfach gerne wissen, ob Sie sich voll und ganz auf den Job konzentrieren können.«

Unruhig begann Emily, auf ihrem Sessel hin und her zu rutschen. »Wissen Sie, ich glaube, ich möchte jetzt doch bitte einen Kaffee«, unterbrach sie ihr Gegenüber in der Hoffnung, er würde die Frage vergessen.

Leichthin schenkte Max ihr eine Tasse ein und sprach trotzdem weiter. »Ich sehe schon«, sagte er und deutete mit dem Kinn auf Emilys Ehering. »Sie sind verheiratet.«

Sie nickte steif und ärgerte sich insgeheim über das verräterische Schmuckstück, denn über ihre Ehe wollte sie nun wirklich nicht sprechen.

»Eine tolle Institution, der Bund fürs Leben«, sinnierte er. »Es ist schön, wenn Mitarbeiter nicht mehr auf der Suche sind.« Es war, als warte er darauf, dass sie etwas sagte.

Stattdessen betrachtete Emily das Foto der beiden Kinder, das in einem weißen Rahmen in einem Regal stand. Es war ein verblasstes Polaroid und die Kinder spielten irgendwo auf einem Sandstrand. Wahrscheinlich würde sie selbst niemals Nachwuchs bekommen.

»Mr. Brown«, begann sie mit einer Erklärung, doch ihre Hände zitterten mit einem Mal und einige Kaffeetropfen verteilten sich auf ihrem Handrücken. Mit der bereitliegenden Papierserviette trocknete Emily schnell ihre Finger. »Also mein Mann und ich ...«

»Ihre Zeugnisse sind sehr gut.« Max bemerkte das Malheur nicht, sondern blätterte aufmerksam in ihren Bewerbungsunterlagen.

Sie schielte zu ihm hinüber und bemühte sich, die feuchte Serviette unauffällig wieder zusammenzufalten. Im gleichen Moment warf er die Bewerbungsmappe mit Wucht auf den runden Glastisch. Der Chef des Wein-Imperiums war offensichtlich fertig mit der Durchsicht.

»Okay. Wie viel sind Sie bereit für dieses Unternehmen zu riskieren?« Er kniff die Augen zusammen und rückte in seinem Sessel vor bis auf die Kante. Die Frage klang wie aus einem Mafiafilm, aber er meinte es offenbar ernst.

»Alles«, antwortete sie, ohne darüber nachzudenken. Sie wollte und brauchte den Job dringend.

»Schön, dass wir uns einig sind.« Max Brown fuhr sich über das glatt rasierte Kinn und musterte sie einen Augenblick zu lange. Dann hielt er ihr die Hand hin. »Gratuliere, Mrs. Carsen. Sie sind die Richtige.«

Jackpot! »Selbstverständlich bin ich das, Mr. Brown.« Am

liebsten wäre sie in die Luft gesprungen, stattdessen drückte sie nur das Kreuz durch.

»Max, einfach nur Max.« Er erhob sich und schritt zu dem Mahagonischreibtisch, der aussah, als habe er ihn in einem dieser Luxus-Auktionshäuser ersteigert. Entspannt griff Max nach einem roten Schnellhefter, den er Emily anschließend feierlich übergab. »Sie wollen ja unbedingt ins Marketing.« Er zwinkerte ihr zu. »Produktmanagerin und ein hervorragendes Gehalt. Das ist der Vertrag, der Ihnen den Weg dorthin ebnet. Gehen Sie in Ruhe alles durch. Wir treffen uns Montagmorgen wieder. Es geht quasi sofort los.« Die verräterischen Krähenfüße an seinen Augen vertieften sich. »Das ist doch kein Problem für Sie?«

Marketing und ein bombastisches Gehalt? Am liebsten hätte sie ihn umarmt, aber das wäre wirklich unprofessionell gewesen. »Sie ahnen gar nicht, wie erleichtert ich bin.«

»Vielleicht ahne ich es, vielleicht auch nicht.« Max schmunzelte. »Feiern Sie heute Abend mit Ihrem Mann?«

Prompt fiel die Freude wie eine verwelkte Blüte in sich zusammen.

Emily drehte den Ehering nachdenklich am Finger, als sie ein paar Minuten später unnötig dicht an der imposanten Herzplastik auf dem Union Square vorbeiging. Was sollte sie jetzt tun? Sie könnte sich eine Pizza bei Uncle Vito gönnen, was ohne Begleitung allerdings ziemlich witzlos war. Oder sie könnte dafür sorgen, morgen früh nicht die gleichen Kommentare von ihrer Schwester zu hören wie heute. *Na jaaa*, hatte sie gesagt – Kim würde sich noch wundern.

Emilys Blick fiel auf den pink beleuchteten *Victoria's Secret Store*, der neben dem *Macy's* auf der rechten Straßenseite lag, doch in einen Unterwäscheladen brauchte sie nun wirklich nicht hineinzugehen. *Kein Mann, keine teuren Dessous.* Mitten auf dem palmengesäumten Vorplatz blieb sie stehen, atmete tief aus und zog sich den Ehering mit einem Ruck vom Ringfinger. Verführerisch glänzte das Gold in der Sonne. Ihr Finger schmerzte nun genauso sehr wie ihre Magengrube, dennoch ließ sie den Goldring in die Hosentasche rutschen. Sechs Jahre lang hatte sie sich einen glitzernden Stein in dem schlichten Ring gewünscht, aber Michael war gut im Job und schlecht im Erfüllen von Wünschen. Am liebsten hätte sie sich die Stofftasche ihrer Hose in diesem Augenblick für immer zugenäht.

Warum sollte sie auch nur eine Sekunde länger an dieser Ehe festhalten? Sie hatte eine feste Jobzusage hier in San Francisco und dieser Traumjob war mehr wert als jeder alberne Glitzerstein: Produktmanagerin bei Red River Winery, Kaliforniens führendem Weinhandel. So wie sie Max verstanden hatte, bedeutete das nicht nur, junge Weingetränke auf den Markt zu bringen, sondern irgendwann auch Personalverantwortung zu übernehmen. Es klang fast zu gut, um wahr zu sein.

Vielleicht sollte sie ihrem Vater ein Dankeschön dafür kaufen, dass er dieses Vorstellungsgespräch arrangiert hatte. Andererseits war Jack Jones seit gefühlten einhundert Jahren Mitarbeiter bei Red River, und auch wenn er als einfacher Arbeiter in den Weinbergen von Napa tätig war, ahnte sie, wie sehr er von seinen Vorgesetzten in San Francisco geschätzt wurde. In Gedanken sah sie ihn in dem weißen Schaukelstuhl auf der verblichenen Veranda seines Hauses sitzen und mit Zigarrenrauch Kreise in die Luft paffen. Dabei beobachtete er für gewöhnlich die Autos auf der Schotterstraße. Seit etwa zwanzig Jahren rauchte er Zigarre, und sie konnte sich noch genau an den Tag erinnern, an dem er damit angefangen hatte. Sie seufzte und ging langsamer.

Die weiße Macy's-Leuchtschrift blinkte einladend auf dem Dach des Riesenkaufhauses. Ab Montag würde sie sich in einem Berg Arbeit verkriechen und müsste nicht mehr pausenlos darüber nachdenken, wie lange sie in der New Yorker Seifenblase gelebt hatte. Niemand würde die Wahrheit von ihr erfahren und sie würde neu anfangen. Tränen brannten ihr in den Augen, und sie hasste es, wenn ihr Gesicht rot anlief, weil sie sich zusammenreißen musste, um nicht zu weinen. Sie blinzelte ein paarmal und näherte sich wie ferngesteuert den Macy's-Eingangstüren. Sicherheitshalber fuhr sie mit dem Zeigefinger einmal leicht am unteren Augenlid entlang, peinlich darauf bedacht, die Wimperntusche nicht zu verschmieren. Sie wollte nicht so aussehen, als habe sie ihr Leben nicht im Griff.

Auf der Suche nach dem fröhlichen Nagellack, von dem Kim gesprochen hatte, schlenderte sie durch die Drogerieabteilung. War sicher nicht schwer zu finden, der Lack – immerhin war sie, Emily Carsen, ja total fröhlich. In etwa so wie die ältere Dame mit dem satellitenschüsselgroßen Sonnenhut, die jetzt neben ihr stand und ebenfalls die bunten Glasfläschchen beäugte.

»Es geht mir hervorragend«, sagte Emily laut zu sich selbst.

»Wie schön für Sie, Fräulein.« Die Dame rückte von ihr ab und schien sich plötzlich mehr für Wimperntusche zu interessieren.

Stumm fummelte Emily drei Nagellackflaschen aus dem kunterbunten Regal: grau, violett und schwarzrot. Das waren definitiv nicht die Farben, die Kim sich für sie wünschte. Der schwebte eher ein Goldgelb, ein Ozeanblau oder ein

Grashüpfergrün vor. Sie entschied sich für den schwarzroten Ton, der passte wenigstens zu allem. Vorsichtig stellte sie die anderen Fläschchen ins Regal zurück und verteilte etwas dunklen Lack auf ihrem Daumennagel. Prüfend hielt sie den halb lackierten Nagel in die Luft und überlegte, ob sie sich nach dem Kauf nicht ein Stück Kuchen in der *Cheesecake Factory* im siebten Stock gönnen sollte. Kuchen eignete sich hervorragend als Nervennahrung, auch wenn sich jeder einzelne Krümel sofort auf ihren Hüften niederließ.

Die Frauen in Michaels Büro hatten allesamt ausgesehen wie Grashalme. Emily dagegen fühlte sich eher wie ein Kastanienbaum – aber der hatte wenigstens ein ordentliches Dekolleté. Zur Bestätigung strich sie sich kurz über die Brust.

»Was tust du da, Emily Jones?«, ertönte es hinter ihrem Rücken.

Erschrocken fuhr sie zusammen.

Niemand nannte sie so. Wirklich niemand, außer – eventuell …

»Ist schwarz dein Ernst?«

Selbst die feinsten Härchen an ihren Armen stellten sich beim Klang seiner Stimme auf. Vielleicht war es eine Verwechslung. Wo war eigentlich die Dame mit dem Sonnenhut hin?

»Na, komm schon, Emily. So langweilig kann dein Leben doch gar nicht sein.«

»Langweilig?« Sie schnappte nach Luft und drehte sich mit einem Ruck um. Emily Carsen mochte es überhaupt nicht, dass sie zu ihm aufschauen musste, nur weil er deutlich größer war als sie. Dabei maß sie exakt einen Meter und einundsiebzig Zentimeter – auf den einen Zentimeter legte sie besonders viel Wert. »Mein Leben …«, sagte sie. »… ist verdammt aufregend und lustig. Sehr lustig sogar.« Es klang frustriert und alles andere als spaßig.

Seine grünbraunen Augen funkelten sie amüsiert an, und ganz automatisch dachte sie an einen Wolf. Einen enorm angriffslustigen Wolf.

»Chris MacGowan.« Sie nickte ihm zu, obwohl sie am liebsten ins Supermarktregal hineingekrochen wäre. Er hatte sich in den Jahren, die sie ihn nicht mehr gesehen hatte, kaum verändert: Den dunklen Bart hatte er immer noch auf einen Dreitagebart getrimmt, und er hatte schon immer deutlich erwachsener ausgesehen als die anderen Jungs. Seine kantigen Gesichtszüge und die funkelnden Augen machten ihn unfassbar attraktiv. *Was dachte sie denn da?*

»Emily Jones. Verzeihung, Carsen. Du hast also gerade Spaß bei ... was genau?« Ein freches Grinsen erschien auf seinem Gesicht.

»Und wie«, antwortete sie und drehte den Nagellackverschluss noch fester zu, als er ohnehin schon war. Der Schnitt in seiner Augenbraue war immer noch zu sehen. Es sah aus, als habe er sich absichtlich eine Linie in die dunkle Braue rasiert. Doch sie wusste, es war anders. »Tut mir leid, Chris, aber ich habe irre viel zu tun. Ich muss ...«

»... Nagellack aussuchen?« Er verweilte dicht neben ihr und musterte sie von der Seite.

Was bildete der sich überhaupt ein? Der Kerl, der in der Highschool richtig gut Football gespielt hatte, sah aus, als käme er geradewegs aus dem Wald. Er war nie der typische Außenseiter gewesen, hatte sich diesen Status eher selbst gewählt. Sie nahm einen feinen Geruch nach Holz, Gras und ... Kuchen wahr. Oder dachte sie nur an Kuchen? Und was wollte Chris ausgerechnet im Macy's, mitten in der Drogerieabteilung?

»Warum bist du hier, Emily?« Er verzog keine Miene.

Wenn er nur nicht dieses eigenartige Holzfällerhemd tragen würde. Eng schmiegte sich der karierte Stoff an seinen Oberkörper. Emilys Blick wanderte zu seinen Armen. Er schien immer noch genauso viel Sport zu treiben wie damals.

»Kuchen.« Hatte sie das jetzt gesagt oder gedacht? Sie musste sich dringend besser konzentrieren, aber das fiel ihr gerade wirklich schwer.

»Kuchen also«, wiederholte er ruhig. Seine Mundwinkel zuckten.

Sie hatte es gesagt. Mist.

»Und was tust *du* hier, Chris?«, gab sie kühl zurück. »Tampons kaufen?«

»Eigentlich beantwortet man eine Frage nicht mit einer Gegenfrage.«

»Sagt wer? Mister Knigge?« Sie presste die Lippen aufeinander und versuchte sein belustigtes Grinsen zu übersehen. Forschend schaute er ihr in die Augen, dann auf seine Armbanduhr. Es war keine besondere Marke, und das braune Lederarmband sah ziemlich verschlissen aus.

Hoffentlich merkte er nicht, in welch erbärmlicher Verfassung sie war. »Mir geht es übrigens supergut, nur für den Fall, dass du das wissen wolltest«, sagte sie. *Supergut?*

»Okay.«

»Ich bin nur …« Verfluchte Tränen. Die Worte blieben ihr im Halse stecken, weshalb sie nicht weitersprechen konnte. Bitte nicht. Nicht ausgerechnet vor ihm. »Ich bin beschäftigt«, krächzte sie wie eine Asthmatikerin. »Wahnsinnig beschäftigt«, setzte sie mit tränenerstickter Stimme nach.

»Wahnsinnig oder beschäftigt?«, fragte er und verzog die Lippen.

Darauf erwartete er hoffentlich keine Antwort.

»Ist alles in Ordnung mit dir, Emily?«

Eigentlich ganz nett von ihm, zu fragen, auch wenn *nett* die letzte Eigenschaft war, mit der sie Chris MacGowan in Verbindung brachte. Als sie nicht antwortete, sah er noch einmal auf die Uhr.

»Hast du einen Termin?«, murmelte sie möglichst desinteressiert und betrachtete das Verkaufsregal.

»Ich muss dringend etwas besorgen, und dann muss ich …« Suchend sah Chris sich um. »Sag mal, ist Michael hier irgendwo?« Sein fragender Ausdruck blieb auf ihrem Gesicht hängen.

Unvermittelt ließ sie den schwarzroten Nagellack in ihre Handtasche gleiten, drehte sich wortlos auf dem Absatz um und ging rasch in Richtung Ausgang. Beinahe wäre sie gerannt.

Er folgte ihr nicht, doch sie spürte seinen durchdringenden Blick. Dennoch drehte sie sich nicht mehr um. Als die Türen des Macy's sich automatisch hinter ihr schlossen, atmete sie tief durch und lief dann mit dem fünf Dollar teuren Nagellack in der Tasche davon.

Glückwunsch. Seit knapp zwei Wochen getrennt und schon wurde sie verrückt.

Das Zittern ließ erst nach, als sie endlich in Dads altersschwachem Honda saß. Gleichzeitig spürte sie, wie der Ehering in ihrer Hosentasche drückte. Wie gerne wäre sie wieder ins Macy's gelaufen und hätte das Diebesgut zurückgegeben. Irgendwie stand ihr ganzes Leben auf dem Kopf. Das Einzige, was sie jetzt noch vor weiteren Dummheiten bewahren konnte, war eine geregelte Arbeit, die sie von morgens bis abends beschäftigte. Der Honda hustete ein paarmal beim Anlassen, und Emilys Herz war längst in die feine Anzughose gerutscht, als der Motor endlich gleichmäßig zu schnurren begann. Es gab wirklich wenig, was Dad nicht neu benötigte. Selbst Emilys zukünftiges Gehalt würde kaum ausreichen, um den Haushalt ihres Vaters und ihrer Schwester in dieses Jahrhundert zu führen.

Apropos, vielleicht sollte sie zuerst bei Kim in der Bäckerei vorbeischauen, um ihr vom Ausgang des Vorstellungsgesprächs zu berichten. Mit einer Hand öffnete sie die Schnalle ihrer Lederhandtasche und angelte nach dem Nagellack-Fläschchen. *Wir haben doch nicht Halloween*, hörte sie Kim stöhnen. Ein Lächeln huschte über ihr Gesicht. Wie hatte sie es nur all die Zeit ohne diese kleine Hexe ausgehalten?

Genau in dieser Sekunde begann ihr neues Leben – ganz ohne Michael, dafür mit dem perfekten Job und einer Familie, die vielleicht nicht perfekt, aber dafür immer für sie da war. Sie ließ es zu, sich ein ganz klein wenig darüber zu freuen.

Spätestens auf der Golden Gate Bridge freute Emily sich nicht mehr. Stau. Das würde sie mindestens zwei Stunden kosten. Offenbar nicht der übliche Rushhour-Stau, sondern ein Unfall. Es ging weder vor noch zurück. Angespannt suchte sie im Auto ihres Vaters nach etwas Essbarem, fand aber nichts. Wenn Chris nicht aufgetaucht wäre, säße sie jetzt mit einem Stück Kuchen in der Cheesecake Factory. Stattdessen würde sie nun stundenlang im Verkehr festsitzen und es gab noch nicht einmal eine Flasche Wasser in Dads Blechkiste. Entnervt fischte sie ihr Handy zwischen Taschentüchern, Sonnenbrillenetui und etlichen anderen Dingen, die sie eigentlich nie benutzte, aus der Tasche hervor.

›Hey, wie ist es gelaufen? Hast du Hunger? Koche Vollkornspaghetti für uns‹ Smiley.

Eine Nachricht von Kim. Sie erriet also immer noch jeden ihrer Gedanken. Der Zusatz *Vollkorn* nahm den Spaghetti zwar den Spaß, aber für Nudeln würde Emily jetzt sterben. Leider konnte der Honda nur husten und nicht fliegen. Auf Anhieb beschloss Emily, mit einem vernünftigeren Lebensstil in ihr neues Dasein zu starten. Gesundes Essen war letztendlich auch ein Schlüssel zum Glück, zumindest in der Werbung. Jetzt, da sie mit der Ernährungsgöttin persönlich unter einem Dach lebte, sollte das kein Problem sein. Sie schickte ihrer Schwester einen lachenden Smiley, obwohl ihr gar nicht zum Lachen zumute war. Die Blechkarawane bewegte sich keinen Zentimeter vorwärts. Rechts neben ihr aß ein Lkw-Fahrer ein Wurstbrot, er sah zufrieden aus. Kein Wunder, der verhungerte ja auch nicht oder fiel gleich ins Unterzuckerkoma.

Irgendwo hatte sie einmal gelesen, in solchen Situationen sei es das Beste, zu lächeln, anstatt sich zu ärgern. Langsam hob sie die Mundwinkel, dabei betrachtete sie sich im Rückspiegel. Es sah ziemlich verkrampft aus, aber gut, sie war kein Buddhist, und irgendwie sah es trotzdem besser aus als vorher. Sie hob sie noch ein wenig höher. Wenn sie sich richtig erinnerte, sollte man das mindestens 90 Sekunden lang durchhalten – dann ging es einem prima. Gewissenhaft schaltete sie die Stoppuhr an ihrem Handy ein. Und los!

Bereits nach zehn Sekunden merkte sie, wie anstrengend es war, dieses Dauerlächeln aufrechtzuerhalten – glücklicher fühlte sie sich auch nicht. Trotzig grinste sie noch breiter und drehte den Kopf zur linken Fahrbahn. In dem roten Land Rover neben ihr saß sicher kein Banker aus der Montgomery Street. Hatte der Heuballen hinten geladen? Der Fahrer hielt wohl irgendwelche Tiere. Ihre Wangenmuskulatur begann zu schmerzen.

Unvermittelt fuhr das Seitenfenster des Rovers hinunter und der Mann lehnte sich zu ihr herüber. Widerwillig betätigte sie ebenfalls den Fensterknopf, die Scheibe quietschte protestierend. Grünbraune Augen schossen Pfeile auf sie ab und die Mundwinkel in ihrem Gesicht froren ein. Er runzelte bei ihrem Anblick die Stirn.

»Na, Diebin«, rief Chris MacGowan ihr zu. »Dein Rücklicht ist kaputt.« Sie konnte nicht einschätzen, ob er sie verspottete oder hilfsbereit sein wollte. Durch den Motorenlärm hörte sie ihn kaum. Auf dem Beifahrersitz erkannte sie einen überdimensionalen Blumenstrauß. »Bringst du deine Beute nach Hause?«, rief er lauter.

»Nein, ich reise nach China«, war die unterkühlte Antwort, die sie wegen des eisernen Lächelns nur zwischen zusammengebissenen Zähnen herauszischte.

Er lachte auf. Wahrscheinlich hatte er nur *China* verstanden. Mit dem Zeigefinger deutete er auf seinen eigenen Mund und dann auf sie. »Was du da mit deinen Lippen veranstaltest, sieht sehr ungesund aus.« Sein dreistes Grinsen reichte von einem Ohr zum anderen.

60 Sekunden. Sie würde auf keinen Fall aufgeben, nur weil dieser MacHinterwäldler keine Ahnung von Psychologie hatte.

»Gute Energie«, nuschelte sie, aber er hörte sie anscheinend nicht. Verständnislos zuckte er mit den Schultern.

70 Sekunden. Sie schaltete den Motor des Wagens ab, hier würde sich in den nächsten Minuten ohnehin nichts tun.

»Du hast einen Nagellack geklaut.« Jetzt lachte er nicht

mehr. »Und verdammt viel Glück gehabt, dass sie dich nicht erwischt haben.«

Er schaute ziemlich verärgert, so als wäre er Polizist, was er ganz sicher nicht war.

80 Sekunden. Sie musste ihm ja nicht antworten, wenn sie nicht wollte. Schnell hob sie die Mundwinkel bis zum Anschlag und rollte mit den Augen, um ihm zu signalisieren, wie überflüssig sie seine Ansage fand. Chris tippte sich an die Stirn; anscheinend sah sie nicht so schlau aus, wie sie sich vorkam.

Kaum waren die 90 Sekunden vorüber, strich sie sich über den Blazer, ließ die Lippen in Normalposition sinken und rief: »Ist so passiert.« In Gedanken fügte sie noch *weil du mich nach Michael gefragt hast* hinzu.

»So passiert? Ein Diebstahl?« Sie bemerkte, wie Chris den Kopf schüttelte. In dem Moment setzte sich die Autoschlange vor ihr plötzlich in Bewegung. Blitzschnell versuchte sie, den Honda zu starten. Wieder dieses Motorenhusten, er sprang nicht an. Unter Chris' intensivem Blick drehte sie wiederholt den Schlüssel im Schloss – und das zunehmend verzweifelt. Warum fuhr Dad nur so ein altes Auto? Jetzt gab der Blechkasten noch nicht einmal mehr ein Husten von sich. Eigentlich eine perfekte Situation für dieses Lächeln-bis-der-Arzt-kommt-Training. Sie schob den Gedanken beiseite und riskierte einen weiteren Blick auf Chris, der sich starr auf die stehenden Autos auf seiner Spur konzentrierte. Es war ihm offenbar peinlich, die Frau zu kennen, die den Verkehr San Franciscos endgültig zum Stillstand brachte.

Nach einer gefühlten Ewigkeit stieg er aus, zeigte den hupenden Fahrern beschwichtigend die erhobenen Hände und kam auf sie zu. *Der machte sich ja besonders wichtig.*

An den Honda gelehnt, sagte er langsam: »Hast du Probleme?«

»Hahaha. Ich?« Übertrieben tippte sie auf ihre Brust. »Nö.« Probleme – was waren schon Probleme? Der Wagen startete eben nicht.

»War eh klar, dass du das nicht zugibst.« Chris scannte das Auto mit einem abschätzenden Blick. »Ich habe keine Zeit, mir das genauer anzusehen«, setzte er hinzu, als sie etwas entgegnen wollte.

»Warum solltest du auch?« Vielleicht war es klug, die Realität zu ignorieren. Dann stand sie halt auf der Golden Gate Bridge mit unendlich vielen Autos hinter sich – na und? Mit erhobenem Kinn überhörte sie das Hupen der anderen Autofahrer.

»Wir sollten den Abschleppdienst rufen«, sagte er so ruhig, als rede er mit einer Irren, zog sein Handy aus der Hosentasche und wählte. »Nicht so dein Tag heute?«, flüsterte er, wobei er das Mikrofon des Mobiltelefons verdeckt hielt.

»Mitnichten! Es ist absolut mein Tag! Ich …«

»Chris MacGowan hier, wir haben ein Problem mit dem Wagen auf der Golden Gate Bridge.«

Wir?

Ehe Emily weiter überlegen konnte, drückte er ihr den Hörer in die Hand und aktivierte den Lautsprecher. »Sie brauchen deine Daten.«

Es war definitiv nicht der beste Zeitpunkt, um in Chris MacGowans Land Rover mitzufahren. Missmutig hatte er den Strauß frischer Sonnenblumen auf die Rückbank gelegt und war wortkarg losgefahren, nachdem der Mann vom Abschleppdienst das Problem sehr schnell lokalisiert hatte: Der Tank war leer – und Chris war sauer.

»Ein Auto muss man tanken, um es fahren zu können, Miss Großstadt«, wiederholte er nun schon zum dritten Mal, als käme Emily von einem anderen Planeten.

Sie dachte nicht im Traum daran, ihm recht zu geben, verteidigte sich aber dennoch. »Ich bin in den letzten Jahren nicht besonders viel Auto gefahren. In New York …«

»… gibt es keine Autos?« Chris sah sie nicht an.

»Hör mal, es tut mir leid, falls du jetzt zu spät zu deinem Ding kommst.« Sie deutete mit dem Kopf auf die Blumen.

»Was denn für ein Ding?«

»Deiner Verabredung, deinem Date, Hochzeitstag, was weiß ich.«

»Ich verstehe nicht, wovon du redest, Emily.«

Er war wirklich ein Hinterwäldler.

»Dauert ja hoffentlich einige Jahrzehnte, bis wir beide uns das nächste Mal wiedersehen«, fügte sie augenrollend hinzu.

»Keine Sorge. Ich habe ein ziemlich gutes Gedächtnis, und diese Aktion hier merke ich mir«, antwortete er trocken.

»Du bist ja richtig lustig.«

Mürrisch winkte er ab. »Emily, du nervst.«

Das lief echt gut. Sie schaute sich im Auto um und entdeckte einen Sanddollar in der Ablage unter dem Radio. So eine Muschelart hatte sie nur ein Mal gesehen, damals, als sie mit sechs Jahren mit ihren Eltern am Golf von Mexiko in Urlaub gewesen war. Das Skelett eines Seeigels, hatte Mom ihr erklärt, das deshalb Dollar hieße, weil es so flach und rund wie eine Münze war. Behutsam befühlte sie das florale Muster auf der Kalkoberfläche, das aussah wie eingemeißelt. Von Chris erntete sie dafür einen misstrauischen Blick.

Den Rest der Fahrt verbrachten sie schweigend, wobei

MacHolzfäller immer wieder auf seine Lederarmbanduhr sah, was sie wirklich störte, aber sie traute sich nicht, es anzusprechen.

»Du hast Heu oder so an deinem Blazer.« Ihr Vater zupfte etwas von der dunklen Baumwolle und wanderte damit zum Mülleimer. »Wie ist es bei Red River gelaufen, Mäuschen?«

Emily fragte sich, ob er sie jemals mit ihrem richtigen Namen ansprechen würde. »Ist doch eh alles sinnlos, Dad. Dein Auto kommt mit dem Abschleppdienst nach Hause und ich …« Leise, weshalb nur Kim, die gerade mit ihrem Rollstuhl in die Küche kam, es hören konnte, fügte sie hinzu: »Ich habe einen Nagellack geklaut.«

»Rotgelb wie die untergehende Sonne?«, fragte Kim und beförderte ihre Haare hinter die Ohren, was viel zu brav aussah.

»Hier geht gleich etwas ganz anderes unter.« Die buschigen Augenbrauen ihres Vaters bewegten sich aufgeregt. »Eines Tages bekomme ich einen Herzinfarkt wegen euch.« Er sah nicht so aus, als hätte er Herzprobleme, trotz dramatisch auf die Brust gedrückter Hand. »Was hast du denn jetzt mit meinem Auto gemacht? So lange bist du doch noch nicht aus New York zurück.« Aus seiner Kehle drang ein erstickter Laut, und hätte Kim nicht abgewunken, wäre Emily zu ihm gestürzt, um ihm zu helfen.

Stattdessen ließ sie sich auf den Wackelstuhl am Esstisch fallen. »Tut mir leid. Ich zahle das.«

»Natürlich zahlst du das. Wer sonst?« Mit gespreizten Fingern versuchte Dad seine lichten Haare, die in alle Richtungen abstanden, zu ordnen. Danach sah er erst recht aus, als hätte er in die Steckdose gegriffen. »Wer hat dich überhaupt nach Hause gebracht?«

»Chris MacGowan.«

Dad atmete scharf ein, betrachtete seine Töchter und griff sich an den Shirtkragen, als wäre der ihm mit einem Mal zu eng geworden. »Ich gehe raus auf die Veranda. Frische Luft schnappen.« Was so viel bedeutete wie Zigarre paffen. Schon hörten sie die fliegengitterbehangene Verandatür hinter ihm zuschlagen.

»Er sollte wieder tanzen gehen, finde ich«, überlegte Kim laut.

»Das ist doch ewig her. Und mit wem überhaupt?«

»Er könnte zum Beispiel zu dem Senioren-Tanztreff gehen, den es hier gibt. Es hat ihn immer froh gemacht, zu tanzen.«

»Früher. Mit Mom.« Emily wusste nicht so recht, was sie von Kims Idee halten sollte und vor allem wie Dad auf einen derartigen Vorschlag reagieren würde. »Mit Mom – na ja, das geht ja nun nicht mehr.«

Sie tauschten einen kurzen Blick.

»Ich wollte als Kind Polizistin werden. Das geht auch nicht mehr. Und jetzt? Das Leben ist hart, Emmi. So ist das nun einmal.« Kims Vortrag verursachte ein Brennen in Emilys Kehle. »Du und Dad, ihr konzentriert euch auf das Falsche. Man sollte auf das achten, was man hat. Nicht auf das, was einem fehlt.«

»Bist du jetzt fertig?«, fragte Emily angestrengt, weil der Druck, der auf ihrer Brust lag, unerträglich wurde.

»Nicht ganz.« Kim grinste schelmisch. »Chris ist heiß, oder?« Sie manövrierte ihren Rollstuhl geschickt zu Emily an den Esstisch. »Finden sicher viele Frauen.«

»Sollen sie mal finden«, raunte Emily ihr bissig zu. »Er trägt Holzfällerhemden und ist noch genauso ein Idiot wie früher.«

»Und du bist seit Neuestem eine Diebin. Dann seid ihr ja beide weit gekommen.« Kim seufzte zwar, aber ihre Mundwinkel zeigten eindeutig nach oben.

Etwas verschämt zog Emily den Nagellack aus ihrer Ledertasche. Doch ehe sie Kim das Fläschchen präsentieren konnte, rutschte es ihr aus der Hand und zerschellte auf den weißen Küchenfliesen. Ein dicker schwarzroter Klecks breitete sich aus, der sicher nur schwer wieder zu entfernen war.

Noch besser hätte der Start in ihr perfektes Leben wirklich nicht laufen können.

2. Kapitel

»So früh an einem Montagmorgen haben Sie die freie Auswahl, Miss.« Die Kellnerin schritt voraus auf die menschenleere Außenterrasse des Red-River-Weinguts am Rande von Napa. Hier wollte sich Max Brown heute, an Emilys erstem Arbeitstag, mit ihr treffen, vermutlich um ihr einen der Betriebe hinter dem internationalen Konzern zu zeigen. Die Bedienung deutete auf die freien Tische und strahlte, als hätte Emily den Hauptpreis bei einer Tombola gewonnen. Die Metalltische und Stühle standen ordentlich nebeneinander. Es gab zwar keine Sitzkissen, dafür aber gefaltete rote Fleecedecken, die über den Lehnen hingen und auf ihren Einsatz warteten. Emily mochte die kühle Morgenluft des Sommers genauso wie die sengende Mittagshitze, beides gehörte einfach zu Kalifornien dazu.

Emsig wischte die Kellnerin mit einem Mikrofasertuch über die Tische, auf denen auch bei genauerem Hinsehen kein einziger Krümel oder Fleck zu erkennen war. Sie war zurechtgemacht, so als arbeite sie beispielsweise an der Wall Street und nicht in einem Weinlokal in Napa Valley. Die Betriebsamkeit der jungen Frau erinnerte Emily daran, dass sie selbst heute alles andere als energiegeladen war. Sie hatte letzte Nacht kein Auge zugetan. Schließlich beendete nicht jeder innerhalb von zwei Wochen eine Ehe, zog in einen anderen Bundesstaat und begann einen neuen Job. Und: Sie wohnte wieder im Haus ihres Vaters – mit siebenundzwanzig Jahren. Viel mehr konnte man wohl nicht falsch machen.

Dabei hatte es in New York nahezu perfekt für sie ausgesehen: ein toller Mann, eine Wohnung auf der Upper East

Side und ein Topjob. Früher oder später wäre sie zur Managerin aufgestiegen. Zugegeben, sie hatte die Wirtschaftsprüfung gehasst, obwohl sie seltsamerweise richtig gut darin gewesen war. Und jetzt? Jetzt würde sie endlich das tun, was sie wirklich tun wollte. Nicht umsonst war Marketing und nicht Rechnungswesen ihr Hauptfach gewesen.

Ein herzhaftes Gähnen stieg in ihrer Kehle auf, sie schluckte es hinunter. Auf keinen Fall wollte sie an ihrem ersten Arbeitstag erschöpft wirken, nur weil sich in ihrem Leben derzeit eine Katastrophe an die nächste reihte. Heute Morgen hatten ihre Karten am Geldautomaten nicht mehr funktioniert, weshalb sie sich von Dad Bargeld leihen musste, was ihr extrem unangenehm war. Die VISA-Karte ereilte sicher bald ein ähnliches Schicksal. Vermutlich hatte Michael alle Bankkarten sperren lassen. Vielleicht sollte sie zur Entspannung mit den Schultern kreisen so wie die Frauen in den Yoga-DVDs, die Emily sich nur kaufte, um wiederholt festzustellen, dass Yoga absolut nichts für sie war. Mit den vielen DVDs könnte sie mittlerweile locker einen ganzen Yoga-DVD-Abend füllen. Übernächtigt setzte sie sich an einen Tisch nahe der efeuumrankten Brüstung, von wo aus sie die beste Sicht auf die sonnigen Weinberge des Anbaugebiets hatte. Wie lange war sie nicht mehr hier gewesen?

In Reih und Glied lagen die Weingärten mit den Rebstöcken vor ihr, die in dieser Jahreszeit immer schwerer an ihren Früchten trugen. Sie wusste nicht, wie groß dieses Gut insgesamt war, aber allein der Teil, der sich über die Fläche bis zum Horizont erstreckte, maß bestimmt an die fünfzehn Hektar. Die Weinberge waren noch genauso gepflegt wie damals, als sie mit Dad auf dem hellen Kiesweg entlangspaziert war und die intensive Farbe der schwarzblauen Trauben bewundert hatte. Manchmal hatte sie heimlich ein paar reife Weinbeeren abgepflückt und im Mund zerplatzen lassen. Der dunkelrote Saft war ihr das Kinn hinuntergelaufen, und sie erinnerte sich daran, wie groß ihre Sorge gewesen war, Flecken auf ihrem Sommerkleidchen zu hinterlassen. Dad war nämlich nicht gut im Fleckenentfernen.

Emily atmete das Duftgemisch aus Erde, Feldern und gemähtem Gras ein und streckte ihre Beine aus. Schade, dass die Blütezeit des Weins vorüber war. Der ganz besondere Duft, der in dieser Reifephase in der Luft lag, ließ das Aroma des späteren alkoholischen Getränks bereits im Vorhinein erahnen. Ein Traktor zog gemächlich seine Bahnen, und das gleichmäßige Motordröhnen kam ihr merkwürdig vertraut vor. Alles war so langsam, kein Vergleich zu dem Alltag in New York, zwischen sich aneinanderreihenden Hochhäusern, Taxikolonnen und der immerwährenden Rastlosigkeit der Menschen.

Mit einem dumpfen Poltern fiel etwas neben ihr auf den Terrassenboden und riss sie mit einem Schlag aus ihrer Gedankenwelt. Es war eine Aktentasche so groß wie ein Trolleykoffer.

»Guten Morgen, Carsen.« Offenbar sparte Max Brown sich ab jetzt das offizielle Mrs. Schwungvoll warf er sich in den gegenüberliegenden Metallstuhl, und Emily musste schnell die Beine einziehen, damit er auf dem Weg dorthin nicht stolperte. Er lächelte und legte seinen Jaguarschlüssel, an dem ein kleiner Golfball-Anhänger baumelte, auf dem Tisch ab. »Was möchten Sie trinken?«

Ein einfaches Mineralwasser hätte es auch getan, aber Max bestellte das teuerste Wasser auf der gesamten Karte: ein Quellwasser namens Crystal Water, bei dem Emily sich unweigerlich fragte, ob man für diesen Preis die ganze Quelle oder doch nur ein Glas bekam.

»Kommen wir direkt zur Sache, Carsen.«

Hoffentlich wurde das mit dem Nachnamen keine neue Angewohnheit.

»Sie meinen den Arbeitsvertrag?« Schön, wie gemütlich ihr neuer Job startete: Sonne, Weinberge, ein sympathischer Chef – was wollte sie mehr? Gut gelaunt griff Emily in ihre Ledertasche und schob ihm den Vertrag über den Tisch zu. »Ich freue mich sehr über die einzigartige Chance, für Sie zu arbeiten, Max.«

Max Brown schenkte der unterschriebenen Vertragsseite nur einen kurzen Blick, bevor er den roten Schnellhefter in seinem Aktenkoffer verschwinden ließ.

Besonders zu freuen schien der sich im Gegensatz zu ihr ja offenbar nicht.

Mit gewichtiger Miene beugte er sich vor, so als wolle er ihr jeden Moment das Geheimnis seiner Millionen verraten, rutschte aber sofort wieder zurück, weil die blonde Kellnerin die bauchigen Wassergläser zwischen ihnen abstellte.

Was war denn mit dem los?

»Sie *wollten* ja als Produktmanagerin bei Red River einsteigen, nicht wahr?«

Emily spürte, wie sich ihr Hals verengte. Irgendetwas stimmte hier ganz und gar nicht. Das aufkeimende Gefühl der Beunruhigung machte sie für einen kurzen Moment unfähig, zu reagieren. Sie hätte gerne etwas von dem Kristallwasser getrunken, wenn sie es hinuntergeschluckt bekäme.

»Ich *bin* bei Red River eingestiegen. Heute«, korrigierte sie ihren Chef behutsam. Es handelte sich wahrscheinlich nur um ein kleines Missverständnis.

»Haben Sie den Vertrag nicht gelesen?« Intensiv betrachtete Max die aufsteigenden Perlen in seinem Wasserglas, als sei das jetzt das Allerwichtigste.

Emily hörte, wie sich die Arbeiter in den Weintrassen lautstark Befehle zuriefen. Wie gerne hätte sie ihnen genauer zugehört und sich damit von diesem Gespräch abgelenkt. Denn wenn sie ehrlich war, hatte sie sich die Jobbeschreibung nach dem furchtbaren Tag im Macy's tatsächlich nicht so detailliert durchgelesen, wie es normalerweise ihre Art gewesen wäre. Sie hatte die Blätter in der Mappe einfach unterschrieben: Alles, was sie wollte, war diese Arbeit – oder besser gesagt: Es war alles, was sie noch hatte.

»Sie sind zwar bei Red River angestellt ...«

»Als Produktmanagerin.«

»Carsen, ich glaube, Sie haben da etwas falsch verstanden. Ausschließlich bei Bewährung steigen Sie zur Produktmanagerin auf.«

Wie bitte? Hatte sie etwa als Einzige den Schuss nicht gehört? Das Ergebnis diverser Marketingmaßnahmen konnte man doch erst deutlich später messen. Sich bereits im Vorhinein zu bewähren war rein technisch gar nicht möglich. Das hätte sie Max auch sofort erklärt, wenn sie von seinem Vorhaben gewusst hätte.

»Tja.« Max schaute nach links und rechts, so als wolle er sich vergewissern, dass niemand in der Nähe war. Und das, obwohl er lediglich ein völlig unspektakuläres Blatt Papier in einer Klarsichthülle aus seinem Aktenkoffer zog. Mit dem Stuhl rückte er an sie heran, und Emily roch die Sprühstärke, die ganz offenbar verwendet wurde, um seinen weißen Hemdkragen zu stärken. Immer noch schweigend nahm er ein Brillenetui aus der Innentasche seines Sakkos. Die dunkle Hornbrille, die er sich anschließend auf die Nase setzte, ließ ihn noch geschäftlicher wirken. »Es gibt diese Zusatzvereinbarung zu Ihrem Arbeitsvertrag. Die Position Produktmanagerin bei Red River setzt nämlich voraus, dass Sie ...«

Lautstark wurde seine Rede von einer quietschenden Melodie unterbrochen. Irritiert sah der Konzernchef sich um. *Stayin' Alive.* Emilys Klingelton, den Kim ihr in einem unbewachten Augenblick auf das Handy geladen hatte, beschallte die komplette Außenterrasse. Vielleicht könnte sie bei drei in einem Erdloch versinken? Das wäre klasse. Eins – zwei – drei.

Max ließ die angehaltene Luft mit einem Zischen entweichen.

»Entschuldigung.« Leicht panisch durchsuchte Emily ihre Lederhandtasche. Warum hatte sie nur immer so viel Zeug dabei? Mindestens drei Lippenpflegestifte, zwei Tempopackungen, unzählige Kassenbons, eine Sonnenbrille mit einem schiefen Bügel und andere Kleinteile flogen darin herum. Der Stoff ihrer Anzughose begann, unangenehm an ihren Oberschenkeln zu kleben. Wo war das Gerät nur? Sie hätte es lautlos stellen sollen.

»Dieser Klingelton passt ungefähr so gut zu Ihnen wie ein weißer Anzug zu mir.« Max lachte kurz über seinen eigenen Witz.

Mittlerweile hielt sich Emily die Tasche ans Ohr, um herauszufinden, wo genau der Ton herkam. Die Mailbox hatte sie nicht aktiviert, es würde also ewig klingeln, zumindest, falls es Kim mit ihrem Sturkopf war. Sie entdeckte das Handy im Innenfach, wo sie es extra verstaut hatte, um es schneller zu finden. *Hatte ja super funktioniert.*

Ein Blick auf das Display brachte keinen Aufschluss, unbekannte Nummer. Ob es Michael war? Der Michael, der ihr völlig egal sein sollte? »Ich stelle das Telefon aus, Mr. Brown. Es tut mir sehr leid.«

»Nun gehen Sie schon ran, Carsen.«

Emily drückte sich selbst innerlich die Daumen, dass es

nicht ihr Mann war. Das wäre gerade jetzt sehr ungünstig. Beinahe schüchtern betätigte sie die grüne Taste ihres Smartphones.

»Hallo. Ich rufe nicht freiwillig bei dir an«, bellte der Kerl am anderen Ende sofort in die Leitung.

Das war doch wohl nicht …

»Kim hat mir deine Nummer gegeben.«

Es war Chris. Na, großartig.

»Und wozu solltest du mich so dringend erreichen müssen?« Dafür würde sie Kim später einen Kopf kürzer machen.

»Du hast gestern deinen Ehering in meinem Auto vergessen.«

Mist. Sie hatte nicht mehr nachgesehen, ob der Ring noch in ihrer Hosentasche war, und jetzt lag die Hose in Dads Gästezimmer über dem Stuhl.

»Das hätte ich ja wohl gemerkt«, sagte sie kühl. Gut, sie hatte während der Fahrt mit dem Goldring herumgespielt, weil Chris sauer war und nicht mit ihr geredet hatte. Vielleicht war er ihr anschließend aus der Hosentasche gefallen. Wie ärgerlich. Jetzt musste sie sich schon wieder mit diesem selbstgefälligen Holzfällerhemd auseinandersetzen.

»Eine verheiratete Frau sollte ihren Ehering am Ringfinger tragen«, stellte Chris nüchtern fest. »Was meinst du?«

Blödmann.

Sie lachte gespielt fröhlich und zwinkerte ihrem Chef gewitzt zu. »Prima!«

»Prima?« Chris klang verwundert.

Ärgerlich biss Emily die Zähne zusammen, um nichts zu entgegnen. Max war schließlich nicht taub.

»Eigentlich sollte Kim dir das mit dem Ring ausrichten, aber sie wollte nicht – warum auch immer.«

»Super«, flötete sie. »Wie lieb von dir. Wirf das gute Stück bitte in unseren Briefkasten.«

Ihr neuer Chef spielte mit dem Golfball-Anhänger seines Autoschlüssels und taxierte ihre Mimik. Chris würde ihr den ersten Arbeitstag nicht ruinieren. Gleich würde sie auflegen und der Ring wäre heute Abend wieder in ihrem Besitz. Alles kein Problem.

»Ich bin doch nicht dein Postbote, Emily. Wenn du ihn haben willst, hol ihn dir bei mir ab.«

»Oki. Klar«, zischelte sie und lächelte Max gewinnend an.

Oki?

»Wie wäre es mit einem Danke?«, sagte Chris ruhig. Vor ihrem inneren Auge sah Emily, wie er lausbübisch grinste. »Oder willst du mir das später persönlich überbringen?«

»Ja, klar, persönlich. Toll, dass du angerufen hast. Bis später.« Einen Tick zu früh legte sie auf. Sie wusste nicht, wo er wohnte. Wie viele Jahre hatte sie ihn nicht mehr gesehen? Ungefähr seit sie nach New York gegangen war, um Betriebswirtschaftslehre zu studieren. Hatte Chris nicht damals ein Medizinstipendium erhalten? Resigniert atmete sie aus.

Irgendwie hatte sie alles verloren – und jetzt noch ihren Ehering.

»Ich mache, was Sie wollen, Max«, brach es aus ihr heraus.

»Nicht so laut, Carsen«, raunte der ihr erschrocken zu und hob mit verkrampftem Gesichtsausdruck die Hände. »Die Leute denken ja, wir zwei hätten *Gott weiß was* vor.«

»Ich brauche den Job als Produktmanagerin *unbedingt.* Ich *bin* dieser Job.«

»Jetzt hören Sie mal zu und passen Sie ganz genau auf.« Max rückte wieder an sie heran. Postwendend rutschte die rote Fleecedecke von seiner Stuhllehne, doch er bemerkte es nicht.

»Es gibt da dieses Weingut: Es heißt *Black Dragonfly – schwarze Libelle.* Sagt Ihnen das etwas?«

An ihrem unwissenden Blick erkannte er wohl, dass sie keine Ahnung hatte, wovon er redete. Emily traute sich kaum, zu atmen, um ihn bloß nicht noch einmal zu unterbrechen.

»Na gut. Fangen wir anders an: *Big Business*. Das aktuelle In-Getränk des Sommers.«

Die Art und Weise, wie er redete, verursachte ihr ein Frösteln. Am liebsten würde sie sich nun doch die Kuscheldecke um die Schultern legen. Immerhin konnte sie mit dem Namen des Getränks etwas anfangen. »Big Business ist das neue Weinmixgetränk. Ich habe es im Joe's in der Porter Street probiert. Es gibt den Drink bisher nur hier vor Ort, oder? Schmeckt großartig, so wie Frühling und Sommer zusammen.«

Max Brown zog das Blatt, das er eben aus seinem Koffertrolley genommen hatte, aus der Klarsichthülle. In der Kopfzeile las Emily das Wort *Zusatzvereinbarung*.

Unbeirrt sprach ihr Chef weiter. »Das Weingetränk Big Business besteht nachweislich aus rein natürlichen Zusätzen: Es ist modern, bio, vegan, detox, low carb … wie auch immer Sie es nennen wollen. Es trifft den Nerv der Zeit. Es trifft die Kundschaft. Unsere Kundschaft.« Er machte eine bedeutungsschwere Pause und rückte die Brille auf seinem Nasenrücken zurecht. Mit einer ausufernden Geste deutete er anschließend auf die Weinberge. »Dieser unfassbare Drink ist unser Start in den weltweiten Markt junger Weinmischgetränke.«

»Wooow.« Jetzt klang sie beinahe so wie Kim, wenn die

beeindruckt war. »Der Big-Business-Weinmix ist von Red River?«

»Natürlich nicht!« Max knibbelte ein Eselsohr in das Zusatzvereinbarung-Papier, das immer noch vor ihm lag. »Aber bald. Wir benötigen bloß die exakte Rezeptur«, schob er gedämpfter hinterher. »Die hat das Weingut Black Dragonfly nicht schützen lassen – geht ja auch gar nicht.«

Sein Interesse an diesem Rezept schien ja fast größer zu sein als das an seinen eigenen Rotweinen. Bisher hatte er mit Emily weder über seinen Weinhandel noch über ihr eigentliches Jobprofil gesprochen. Stattdessen wollte er ein fremdes In-Getränk, das gerade raketenartig auf dem Markt nach oben schoss, kopieren.

Das war verboten, strafbar. Emily überlegte. »Ein Rezept in etwa genauso hinzubekommen, sollte doch nicht so schwer sein.«

»Selbstverständlich ist das schwer.« Alles andere als entspannt spähte Max zu der Kellnerin hinüber, dann beugte er sich so weit vor, bis sein Gesicht sich dicht vor Emily befand. »Und genau deswegen sind Sie noch keine Produktmanagerin.«

Es hatte so gut angefangen, und jetzt fühlte Emily sich kleiner, als sie eigentlich war.

Max ließ sich in seinen Stuhl zurückfallen. »Meine Leute von unserer Research-Abteilung haben sich beide Arme und Beine ausgerissen. Wir bekommen Big Business noch nicht einmal annähernd hin. Es ist wie bei Coca-Cola. Uns fehlt das gewisse Etwas.«

»Wie wäre es mit einem ganz anderen Weinmischgetränk?« Sie wusste, dass dieser Vorschlag kühn klang.

»Wer soll das denn entwickeln? Sie etwa?« Er holte scharf Luft. »Um auf unser Thema zurückzukommen:

Die Coca-Cola-Rezeptur ist eines der bestgehüteten Geheimnisse der Welt. Früher sagte man, der Erfinder habe die Formel so geheim gehalten, dass er sie lange Zeit noch nicht einmal zu Papier brachte. Heute glaubt man, sie liegt irgendwo in einem Tresor in Atlanta. Verstehen Sie, wie wertvoll ein derartiges Rezept ist?«

»Aber ich bin doch keine Produktentwicklerin und mit dem Knacken eines Tresors kenne ich mich auch nicht aus.«

Das Geräusch des über den Weinbergen auftauchenden Spritzhubschraubers übertönte ihre letzten Worte. Max schien nicht gerade begeistert, weder von dem Hubschrauberlärm noch von ihr. Er stöhnte auf.

»Was glauben Sie eigentlich, warum wir uns für Sie entschieden haben? Sie kommen frisch aus New York, Sie haben Betriebswirtschaftslehre studiert. Und trotzdem sind Sie quasi mit dem Wein aufgewachsen. Sie wissen, wovon wir reden und was wir wollen. Na ja, und …« Er kreuzte die Arme vor der Brust. »Sie brauchen dringend einen Job.« War ihm etwas ins Auge geflogen oder zwinkerte er ihr tatsächlich zu? »Besorgen Sie uns die Formel für Big Business.«

»Sie wollen, dass ich die Rezeptur von diesem anderen Weingut stehle?«, flüsterte sie.

»Man könnte es auch strategisches Marketing nennen«, entgegnete Max und blinzelte gegen die Sonne.

Das, was er vorhatte, klang weder nach Marketing noch war es besonders strategisch. »Ich finde das nicht in Ordnung.«

»Finden Sie eine Stelle als Produktmanagerin auch nicht in Ordnung? Mal abgesehen von der mehr als ordentlichen Bezahlung.« Max Brown ließ das kristallklare Wasser in seinem Glas kreisen. »In-ter-na-tio-nal«, betonte er.

Rezept, In-Getränk, Stehlen, Job, Wahnsinnsgehalt.

Sie setzte sich kerzengerade hin. »Sie erpressen mich, Max.«

»Und Sie nehmen ziemlich große Worte in den Mund. Als wären wir hier bei der Mafia. Es steht Ihnen jederzeit frei, zu gehen. Suchen Sie sich doch eine andere Arbeit.«

Emily lachte auf, so wie sie es immer tat, wenn sie am liebsten weinen oder ausflippen würde. Ihr Verstand hatte offenbar keine Lust, sich ernsthaft mit Gefühlen wie Trauer, Wut oder Enttäuschung zu beschäftigen, stattdessen sendete er Signale der Heiterkeit. Eine anstrengende Eigenschaft, die auf andere leicht verstörend wirken konnte. Jedenfalls würde sie keine Straftat begehen, selbst wenn Red River das Vorhaben ohnehin umsetzen würde. Sie wollte kein Teil dieses Komplotts sein. Dann hatte sie eben keinen Job und kein Geld, keine eigene Wohnung und kein Auto. Als sie an ihren Ehevertrag dachte, drehte sich ihr der Magen um. Sie würde ohne alles dastehen.

Der Konzernchef erhob sich und bedeutete der Kellnerin, die an einem anderen Tisch bediente, per Handzeichen, dass die Getränke an diesem Tisch nicht abzurechnen seien. Der hatte ganz offensichtlich keine großartigen Probleme im Leben. Ihr Smartphone vibrierte im gleichen Moment auf der Tischplatte, in dem Max nach seinem Autoschlüssel griff. Resigniert klickte Emily auf den Nachrichteneingang ihres Handys.

›Mein Schatz, wir schaffen das. Bitte glaub an uns. Michael.‹

Seit dem schrecklichen Tag, an dem sich alles veränderte, war es das erste Lebenszeichen von ihm: dem jüngsten New Yorker Top-Investmentbanker. Er war der smarte Kerl mit dem gewinnenden Lächeln und dem maßgeschneiderten Anzug. Der Typ, der zwar viel Blödsinn mitmachte, dem aber niemand etwas Schlechtes zutraute. Er war zu wohlhabend, zu gut aussehend und zu intelligent … und trotzdem hatte er es getan.

Sie schluckte hart und blieb kurz ganz still auf dem verschnörkelten Metallstuhl sitzen, der genauso gut ein Beistelltisch für Blumen hätte sein können. Ohne zu überlegen, tippte sie auf *Nachricht löschen* und warf das Handy, so als könnte sie sich daran verbrennen, zurück in ihre Lederhandtasche. Sie sprang auf. »Max, ich bin dabei«, hörte sie sich laut und deutlich sagen.

»Wie schön, Carsen. Woher dieser plötzliche Sinneswandel?« Wie selbstverständlich reichte ihr der Mann mit der Zusatzvereinbarung einen roten Red-River-Kugelschreiber aus seinem Aktentrolley. Seine Miene wirkte undurchdringlich. »Wir wollen übrigens nicht, dass jemand von unserer kleinen Abmachung erfährt. Vielleicht erwähnen Sie gegenüber Ihrer Familie lieber nichts von Ihrer neuen Arbeit. Wir wissen ja noch nicht, ob es überhaupt zu einer langfristigen Bindung mit Ihnen kommt.«

Mit Dad und Kim hatte Emily seit der Abschleppaktion ohnehin nicht mehr über Red River gesprochen. Dad hat te nur noch Augen für seinen geliebten Honda gehabt, und Kim hatte das Wochenende bei ihrem Freund Lucas verbracht.

Emily hörte die Alarmglocken in ihrem Kopf zwar läuten, ignorierte sie jedoch vorsätzlich. Wie von selbst setzte sich ihre Unterschrift in die dafür vorgesehene Zeile auf dem Dokument.

Man konnte Dad nicht vorwerfen, dass er Emilys Kinderzimmer in ein Gästezimmer umfunktioniert hatte. Die gestreifte Bettwäsche, die weiße Holzkommode und der Flickenteppich strahlten genau die Neutralität aus, die sie jetzt brauchte. Auch wenn das alles andere als *ihr Zimmer* war. Offenbar hatte Jack Jones nicht damit gerechnet, seine älteste Tochter so bald wiederzusehen, geschweige denn in sein Haus aufnehmen zu müssen. Vorsichtig strich Emily über die Kommodenablage. Bisher bewahrte sie ihre Kleidungsstücke ausschließlich in dem Wandschrank auf, der aus dem ehemaligen Elternschlafzimmer stammte. An dem verbogenen Schrankschlüssel hing der türkisgrüne Traumfänger ihrer Mutter, ein indianisches kreisrundes Symbol, dessen inneres Geflecht schlechte Träume filtern und gute hindurchfliegen lassen sollte. Mom hatte daran geglaubt. Hoffnungsvoll drehte Emily ihn zwischen den Fingern. Sie erinnerte sich kaum an die gemeinsame Familienzeit, die auf den Bildern festgehalten war, welche ihr Vater verschlossen in den Alben im Wohnzimmerschrank aufbewahrte. Das Gedächtnis einer Siebenjährigen entsprach eben nicht dem einer Siebenundzwanzigjährigen. Die Eindrücke und Erlebnisse von damals waren mit den Jahren genauso verblasst wie der hellblaue Anstrich des Holzhauses in der Jefferson Street 25.

Abgekämpft ließ sie sich auf die Bettwäsche fallen und registrierte den Mehlfleck auf ihrem Shirt, vernachlässigte ihn jedoch. Zuerst einmal brauchte sie ein Auto. Vielleicht sollte sie sich direkt einen Wohnwagen kaufen, dann hätte sie den fahrbaren Untersatz und die eigene Wohnung in einem Abwasch erledigt. Aber dazu benötigte sie eine Stange Geld, und zwar sofort.

»Was ist denn hier in unserer Küche passiert?« Kims erschrockener Ausruf durchdrang das ganze Haus.

Das hatte Emily ja total vergessen, sie eilte los.

»Ist das dein Beitrag zur gesunden Ernährung in diesem Haushalt?« Der ironische Unterton war nicht zu überhören. Schon als Kleinkind hatte Kim diesen vorwurfsvollen Augenaufschlag gehabt, wenn ihr etwas missfiel – mittlerweile beherrschte sie ihn bis zur Perfektion. »Du hättest wenigstens Dinkelmehl verwenden können«, sagte sie anklagend.

Weizen oder Dinkel – wen interessierte das? Der Berg Pancakes, den Emily während der letzten zwei Stunden wie eine Besessene fabriziert hatte, wackelte bedenklich. Es war exakt so wie kürzlich in ihrer alten Wohnung. Mit der Handkante schob sie die Mehlreste auf der Arbeitsplatte zusammen. Dabei bemerkte sie, wie Kim ihren Ringfinger musterte, der einen hellen Kranz genau an der Stelle aufwies, wo sich vor Kurzem noch ihr Ehering befunden hatte.

»Wirst du dich scheiden lassen?«

Mitten in der Bewegung hielt Emily inne. Die Worte aus dem Mund ihrer Schwester klangen schrecklich, doch irgendwann musste sie sich wohl mit ihrer gescheiterten Ehe auseinandersetzen. Oder nicht?

»Kennst du einen vernünftigen Scheidungsanwalt?« Übertrieben ordentlich putzte sie sich die Hände an einem Küchentuch ab, so als könnte sie damit gleichzeitig alle unangenehmen Gedanken loswerden.

»Ich bin viel zu jung, um so jemanden zu kennen, Emmi.« Kim drehte eine blonde Haarsträhne um ihren Zeigefinger. »Andererseits – sie ist zwar keine Anwältin, aber du könntest Kate MacGowan fragen.«

»Chris' Mutter?« Nachdem Emily mit dem Glasreiniger alle Flächen eingesprüht hatte, auf denen sich auch nur ein

Restkörnchen Mehl abgelagert hatte, war die Flasche fast leer. »Wie kommst du jetzt ausgerechnet auf die?«

»Die war schneller geschieden, als du Pfannkuchen sagen kannst. Niemand weiß Genaueres.«

»Hört sich ja ziemlich schräg an.«

»Und es wird noch schräger: Der alte MacGowan ist recht überraschend ausgezogen, hat Lucas mal erzählt. Du erinnerst dich bestimmt, wie der drauf war. Muss wohl alles andere als schön gewesen sein.« Gelassen nahm Kim Messer und Gabel aus der Besteckschublade. »Chris sieht man übrigens so gut wie nie in Napa, noch nicht einmal im Supermarkt. Früher hatte er ja in ein paar Lokalen ohnehin Hausverbot.«

Emily erinnerte sich an einen Abend, an dem Michael mit einer gebrochenen Nase nach Hause kam, weil er mit Chris um die Häuser gezogen und in eine Schlägerei geraten war. Sie hatte nie verstanden, wieso die beiden miteinander befreundet gewesen waren. Gegensätzlicher konnte man kaum sein. Bei dem Gedanken an ihren Mann machte ihr Herz einen schmerzhaften Satz.

»Sag mal, willst du die Möbel ins Nirwana putzen, Emmi? Wenn du so weitermachst, lösen sie sich gleich in ihre Bestandteile auf.«

Es war Emily gar nicht aufgefallen, wie oft sie dieselben Stellen gewischt hatte. Seufzend legte sie den Spülschwamm weg und schob sich ein Stück Pfannkuchen in den Mund.

»Guck, ich verzichte auf den zuckerigen Sirup«, sagte sie kauend und tippte ihrer Schwester auf die Schulter. »Magst du auch ein böses Weizenmehl-Küchlein?«

»Was, wenn ich Nein sage, weil ich konsequenter bin als du?« Kim rollte näher an den süßen Berg heran und schnupperte genüsslich.

»Warum hast du dann Messer und Gabel in der Hand? Weil du dir einen gesunden Obstsalat schnippeln möchtest?« Grinsend nahm Emily aus dem Küchenoberschrank zwei Kuchenteller, die beide einen Riss hatten, was sie nicht sonderlich überraschte. Mit den beladenen Tellern setzte sie sich anschließend zu Kim an den Holzesstisch. »Rein theoretisch, Kim – und wenn du so richtig in Not wärst … würdest du bei etwas mitmachen, was vielleicht ein klitzekleines bisschen illegal ist?«

Ihre Schwester sah aus dem Fenster, offenbar beobachtete sie Dad, der an dem Motor seines Rasenmähers herumwerkelte.

»Emmi, glaub mir «, sagte sie dann. »Rein theoretisch … würde ich alles tun.«

3. Kapitel

Das Black-Dragonfly-Weingut lag am Ende des Silverado Trails, irgendwo auf einem Hügel. Zumindest hatte Max ihr das so erklärt. Angespannt blickte Emily auf ihr Navigationsgerät. Die helle Frauenstimme sprach schon seit einiger Zeit nicht mehr mit ihr, anscheinend ging es nur geradeaus. Der Berg, den sie hinauffuhr, hatte eine zehnprozentige Steigung, was ziemlich viel war, jedenfalls für Touristen, die sich freiwillig zu Fuß hinaufkämpfen wollten. Allerdings sah es in diesem Teil der kalifornischen Landschaft nicht besonders touristisch aus. An den Wegrändern wucherte wilder Ginster und vor allem jede Menge Unkraut. Gehörte diese Gegend überhaupt noch zu Napa? Seit etlichen Kilometern hatte Emily kein Haus gesehen. Mittlerweile lenkte sie das Auto über einen Schotterweg. Die geteerte Straße hatte ungefähr bei der Hälfte des Anstiegs geendet, so als habe die Gemeinde nicht bis zu dem abgelegenen Gut geplant. Ohnehin schien es hier oben nur dieses eine Gehöft zu geben, umschlossen von Weinbergen und Stallungen.

Die ausladenden Ahornbäume, welche die Zufahrt säumten, waren schon ewig nicht mehr zurückgeschnitten worden. Offenbar kümmerte sich niemand darum. Im Gegensatz zu Max' schickem Red-River-Winery-Gut wirkte dieses Anwesen samt seiner Umgebung beinahe verwahrlost. Emily parkte den Honda auf dem Kiesplatz im Schatten eines roten Ahorns. Die ergraute Fassade des verfallenen Steinhauses wies dunkle Flecken von den Witterungseinflüssen der vergangenen Jahrzehnte auf. Über dem von zwei Säulen eingefassten Eingangsportal stand kaum lesbar *Black Dragonfly*, und die verblasste Schrift passte haargenau zu den Fensterlaibungen, die sich in einem schmutzigen Braunton von dem hellen Putz abhoben.

»Wie romantisch«, rutschte es Emily unvermittelt heraus, als sie das Meer aus weißen Dahlien und Gänseblümchen mit rosafarbenen Spitzen im Vorgarten erspähte.

Sie stieg aus und blieb mit ihren hohen Absätzen postwendend im Kies stecken. Zwischen Dads Sperrmüll und den Werkzeugteilen angelte sie im Kofferraum nach ihren Gummistiefeln, die sie vorsorglich dort gelagert hatte. In den Weinbergen sollte man mindestens so gut ausgerüstet sein wie ein Bergsteiger vor der Besteigung des Mount Everest, fand Emily: abschüssige Hanglagen, rutschige Erde, Blätter, Trauben, ...

Auf einmal verspürte sie den Impuls, die Gegend erkunden zu wollen, so wie sie es früher mit ihren Freunden rund um Dads Haus getan hatte. Manchmal hatten sie sich Haferflocken mit Zucker, Kakao und Milch gemischt und in einer Plastikschüssel als Proviant mitgenommen, so als wären sie tagelang unterwegs und nicht nur maximal eine Stunde. Sie schob die Erinnerung daran beiseite. Schließlich war sie erwachsen, ruhiger und ... sie wollte den Auftrag von Red River so schnell wie möglich hinter sich bringen, auch wenn sie noch nicht genau wusste, wie und wo sie damit anfangen sollte.

Max hatte ihr morgens am Telefon kaum Informationen gegeben, nur das knappe: »Schleusen Sie sich auf dem Gut ein, Carsen.« Kein Kontakt, kein Name, nichts.

Ihre eigenen Nachforschungen im Internet brachten Emily ebenfalls nicht weiter: Auf der Website fand sie lediglich die Adresse des Black-Dragonfly-Weinguts, das von einer gewissen Missy gegründet wurde. Wer um alles in der Welt hieß heutzutage so? Außer einem illustren Popstar oder einer Katze vielleicht.

»Ich gebe Ihnen bis zum Monatsende Zeit, ein Ergebnis zu liefern, und erwarte, dass Sie uns über die wirtschaftliche Lage des kleinen Guts auf dem Laufenden halten. Das ist doch fair, oder?«, hatte Max gesagt und aufgelegt, ohne auf eine Antwort zu warten.

Super – nun hatte sie auch noch Zeitdruck. Aber den hatte sie ohnehin: Das Bargeld ging ihr aus und sie würde ihren Vater auf keinen Fall erneut um Geld bitten. Er kam gerade so selbst über die Runden. Bliebe nur Kim, die sie fragen konnte.

Emily schob ihre Füße in die Gummistiefel und drehte automatisch den Kopf in die Richtung, aus der sie Lärm hörte. Zwei Männer marschierten aus den nahe gelegenen Stallungen, redeten und gestikulierten durcheinander. Als Kind hatte Emily ihren Dad öfter dabei belauscht, wie er mit Kollegen über den Weinbau gefachsimpelt hatte. Erst viel später hatte sie verstanden, welche ungeahnten Möglichkeiten in den süßen Trauben steckten: Weißwein, Rotwein, Schaumwein, Likörwein. Es gab Weißwein, der mit Mineralwasser und Eiswürfeln aufgefüllt im Sommer zur kühlenden Weinschorle wurde, oder Rotwein, aus dem die Spanier den bekannten Tinto de verano zauberten. Sie atmete hörbar aus, aber zuerst musste sie diese Missy finden.

Langsam folgte sie dem Weg bis zur Eingangstür. In den Pflastersteinfugen wuchs Löwenzahn, der niemanden zu stören schien. Schwer vorstellbar, dass auf diesem maroden Landgut angeblich das begehrteste Sommergetränk des Jahres produziert wurde.

Vor der altehrwürdigen Holztür, die durch die beiden dunklen Säulen noch imposanter wirkte, hielt sie inne.

Neben der Tür befand sich ein verwitterter Wegweiser, ebenfalls aus Holz. Es gab also auch einen Weinladen, nur zweihundert Meter entfernt.

Als die Ladentür beim Öffnen die mechanische Klingel anschlug, strömte ein betörendes Aroma von Kuchen, Alkohol und frischen Blüten in Emilys Nase. Dennoch hatte sie sich den Verkaufsraum des Weinguts deutlich größer und vor allem moderner vorgestellt. Immerhin gewöhnten sich ihre Augen schnell an das schummerige, nachtklubartige Licht in dem Innenraum, der nahezu gänzlich von einer langen Holztheke eingenommen wurde. Auf der Theke hatte jemand Gänseblümchen aus dem Vorgarten in kleinen Vasen arrangiert, was urig und irgendwie gemütlich daherkam. Allerdings erinnerte nichts in diesem Raum auch nur annähernd an ein erfolgreiches Unternehmen, das ein begehrtes In-Getränk produzierte – ganz im Gegenteil. Es sah so gar nicht *in* aus, eher *in*solvent.

Weinflaschen und andere Produkte reihten sich auf wackeligen Metallregalen aneinander, bei näherem Betrachten erkannte Emily auf allen Erzeugnissen das gleiche Logo: eine schwarze Libelle in Form eines Scherenschnitts. Die Flügel schimmerten metallisch grün, fast so wie bei einer echten Libelle. Sie hielt das Schildchen einer langhalsigen Flasche gegen das Licht. An den Etiketten wurde jedenfalls nicht gespart. Auf Anhieb fiel ihr so einiges auf, was sich hier kostengünstiger oder schöner gestalten ließe: Neue Vorhänge täten dem gesamten Ambiente beispielsweise gut. Bistrogardinen oder einfach nichts, damit die Sonne den Raum erhellte.

Weinpralinen, die in Tütchen verpackt aus einem der Regale hervorstachen, fingen ihre Aufmerksamkeit. Wer setzte denn auf diesem Anwesen die hohe Kunst der Pralinenherstellung um? Sie zwang sich, an den Kalorienbömbchen vorbeizuschlendern, als wären sie gar nicht da, und konzentrierte sich auf die Schiefertafel, die an der Wand hinter der Theke hing. In geschwungener Kreideschrift pries sie hausgemachten Rotweinkuchen an – Emilys Lieblingskuchen. Das wurde ja immer besser. Sie warf einen kurzen Blick auf das verführerische Backwerk unter der gläsernen Abdeckhaube auf dem Tresen.

Eine Frau im Studentenalter stand dahinter und schrieb geschäftig in ein Buch. Ihr Kleid war so bunt wie die Federn eines Papageis, rote Korkenzieherlocken fielen in ihr von Sommersprossen übersätes Gesicht – Pippi Langstrumpf ohne Zöpfe.

»Hallo. Was kann ich Ihnen Gutes tun, Miss?« Sie klappte ihre Lektüre zu und schaute beflissen. »Mein Name ist Tiffany, Sie können aber auch Tiff sagen. Wenn Sie einen Wunsch haben, immer raus damit.«

»Vielleicht ein Stück von dem Kuchen?«, hörte Emily sich sagen. Selbstbeherrschung adé. Der innere Schweinehund triumphierte und tanzte Salsa.

»Ein Getränk dazu? Latte macchiato, Cappuccino, schwarzen Kaffee … oder die Verkostung von drei Rotweinen zu einem Festpreis?« Wäre das hier nicht ein Weinlokal, hätte Tiffany ihr in ihrem Überschwang vermutlich sogar eine Schulter-Nacken-Massage angeboten. »Unser Kuchen ist wahnsinnig lecker«, schwärmte sie und wuchtete eine dicke Schnitte auf einen Teller. »Sind Sie alleine?«

Das war wohl eine rein rhetorische Frage. Außer Emily hielt sich niemand in dem Laden auf. Emily überflog die Weinkarte, die auf der Bar lag, aber leider nur Flaschenpreise auswies. Fragen kostete ja bekanntlich nichts. Sie räusperte sich, während sie die wenigen Worte im Kopf vorformulierte. »Haben Sie auch Weinmixgetränke?«

Tiffany lachte lauthals los. »Sie meinen doch nicht etwa gepanschten Wein?« Die Reaktion war eindeutig, und irgendwie war die Frage ja wirklich lächerlich gewesen. Vielleicht hatte Max das Gut, welches das Big-Business-Getränk herstellte, mit einem anderen verwechselt. Die Kellnerin stellte sich kerzengerade hin, dabei erkannte Emily, dass auf ihrem Kleid tatsächlich Papageien und Palmen abgebildet waren. »Wir vermischen nichts miteinander. Das hier ist ein exquisites Weingut.«

Ob Tiff jemand dazu zwang, so etwas zu behaupten? Von dem angeblich exquisiten Wein würde Emily sich lieber persönlich überzeugen. »Die Weinprobe mit den drei Rotweinen, von der sie eben geredet haben – was kostet die?«

»Fünfundsiebzig Dollar.« Tiffany machte eine bedeutungsschwangere Pause. »… jedenfalls mit unseren Premiumweinen. Wir haben noch eine andere Weinprobe, die kostet nur zehn Dollar«, fügte sie ergeben hinzu.

Etwas an die vierzehn Dollar war die Summe, die sich noch in Emilys Portemonnaie befand. Danach war sie tatsächlich mittellos – ausgerechnet sie, Emily Carsen. »Man soll ja klein anfangen. Ich nehme die Zehn-Dollar-Probe.«

Die Bedienung verzog ein bisschen die Nase und tippte auf der Kasse herum, die schon bessere Tage erlebt hatte. Kein Vergleich zu den hochmodernen Bestelltablets, die Emily bei Red River gesehen hatte. Forsch drückte Tiffany ihr ein Ticket in die Hand, den Kuchenteller und ein Rotweinglas. »Die Fässer zu den beiden Proben stehen im Gewölbekeller nebenan. Sie gehen mit Ihrem Glas rein und schenken sich den entsprechenden Wein aus dem jeweiligen Dekanter ein. Bezahlen können Sie später. Black Dragonfly vertraut seinen Gästen.«

Welchen Gästen?

»Links sind die Fässer, die zur Zehn-Dollar-Weinprobe gehören, rechts die für fünfundsiebzig Dollar. Es ist alles beschildert. Wir haben übrigens auch einen kleinen Tisch, draußen um die Ecke, falls Sie sich anschließend lieber in die Sonne setzen wollen. Viel Spaß.« Der Text sprudelte aus Tiffany heraus, als habe man eine Mineralwasserflasche nach ordentlichem Schütteln geöffnet. Sie zwinkerte Emily zu, während sie die Glasabdeckhaube über die Kuchenplatte stülpte. Dann widmete sie sich wieder ihrem Buch.

Die sechs blanken Holztische in dem Ladenlokal wirkten wenig einladend und sie erinnerten Emily an eine heruntergekommene irische Kneipe. Fehlten nur noch das Bier auf dem Tisch und die Erdnussschalen auf dem Boden. Zögernd setzte sie sich und rückte die halb heruntergebrannte Stabkerze, die in einer leeren Weinflasche vor ihr stand, zur Seite. Da hatte jemand überhaupt keine Ahnung von Dekoration.

Nicht gerade enthusiastisch ließ sie die Gabel durch das Kuchenstück gleiten und schob sich ein Stückchen in den Mund. Das war ja wirklich unfassbar! Rotwein, Schokolade, Zimt. Vielleicht etwas Orangenschale? Zweifelsohne der beste Kuchen, den sie je probiert hatte. Das seltsame Interieur des Raumes verschwand komplett aus ihrer Wahrnehmung. Es schien so, als würden ihre Geschmacksnerven die Oberhand über alle anderen Sinne gewinnen. Versonnen ließ sie die im Kuchenteig versenkten Schokostückchen auf der Zunge zergehen und stand erst wieder von ihrem Stuhl auf, als der letzte Krümel der leckeren Köstlichkeit von ihrem Teller verschwunden war. Hoffentlich wurde ihre Hose nicht auf der Stelle enger. Wenn der Wein nur annähernd so gut war wie der Rotweinkuchen, steckte in diesem Anwesen wirklich Potenzial. Emily seufzte und versuchte mit ihrem Daumen den Hosenbund zu dehnen. Es nutzte nichts.

Mit dem Rotweinglas in der Hand und der Handtasche unter dem Arm marschierte sie die Steinstufen hinunter in das kühle Kellergewölbe, in dem sich die Eichenfässer bis an die Decke stapelten. Ein abenteuerlicher Geruch nach Feuchtigkeit, Kork und vergorenen Trauben lag in der Luft, und auch wenn Max das mehr als übel aufstieße, dieses Gut mauserte sich zu einem unerkannten Geheimtipp. Gespannt goss Emily sich den tiefroten Alkohol ein, und als sie es gerade angenehm fand, einmal ungestört zu sein, wie es in Dads Haus ja selten genug vorkam, betraten zwei Mittedreißig-Pärchen schwatzend den Raum. Die vier wandten sich der Weinprobe auf der gegenüberliegenden Seite des Kellers zu und schenkten sich jeweils randvoll ein, was Emily für fünfundsiebzig Dollar absolut legitim fand. Es gab also doch Touristen hier. Nacheinander nippten sie an ihrem Rotwein und runzelten fachmännisch die Stirn.

Ihre eigene Probe ließ Emily zunächst eine Zeit lang im Glas kreisen, so wie Dad es ihr beigebracht hatte. Aussehen, Bouquet, Geschmack und Gesamteindruck summierten sich zur Qualität eines guten Weins. Dieser roch bittersüß, nach Himbeeren und nach Rauch. Sie schloss die Augen. Wie erwartet schmeckte er besonders, weich und rund und …

»Ich hoffe, du läufst nachher nicht wieder weg, ohne zu bezahlen.«

Trotz der lädierten Jeanshose und des hellen Hemds mit aufgeknöpftem Kragen sah Chris MacGowan auffallend attraktiv aus. Breitbeinig blockierte er ihr den Weg. War er unter die Mechaniker gegangen? Sein Leinenhemd wies dunkle Flecken auf, die Hände ebenso.

»Hat es dir die Sprache verschlagen?« Chris musterte sie belustigt. »Oder hast du den Mund häufiger offen stehen wie ein Fisch?«

Schnell klappte Emily den Kiefer zu. »Du bist sooo …«, schnaufte sie mit vorgeschobenem Kinn.

»Und, zahlst du noch oder eher nicht?«

»Ehrlich, Chris. Ich habe aus Versehen einen Nagellack gestohlen. Stell dir vor: Menschen tun ab und zu verrückte Sachen. Nur du anscheinend nicht, Mister Perfect.«

Es kam ihr so vor, als hätte er *Wenn du wüsstest* gemurmelt, aber sie fragte nicht nach. Vielmehr zog sie ihre Geldbörse aus der Handtasche und wedelte mit dem Zehn-Dollar-Schein vor seiner Nase herum.

»Was genau soll das sein?« Beinahe klang er so, als hätte er noch nie einen Geldschein gesehen.

»Vielen Dank für deinen dezenten Hinweis. Ich gehe jetzt zu Tiffany an die Theke und bezahle sofort. Außerdem habe ich sowieso ein paar Tipps zur Innendekoration für sie. Vielleicht findet sie die ja interessant.«

»Sicher findet sie das. Besonders spannend wird sie finden, dass dein kleiner Zehn-Dollar-Schein nicht reicht«, erwiderte Chris und begutachtete die drei Rotwein-Dekanter. »Aber vielleicht ist das ja deine Vorstellung von Humor. Der Wein, den du da in deinem Glas hast, kostet in der Dreier-Probe fünfundsiebzig Dollar. Hat Tiff dir das nicht gesagt?«

Tiff.

Emily linste auf das Schild neben den drei Dekantern und stöhnte laut auf. So viel Geld besaß sie nicht, noch nicht einmal annähernd.

»Ich würde ja wahnsinnig gerne mit dir weiterplaudern, Mrs. Carsen«, fuhr Chris fort und rückte das Preisschildchen neben den Flaschen zurecht. »Nur bin ich dieses Mal leider zu beschäftigt.«

»Du bist arrogant«, brummelte sie und spürte Verzweiflung in sich aufsteigen. Natürlich könnte sie jetzt panisch ihre Handtasche durchwühlen, allerdings würde sie dadurch nicht mehr Geldscheine vorfinden.

»Ich bin alles andere als das.« Chris krempelte die Hemdsärmel hoch.

Instinktiv musterte sie die Buchstaben, Bilder und Tribals, die seine Unterarme zierten. »Gib es zu: Es amüsiert dich, dass ich die falsche Probe genommen habe.«

»Ehrlich gesagt …« Nun grinste er auch noch bis über beide Ohren. »Ja, es amüsiert mich. Ein bisschen.«

»War klar.«

»Aber nur, weil ich es mag, wenn du so verlegen-wütend wirst«, verteidigte er sich und versuchte es mit einem einnehmenden Lächeln. »Was willst du eigentlich hier, Emily?«

Sie hatte Mühe, den Blick von seinem engen Oberteil loszureißen. *Gute Frage. Was wollte sie noch einmal hier?* »Arbeitest du auf diesem Gut?«

»Nein, ich laufe hier nur zum Spaß herum.« Chris deutete auf seine zerrissene, über und über mit Flecken bedeckte Hose. »Ich gehe wieder raus. An einer Stelle ist das Dach undicht. Außerdem muss ich den Lkw entladen, eine Lieferung ist gekommen. Mach's gut.« Bevor er sich umdrehte, wanderten seine Augen von ihrer feinen Seidenbluse hinunter zu ihrem Schuhwerk. Nachdenklich biss er sich auf die Unterlippe.

»Stimmt was nicht?«

»Ich brauche draußen Hilfe. Und *du* hast Gummistiefel

an.« Schelmische Lachfältchen erschienen um seine Mundwinkel. Langsam bewegte er sich auf sie zu.

»Vergiss es.« Emily machte eine abwehrende Geste, wodurch der Wein bedrohlich im Glas hin und her schwappte.

»Na, komm schon. Das ist deine Chance, die Weinprobe auf diesem Gut abzuarbeiten. Du hast niemals fünfundsiebzig Dollar in deinem Geldbeutel. Du hättest doch viel zu viel Angst, das Geld zu verlieren.«

Als schmecke der Rotwein plötzlich nicht mehr, hielt sie das Weinglas so weit wie möglich von sich weg. Ihre Arme berührten dabei beinahe seine, und die Luft in dem kleinen Spalt zwischen ihnen schien sich rasend schnell aufzuwärmen. Irgendwie wurde es immer heißer, je länger sie dort standen. Sie wusste nicht, was über sie kam, als sie Chris mit einem Mal gegen die Brust tippte. »So. Jetzt hör mal zu, du ...« Angestrengt überlegte sie, weil ihr auf Anhieb kein passendes Schimpfwort einfiel. »... Herrgott!«

»Herrgott? Gut, wenn du meinst. Ich bin schon schlimmer beleidigt worden.«

»Du hast ja keine Ahnung.«

»Klär mich doch bitte auf, was bei dir los ist, Emily.«

Es klang anders, irgendwie zu ernst für die Unterhaltung, die sie bisher geführt hatten. Statt ihn anzusehen, schaute Emily stumm auf die Informationstafel des sündhaft teuren Merlotweins, der sich in ihrem Glas befand. Ihre Augen brannten, was bestimmt an der viel zu kleinen Kreideschrift auf der Tafel lag.

»Lernst du jetzt die Daten auswendig?«, fragte Chris spöttisch, als sie weiterhin schwieg. Erfolglos klopfte er seine Hände an der verschlissenen Hose ab. Vermutlich handelte es sich bei den schwarzen Flecken um Maschinenöl.

Emily runzelte die Stirn, bis sie das V, das sich über ihrer Nase bildete, spüren konnte. »Ich muss mit einer Frau namens *Missy* sprechen.« Es war raus. »Und weil du schon einmal da bist, möchte ich noch meinen Ehering zurück.«

Chris MacGowans Gesichtszüge verhärteten sich augenblicklich. »Aha, so ist das. Und was genau habe ich davon? Finderlohn und so.«

Hatte der echt Finderlohn gesagt?

Die Touristen bewegten sich auf ihre Fässerseite zu, weshalb Chris an die gegenüberliegende Wand auswich, um ihnen nicht im Weg zu stehen. Widerwillig folgte Emily ihm, lehnte sich mit dem Rücken gegen die Steinmauer und schwieg. Kälte und Feuchtigkeit des Gemäuers drangen durch ihre leichte Bluse und ließen sie frösteln.

»Ich habe einen Vorschlag: Warst du schon am Strand, seit du wieder in Kalifornien bist?«

Was sollte sie denn jetzt an einem Sandstrand? Muscheln zählen? Sie rollte mit den Augen.

»Du nervst mich auch total, Emily Carsen. Aber du bist Michaels Frau und irgendwie scheint es dir nicht gut zu gehen. Jaja, ich weiß, es geht dir *supergut.*« Verstohlen schielte Chris zu den anderen Gästen im Raum. »Fahr mit mir zum Strand. Nicht heute – irgendwann, wenn dir danach ist. Dann kommst du auf andere Gedanken.«

»Du musst dich nicht um mich kümmern«, entfuhr es ihr, und sie spürte, wie ihre Stimme vibrierte. Entschieden stellte sie das Weinglas auf einem der Fässer ab. Niemand brauchte sich ihr anzunehmen. Sie hatte früh genug gelernt, für alles allein verantwortlich zu sein.

»Wer hat denn hier etwas von Kümmern gesagt?« Mit einer Hand stützte Chris sich an der Wand neben ihrem Kopf ab, und es war ihr augenblicklich peinlich, dass sie gedacht hatte, er sorge sich tatsächlich um ihr Wohlbefinden. Dabei wusste sie doch: Der Chris, den sie kannte, sorgte sich grundsätzlich um gar nichts. Er platzierte die zweite Hand neben ihrem Kopf, weshalb es nun gar keine Möglichkeit mehr für sie gab, ihm zu entkommen. Eher war sie gezwungen, ihm direkt in die grünbraunen Augen zu sehen.

»Ich komme sehr gut ohne dich klar, falls du darauf hinauswillst.«

»Du konntest schon immer schlecht Hilfe annehmen, Emily.«

»Ich brauche ja auch keine.«

Wie gerne hätte sie ihn nicht beachtet, an ihm vorbeigesehen oder eine Fliege dabei beobachtetet, wie sie durch den Raum flog. Alles wäre ihr lieber gewesen, als Chris MacGowan so nah zu sein. Allerdings hätte sie, wenn sie ehrlich war, doch ganz gerne seine Hilfe in Anspruch genommen. Aber sie konnte nicht mehr sprechen, die Worte setzten sich einfach zu keinem Satz zusammen. Stattdessen betrachtete sie sein kantiges Gesicht, den Dreitagebart, seine Lippen … Ihr Gehirn schaltete sich für eine Nanosekunde komplett aus. *Hallo?* Ein Gefühl der Vertrautheit keimte in ihr auf, sie hätte gerne die Augen geschlossen und geträumt. Genau in diesem Moment trat Chris von der Wand zurück und gab sie frei.

»Wegen deines Eherings …« Kam es ihr nur so vor oder betonte er *Ehe* besonders laut? »Frag Tiffany. Er liegt in einem Briefumschlag in der Schublade unter der Kuchentheke.«

»Du lässt meinen Trauring hier auf diesem Weingut, mitten im Nirgendwo, einfach so herumliegen?« Emily verhaspelte sich fast beim Sprechen. »Bei Pippi Langstrumpf und dem Kuchen? Da liegt er ja toll. Das ist ein Goldring, Chris. Echtes Gold.«

»Tiff ist eine sehr ehrgeizige Psychologiestudentin. Die ist ganz sicher nicht scharf auf dein Gold.« Er grinste.

Hatte sie es gewusst: eine Studentin.

»Du lässt deinen Ehering auf dem Fußboden eines fremden Autos liegen, Emily. Was ist wohl schlimmer?« Ohne ein weiteres Wort ging er aus dem Raum und ließ sie mühelos stehen.

Wie betäubt sah Emily ihm hinterher. Er hatte recht, auch wenn sie das nicht gerne zugab. Mit hängenden Schultern ging sie zu Tiffany hinüber, um das mit der vertauschten Weinprobe zu bereinigen.

Draußen, in der Sonne, vor dem Shop nahm Emily endlich ihren Ring aus dem Briefumschlag und steckte ihn sich an den Finger. Obwohl Michael sie schrecklich enttäuscht hatte, sie ihn in der Untersuchungshaft nicht kontaktieren konnte oder wollte ... Sie war verheiratet, und sie musste sich dringend darüber klar werden, was das für sie bedeutete. Träume hatte sie gehabt: eine Hochzeit in Weiß, eine eigene kleine Familie. Letztendlich fiel ihr Jawort in Vegas, ganz ohne Brautkleid. Bei ungefähr 40 Grad in der Wüste Nevadas war sie selbst in ihrem geblümten Sommerkleid fast zerflossen. Zwischen Michaels Heiratsantrag und der standesamtlichen Vegas-Trauung waren nur zwei Tage vergangen, was überhaupt kein Problem gewesen war, denn sie war jung und total cool – dachte sie zumindest damals.

Der sandsteinfarbene Kies knirschte beim Gehen unter ihren Gummisohlen. Kniehohe Stiefel waren in der Sommerhitze eigentlich viel zu warm, außerdem doch irgendwie übertrieben. Schließlich musste sie bisher nicht großartig durch die Weinberge klettern, sondern nur bis zum Parkplatz spazieren. Seufzend zog sie ihr Handy aus der Handtasche, um zu kontrollieren, ob Michaels Anwalt sich gemeldet hatte. Es blieb nicht mehr viel Zeit bis zu dem Prozess, ein paar Wochen oder Tage. Sie wusste es nicht genau, es würde eine schwierige Gerichtsverhandlung: L.M. Chase war nicht irgendein Finanzunternehmen, sondern die führende Investmentbank der Vereinigten Staaten. Total irrsinnig, und sie verstand es immer noch nicht. Warum hatte Michael nicht mit ihr darüber gesprochen? Andererseits wollte sie sich nichts vormachen, es hatte sich vieles zwischen ihnen verändert. Es gab keine Schmetterlinge mehr in ihrem Bauch, eher Motten, und das Rosarot ihrer jungen, aufregenden Ehe war grau geworden. Mit zittrigen Fingern steckte sie ihr Smartphone zurück in die Tasche, warf sie auf den Beifahrersitz des Hondas und schlenderte einfach weiter über den Hof in Richtung der Wirtschaftsgebäude, in denen sie Tiere, Traktoren und andere Gerätschaften vermutete.

Ziemlich heiß, dieser MacGowan, oder?, hörte sie Kims glockenklare Stimme in ihrem Kopf säuseln.

»Dieser heiße MacGowan ist ziemlich anstrengend«, antwortete sie laut. »Einen Wagen muss man tanken, bevor man ihn fahren kann. Das ist die Fünfundsiebzig-Dollar-Probe. Blablabla«, äffte sie ihn nach und zog eine Grimasse.

»Du findest mich also heiß?«

Wie von der Tarantel gestochen, fuhr sie herum. »Du schon wieder.«

Seine Augen funkelten spitzbübisch. »Tut mir leid, ich arbeite nun mal hier.«

Ein älterer Mann mit zwei Eimern in den Händen lief geschäftig an ihnen vorüber, Chris grüßte ihn freundlich.

»Sag mir, was ich tun muss, damit du mir diese Missy

vorstellst, Chris. Danach lasse ich dich in Ruhe – und du mich. Wie klingt das?«

Sein Blick streifte den Ring an ihrem Finger. »Perfekt. Du kannst mir entweder beim Entladen helfen oder zehnmal um die Scheunen joggen.«

Natürlich. War klar, dass er das ausnutzen würde.

»Es ist wirklich toll, was du hier tust.« Sie versuchte die Stimmung aufzulockern, während sie hinter ihm her zu dem großen Lkw trottete. Direkt daneben standen zwei kleinere Laster, beladen mit Weinkisten. Einer sah aus, als wäre er komplett durchgerostet, ein absolutes Verkehrshindernis. Die Ladefläche des Lkws war bereits geöffnet. Da sie nicht einschätzen konnte, was gleich auf sie zukam, redete sie ohne Punkt und Komma weiter. »Mein Traum ist es, im Marketing zu arbeiten, nicht mehr in der Wirtschaftsprüfung wie vorher.«

»Yep«, sagte Chris etwas zu barsch. »Jeder sollte einen Traum haben.« Dann sprang er in den Laderaum des Wagens, kam mit einem augenscheinlich schweren Sack wieder runter und schob ihn ihr zu. »Rüber an die Wand«, wies er sie schroff an. »Und bei welcher Firma bist du zurzeit angestellt, Emily?«

Der Jutesack war kaum zu bewegen. »Muss man immer irgendwo angestellt sein? Ich nehme eine kleine Auszeit.«

Eine sehr gute Antwort. Ein bisschen gelogen, aber ansonsten ganz passabel.

Er reagierte nicht darauf, so als glaubte er ihr ohnehin nicht, und lud einen weiteren Sack vom Lastkraftwagen, den er ihr zuschob. Was war da überhaupt drin? Blei?

Eine Frau mit Kochschürze kam ihnen schnellen Schrittes entgegen. Sie war etwas jünger als Dad, wirkte wesentlich beweglicher und vor allem temperamentvoller. Schon von Weitem gestikulierte sie mit der freien Hand, während sie mit der anderen ein Paket an ihren rundlichen Körper presste.

»Mom.« Chris verweilte vor der Laderampe und wandte sich Emily zu. »Kennst du sie noch? Meine Mutter Kate. Sie arbeitet auch hier, in der Küche.«

Klar konnte Emily sich an die Dame, die ungefähr halb so groß war wie Chris, noch erinnern. Die attraktive Südländerin war nicht zu übersehen und schwer zu vergessen, obwohl Emily ihr höchstens dreimal im Leben begegnet war. Sie hatte sich kaum verändert: ein paar Falten mehr im Gesicht und ein paar graue Strähnen in den schwarzen Haaren, die sie zu einem unordentlichen Dutt aufgetürmt hatte. Ihre natürliche Herzenswärme war unverändert.

»Bellissima.« Ohne Umschweife drückte Kate sie mitsamt dem Paket, das laut Aufschrift Rohrzucker beinhaltete, an ihren riesigen Busen.

Chris räusperte sich, so als sei ihm die Szenerie unangenehm, und stellte Emily mit den Worten *Das ist Michaels Frau* vor. Nichts weiter als Michaels Frau? Irgendwie gefiel ihr das nicht.

»Michael Carsen und du, ihr seid verheiratet?« Kate fragte es so, als wäre das total unrealistisch. »Nie mehr von ihm gehört, dem blonden Jungen, der mit seinen Eltern in dieser Villa mit dem Koikarpfenteich gewohnt hat. Ihr wart befreundet, oder, Chris?«

Leicht gereizt grummelte Chris irgendetwas, was Emily nicht verstand.

»Die Carsens sind schon lange weg.« Kate schaukelte das schwere Paket im Arm hin und her wie einen Säugling. »Wer wohnt jetzt in dem Haus mit den Spitztürmen?«

Emily hätte plötzlich auch gerne etwas in der Hand gehabt, um sich abzulenken. »Michaels Eltern leben in New York. Wir haben sie trotzdem kaum gesehen, seit wir dort wohnen, wohnten … also, ich«, stammelte sie. »Michaels Vater ist noch politisch aktiv und die Carsens reisen viel.« Für ihren Geschmack war der persönliche Bericht viel zu ausführlich, und sie war froh, das Thema beenden zu können.

Mit einer verständnislosen Geste nahm Chris seiner Mutter das Zuckerpaket ab.

»Die haben den falschen Zucker geliefert, figlio. Porca miseria. Was soll ich mit Rohrzucker? Dimmi«, beschwerte Kate sich lautstark und bekreuzigte sich mit ernster Miene – wegen des Zuckers. Ihre Herkunft war nicht zu überhören, geschweige denn zu übersehen.

»Hör auf, italienisch mit mir zu sprechen«, gab Chris zurück und wirkte für einen kurzen Moment wie ein trotziger Junge.

»Du verstehst mich schon«, sagte Kate und die Zuckerkatastrophe von vorhin schien bereits vergessen. »Du bist ohne Michael zurück nach Napa gekommen?«

»Mom, du quetschst Emily ja aus wie eine Zitrone.« Indem er eine Hand wie ein Stoppschild in die Luft hielt, versuchte Chris, die Neugier seiner Mutter zu bremsen. »Emily sucht einen Job.«

Wie kam er denn darauf? Gar nichts suchte sie.

»Sie ist unschlüssig, ob sie in der San-Francisco-Ecke bleibt. So, jetzt weißt du alles und ich muss den Rest entladen.« Lautstark betrat Chris wieder die Rampe des Lkws. »Ich kümmere mich später um dein Zuckerproblem, Mom.«

Doch Kate war noch lange nicht fertig. Begeistert klatschte sie in die Hände. »Bravissimo. Cucina, cavalli, vino. Vielleicht könntest du auch hier arbeiten?« Obwohl sie schon so lange in Kalifornien lebte, benutzte sie offenbar noch immer gerne italienische Wörter und hatte den typisch italienischen Singsang beibehalten.

Was hatte sie gesagt: Küche? Pferde? Wein? Auf gar keinen Fall.

»Eigentlich suche ich Missy.« Emilys Mund spuckte den Satz so schnell aus, dass sie kaum wagte, Kate in die Augen zu sehen. »Chris ist nicht gerade hilfsbereit.«

Der schüttelte nur schweigend den Kopf, während er den Rohrzuckerbeutel seiner Mutter auf einen der schweren Säcke an der Wand legte.

»Ich habe leider keine Zeit mehr. Chris, schaust du nachher mal nach der defekten Brunnenpumpe? Danke. Bin in der Küche, falls ihr mich braucht«, sagte Kate etwas abwesend, drehte sich auf dem Absatz um und entfernte sich mit wehender Schürze in Richtung Hauseingang.

»Du lässt es einfach nie gut sein«, zischte Chris Emily zu und griff unmissverständlich nach den Arbeitshandschuhen, die auf dem Holzpaletten-Stapel im Innenraum des Lkws lagen. Ihre Kehle verengte sich gefühlt um mindestens fünf Zentimeter. »Okay, Miss Superstudiert: Missy ist die Inhaberin von dem Ganzen, und ich habe keine Lust mehr, mit dir zu diskutieren.« Er zeigte auf die Ladung. »Außerdem habe ich zu tun, Auszeiten gibt es bei mir nicht.« Als eindeutige Aufforderung an sie, endlich zu verschwinden, wandte er ihr seine Rückseite zu.

Wie vor den Kopf gestoßen lehnte Emily sich gegen die Scheunenmauer und beobachtete, wie Chris stumm die Jutesäcke vom Lkw lud. Er sollte nach der defekten Brunnenpumpe sehen? Warum half der überhaupt hier aus? Angespannt betrachtete sie seinen Rücken, der sich immer wieder nach der Lieferung krümmte, sie säckeweise auf die

Schultern hievte und vor dem maroden Scheunengebäude absetzte. Sie selbst hätte noch nicht einmal einen dieser Säcke zwei Meter weit tragen können. Der gemauerte Brunnen neben der Scheune war ihr bis eben gar nicht aufgefallen. Moos wucherte in den Ritzen zwischen den uralten Mauersteinen. Emily wippte auf ihren Gummistiefeln und sah sich um. Sie fühlte sich wie in einer Sackgasse; dabei musste sie doch schnellstmöglich die Rezeptur dieses Drinks herausfinden, von dem nicht klar war, wer ihn überhaupt produzierte.

Keine Arbeit, kein Geld, keine eigene Wohnung … und kein eigenes Auto. Emily schluckte. Dieser Job war eine einzige große Schnapsidee. Sie würde Max anrufen und sich eine andere Arbeit suchen, die sie natürlich niemals finden würde, zumindest nicht mit diesem Gehalt und dieser Position. Den Blick auf den Kies gerichtet merkte sie nicht, wie Chris vor ihr stehen blieb.

Sein Hemd war mittlerweile so verschwitzt, dass es an seinem Körper klebte. Deutlich zeichneten sich die Bauchmuskelpakete darunter ab. Mit dem Handrücken fuhr er sich über die Stirn. »Ich kann das nicht sehen.« Er fasste sich in die Seite, als hätte er Schmerzen oder zu wenig Luft. »Ich kann *dich* nicht so sehen, Emily. Was ist los mit dir?«

Sag ihm schon, dass du wissen musst, was sie in Big Business mischen, forderte Kim vehement in ihrem Kopf. *Oder erzähl ihm, dass Michael dich hintergangen hat und du am liebsten den ganzen Tag heulen würdest. Oder vielleicht sagst du ihm, dass du ihn sexy findest?*

Bevor noch mehr sonderbare Kim-Vorschläge in ihren Gedanken landeten, befahl Emily der Stimme, den Mund zu halten. Kurz darauf merkte sie, wie lange sie Chris in seinem Hemd schon anstarrte.

»Schön, dann willst du eben nicht mit mir reden.« Seine Kiefermuskeln spannten sich an. »Ich werde jetzt die Lebensmittel in die Küche bringen.« Vom Beifahrersitz des Lkws nahm er einen Pappkarton, dessen Inhalt nach Zutaten für Kuchen aussah.

»Emily?«

Schnell hob sie den Kopf. »Ja?«

»Du kannst mit mir über alles sprechen.« Es klang so, als meine er es ernst.

Sie sah dem Kerl nach, den sie nicht mehr als MacHolzfäller und immer weniger als Michaels Freund aus der Highschool wahrnahm. Wer er mittlerweile für sie war, konnte sie nicht genau sagen.

Nach wie vor lehnte sie an der Mauer neben den Jutesäcken, die genauso verloren dastanden wie sie selbst. Mit leerem Blick stieß sie sich von der Wand ab und ging in das Wirtschaftsgebäude hinein.

Pferde schnaubten in ihren Boxen. Schaufeln, Harken und Besen standen aufgereiht nebeneinander und allerhand Pferdezubehör verweilte in einer verwaisten Box. Überall lag Stroh, in der hintersten Ecke der Scheune war jede Menge Heu aufgeschichtet. Resigniert ließ Emily sich auf einen der Strohballen fallen. Irgendwie fühlte sie sich, als wäre sie bei einem Pferderennen in der Startbox stecken geblieben. Ein übertriebener Seufzer verließ ihre Kehle und sie rieb sich die Augen. Hier war sie also nun: in Gummistiefeln mitten in der Pampa, in einem Pferdestall. Toll. Nicht lange her, da tanzte sie noch in eleganten Designer-Pumps durch New York. Dabei fiel ihr ein, dass sie den starken Espresso aus Michaels überteuertem Luxus-Kaffeevollautomaten nie gemocht hatte – eine bezeichnende Erinnerung an ihre Ehe.

Emily zog den Ehering von ihrem Finger und betrachtete die eingravierte Schrift: *Für immer.*

Vielleicht waren manche Beziehungen nicht für die Ewigkeit gemacht. Oder doch? Als gäbe er darauf eine Antwort, schielte sie zu dem Schimmel in der Box nebenan. Hatte sie den falschen Prinzen auf dem weißen Pferd erwischt? Gerade als sie sich den Ring wieder anstecken wollte, entglitt er ihren nervösen Fingern und fiel hinunter. Er rollte über die Dielen, und ehe sie danach greifen konnte, fiel er direkt in den schmalen Spalt zwischen zwei Holzbohlen. Weg war er. Endgültig. Wie erstarrt stand sie da. Ein wichtiger Teil ihres Lebens – einfach verschwunden. Nein, so hatte sie das nicht gewollt. Sie musste ihn zurückbekommen.

Mit klopfendem Herzen ging Emily in die Hocke und schob das Heu beiseite, aber sie konnte das wertvolle Schmuckstück durch den Schlitz noch nicht einmal sehen. Ohne zu überlegen, griff sie nach der Harke in der Ecke und positionierte die Metallspitze zwischen den Bohlen, um eine Seite nach oben zu drücken. Prompt löste sich ein rostiger Nagel und flog durch die Luft. *Was tat sie denn da?*

Mit Harke und Händen gelang es ihr schließlich, ein Fußbodenelement wegzudrücken. Es glitzerte merkwürdig darunter, eher silbern. Feste Schritte näherten sich dem Eingangstor, als sie die Finger in die Öffnung gesteckt hatte. Kies knirschte, automatisch hielt sie den Atem an. Bitte nicht, hoffentlich war es nicht Chris. Wie sollte sie ihm erklären, warum sie die Scheune wegen ihres Eherings demolierte? Er hielt sie wahrscheinlich ohnehin schon für ziemlich durchgeknallt. Ihre Augen wanderten von der Harke in ihrer Armbeuge zu dem Loch im Holzboden. Die Person blieb vor dem Eingang stehen, dann entfernten sich die knirschenden Schritte. Emily ließ die angehaltene Luft entweichen. Schnell schob sie eine Hand ganz unter das Holz und ertastete den schmalen Ring. Gott sei Dank. Sie steckte ihn sich sofort wieder an den entsprechenden Finger und würde ihn ab jetzt nie mehr abnehmen. Aber da war noch etwas anderes. Es fühlte sich an wie ... Alufolie?

Was war das denn? Sie zog ein viereckiges Päckchen hervor. Als sie das Fundstück betrachtete, das ihr nicht gehörte, fühlte sie sich unwohl. Sollte sie es zurücklegen? Warum hatte es jemand derart oft eingewickelt? Über der silbernen Folie klebte ein dicker Streifen durchsichtiges Paketband. Chris oder einer der anderen Arbeiter hatte sicher keinen Schatz im Fußboden versteckt. Andererseits: Hatte Max Brown nicht gesagt, das Coca-Cola-Rezept befinde sich in einem Tresor? Warum sollte die Big-Business-Formel nicht im Holzboden einer Scheune verborgen sein? Ein besseres Versteck gab es doch gar nicht.

Sie quetschte das Alu-Paket zwischen den Fingern zusammen. Gefährlich fühlte es sich jedenfalls nicht an. Vielleicht war sie ihrem Ziel schon ganz nah. Vorsichtig zwängte sie die Holzpaneele zurück an ihren Platz und verteilte einen Berg Stroh darüber. Ihr Blick wanderte nervös durch den Raum und ihre Atmung beschleunigte sich, keine zwei Sekunden später steckte das Päckchen unter ihrer Seidenbluse.

Alles klar, jetzt war sie offiziell eine Kleptomanin.

Beim Hinauslaufen rammte sie mit der Schulter versehentlich einen Arbeiter, der ihren Weg kreuzte. »Für Gäste ist es verboten, sich in den Stallungen aufzuhalten«, schimpfte der Mann in der Latzhose und zog an seinen Hosenträgern.

»Es ist in Ordnung«, beschwichtigte Chris ihn von Weitem.

Verdammt. Fest presste Emily beide Handflächen auf ihren Bauch und steuerte den Honda auf dem Parkplatz unter dem Ahornbaum an.

»Geht es dir nicht gut?«, fragte Chris und legte den Kopf schief.

»Wieso?«

»Hast du da etwas unter deiner Bluse, Emily?« Grünbraune Augen scannten ihren Oberkörper, aber dieses Mal ließ sie sich nicht von seinem durchdringenden Blick verunsichern.

»Ich trage nichts drunter, falls du das meinst«, rief sie ihm eindeutig zweideutig zu. Es war definitiv zu spät, das Päckchen zurückzulegen. Äußerlich ruhig, aber innerlich aufgekratzt überquerte sie den restlichen Hof und hoffte, Chris würde sie nicht aufhalten.

»Sehen wir uns noch einmal?«, rief er ihr nach.

»Wer weiß das schon?« Sie zwinkerte ihm zu und huschte auf den Fahrersitz des Hondas, gleichzeitig sendete sie ein Stoßgebet zum Himmel und wurde erhört. Das Auto sprang an, doch ihre Atmung normalisierte sich erst wieder, als sie Chris nur noch als kleinen Punkt im Rückspiegel erkennen konnte.

Nachdem Emily die Schotterstraße verlassen hatte, bugsierte sie den Wagen an den Straßenrand, zog das Aluding unter der Bluse hervor und legte es auf den Beifahrersitz. Richtig gut fühlte sich die ganze Sache nicht an, aber manchmal musste man eben Opfer bringen – besonders wenn man neu anfangen wollte.

Die Sonne spiegelte sich in der Alufolie und tauchte das Päckchen in ein orangegelbes Licht, was Emily an die Flammen eines Feuers erinnerte.

Jetzt konnte sie sich nur noch die Finger verbrennen.

Egal, was sie tat.

4. Kapitel

Am darauffolgenden Morgen umrundete Max Brown gerade seinen von Papierbergen überquellenden Schreibtisch, als Emily sein Büro betrat.

»Carsen, wie nett, dass Sie meiner Aufforderung gefolgt sind.« Mit ausgestreckten Armen kam er auf sie zu, was zu Kate MacGowan gepasst hätte, aber nicht zu dem mächtigen Firmenboss, der vor ihr stand. »Was haben Sie gestern Schönes für uns herausgefunden?«

Die Red River Winery in San Francisco war nur einen Steinwurf von China Town entfernt, ebenso gut hätte er auch einen der Weisheitskekse aus der Glückskeksfabrik befragen können. Vermutlich hätte er dann eine bessere Antwort erhalten:

Geben Sie nicht auf oder *Das Ziel ist nah.*

Vage, aber deutlich angenehmer als das, was Emily ihm zu bieten hatte. Das einzig Spannende war das mysteriöse Alu-Päckchen, und das hatte sie sich nicht auszupacken getraut. Stattdessen hatte sie es in ihrem Kleiderschrank verstaut und gehofft, ihr würde eine Lösung dafür einfallen. Nervös steckte sie die Hände tief in die Taschen ihrer Jeanshose.

»Wie sehen Sie überhaupt aus?« Max blieb abrupt vor ihr stehen. »Hier in San Francisco tragen wir angemessene Kleidung. Sie müssen sich dringend intensiver mit der Firmenkultur auseinandersetzen, Carsen. Ich habe Ihnen übrigens eine E-Mail-Adresse einrichten lassen«, belehrte er sie in einem Atemzug. »Damit wir immer in Kontakt sind, weil Sie sich ja überwiegend in Napa aufhalten. Einen Arbeitsplatz brauchen wir Ihnen ja quasi nicht bereitzustellen, es sei denn, Sie schaffen das mit Big Business schneller als erwartet.« Entschlossen deutete er auf den roten Ledersessel, den sie vom Vorstellungsgespräch kannte.

»Ich werde mein Smartphone so einstellen, dass ich Ihre E-Mails sofort sehen kann.« Wenigstens beflissen konnte Emily tun, wenn sie schon kein Ergebnis vorzuweisen hatte. Sie setzte sich.

»Jetzt lassen Sie sich doch nicht alles aus der Nase ziehen.« Max machte keine Anstalten, sich niederzulassen, er wirkte zu aufgeregt. »Wie ist dieses andere Weingut denn so?«

»Bisher habe ich nur mit einem der Arbeiter reden können.« *... der mich zum Säckeschleppen verdonnern wollte.* Chris war wirklich überheblich gewesen und geholfen hatte er ihr auch nicht. Allein deshalb konnte sie ihn nicht leiden: Er war zu frech und zu selbstbewusst. Hatte er die vielen Tattoos auf den Armen eigentlich schon immer gehabt? Sie konnte sich an höchstens zwei oder drei erinnern.

»Das ist alles, Carsen?« Ihr Boss ließ sich in den gegenüberliegenden Sessel fallen. Immerhin versuchte er, sich die Enttäuschung nicht anmerken zu lassen.

Als Undercover-Detektivin taugte sie jedenfalls nicht. Außerdem bereitete das Alu-Ding ihr Bauchschmerzen, und sie hatte sogar überlegt, es besser wieder zurückzubringen. Es wäre ihr allerdings wesentlich lieber, wenn sie dazu nicht mehr auf das Gut müsste. Auf Chris und seine Kommentare zu ihrem Leben konnte sie nämlich bestens verzichten.

»Sie müssen erst einmal Vertrauen schaffen und sich den Mitarbeitern von Black Dragonfly annähern«, referierte Max in ihre Gedanken hinein. »Kommunikation eben.«

Ihr Chef griff nach der schwarzen Hornbrille, die auf dem

Glastisch lag, und setzte sie sich auf die Nase. »Black Dragonfly hat einen Drink auf Weinbasis mit natürlichen Zusatzstoffen entwickelt, der momentan in ganz San Francisco einschlägt wie eine Bombe, und das ist nur der Anfang.« Mit den Armen ruderte er in der Luft, wahrscheinlich um die Welt oder zumindest Amerika zu symbolisieren. »Auf Weinbasis – da kommen wir ins Spiel. Das ist unser Geschäft, davon versteht Red River was.« Stolz rückte er an seiner Brille, die während seiner emotionalen Rede nach unten verrutscht war. Emily kam nicht dazu, etwas zu erwidern. »Selbstverständlich hat ein kleines Weingut nicht die logistischen und marketingtechnischen Mittel, so ein Getränk beispielsweise amerikaweit zu vertreiben, mal abgesehen von der Finanzierung. Man bekommt den Drink ja noch nicht einmal in ganz Kalifornien.«

»Warum eigentlich nicht?«, fragte sie.

»Das Gut muss finanzielle Probleme haben – vielleicht können Sie da ansetzen«, überlegte er laut. »Wir vermuten, dass Black Dragonfly über persönliche Kontakte in die Barszene San Franciscos verfügen. Exklusiver Abverkauf sozusagen. So ist Big Business überhaupt auf den Markt gelangt. Kontakte und Kommunikation. Angefangen hat es im Bankenviertel und die Banker sind verrückt danach. Es gibt kaum eine Kneipe in der Montgomery Street oder rund um die Transamerican Pyramid, die es nicht führt.«

Die Montgomery Street. In dieser von kühlen Hochhäusern geprägten Straße hatte Emily während ihres Studiums ein Kurzzeit-Praktikum bei Jeffield&Son absolviert. Nahezu jeder, den sie damals gekannt hatte, litt unter extremem Leistungsdruck. Sie konnte sich gut vorstellen, wie die früheren Kollegen abends in den umliegenden Bars nach Entspannung suchten.

»Träumen Sie, Carsen?«, kam es prompt von der Seite. »Der Drink, der im Bankenviertel entstanden ist, hatte keine Bezeichnung. Irgendwann ließen sich ein paar angeheiterte Finanzhaie an der Theke den Namen *Big Business* einfallen. Eine geniale Marke«, murmelte Max in seinen nicht vorhandenen Bart. Ob er sich darüber ärgerte, dass ihm all das nicht selbst eingefallen war?

»Warum entwickeln wir nicht etwas Eigenes?«

Max seufzte schwer. »Wissen Sie eigentlich, wie gigantisch der Markt für Getränke ist? Und wie schwierig es ist, Neues zu kreieren, das dann auch noch von den Käufern angenommen wird?« Der Blick ihres Chefs wanderte über den Tisch, als suche er irgendetwas, und wie auf Kommando stöckelte eine Empfangsdame mit kirschroten Haaren herein. Die Corporate Identity von Red River war anscheinend sogar für die Auswahl der Mitarbeiterhaarfarben verantwortlich. Wortlos stellte die Frau ein Tablett mit Keksen, die ausnahmslos den RR-Stempel trugen, auf dem Glastisch ab. Erstaunlich, dass die nicht ebenfalls rot eingefärbt waren.

»Sie haben ja noch sechzehn Tage Zeit bis zum Monatsende«, rechnete Max ihr vor und angelte nach einem Butterkeks. »Kann ja nicht so schwer sein, eine kleine Zutatenliste zu finden.«

»Heißt das, Sie setzen mir die Pistole auf die Brust?«

»Dachten Sie, ich mache Spaß? Die Vorbereitungen für die Produkteinführung laufen, einen Totalausfall können wir uns nicht leisten. Sechzehn Tage oder Sie sind gefeuert, Carsen.« Mit todernster Miene schwenkte er den RR-Keks herum, als käme ihr eventuelles Versagen einem Weltuntergang gleich. Wenn sie es nicht besser wüsste, würde Emily glauben, es ginge um mehr als nur um ein Getränk. »Halten Sie mich auf dem Laufenden. Ich kann ja schlecht einen

Detektiv beauftragen. Wobei … wenn es sein muss …« Nachdenklich biss Max ein R ab und kaute.

»Nein, nein, ich bin nah dran«, antwortete Emily hastig. Sie hatte nur diese eine Chance und die würde sie nutzen. »Ich liefere Ihnen bald erste Infos.«

»Sind Sie sicher?« Wie ein Marionettenspieler wackelte Max Brown mit seinen Fingern. »Denken Sie an Ihre neue Mailadresse, wir bleiben in Kontakt.«

»Läuft«, bekräftigte sie, obwohl sie jetzt schon mehr als aufgeschmissen war.

Nur sechzehn Tage Zeit.

Die restlichen beiden Arbeitstage der Woche verbrachte Emily fast durchgehend am PC. Sie grübelte, recherchierte und versuchte sich eine Strategie für das bizarre Unterfangen zurechtzulegen. Dabei scheiterte sie kläglich. Dad und Kim gingen nach wie vor davon aus, sie sei intensiv auf Jobsuche. Dad hatte ihr sogar aus der Zeitung diverse Annoncen ausgeschnitten, von denen er dachte, die Stellen passten zu ihr. Was er sich allerdings bei Diätassistentin und Ernährungsberaterin gedacht hatte, war ihr ein Rätsel. Insgeheim hoffte sie nur, Chris MacGowan wäre nicht ihr einziger Ausweg bei dem Vorhaben, mehr über Big Business herauszufinden.

Weil ihre Augen sich vom vielen Auf-den-Bildschirm-Starren schon anfühlten wie Rechtecke, hatte sie den kompletten Samstag damit zugebracht, Black Dragonfly, Chris und vor allem das mysteriöse Alupäckchen zu verdrängen. Stattdessen hatte sie sich mit Putzen und Dekorieren abgelenkt. Hier ein bunter Strauß Blumen und dort ein rosa Bilderrahmen. Sie hatte zwei Fotodrucke besorgt: einen mit einer Blumenlandschaft und einen mit einem Humidor und den kubanischen

Zigarren, die Dad so liebte. Farbe tat dem Jones-Häuschen sichtlich gut und hob die allgemeine Stimmung. Sie wusste gar nicht, warum ihre sonst so tatkräftige Schwester sich nicht schon längst darum gekümmert hatte, aber vielleicht hatte Dad es bisher nicht zugelassen. Jetzt waren wieder zwei Frauen im Haus, was ihn ganz und gar nicht zu stören schien.

Erwartungsfroh faltete Emily am Sonntagmorgen die Hände, als Dad gerade von seiner Nachtschicht nach Hause kam. Ausnahmsweise wanderte er nicht wie üblich in gebückter Haltung schnurstracks auf die Terrasse, sondern setzte sich an den Küchentisch. Er nahm den Allzweckreiniger, den sie vergessen hatte wegzuräumen, in die Hand und fummelte an dem Klebeetikett herum, während er sich neugierig umsah. Die Anspannung war kaum auszuhalten.

»Es riecht sauber hier, irgendwie nach Zitronen und Orangen«, sagte er, was wohl seine Art war, auszudrücken, wie sehr er die Veränderung in seinen eigenen vier Wänden schätzte.

»Ich habe Sonnenblumen besorgt. Die mochtet ihr doch immer so gerne, Mom und du.« Emily zeigte auf den Strauß, der auf dem Esstisch stand. »Wir sollten wieder einmal die Woche frische Blumen kaufen, so wie damals.«

Zum ersten Mal, seit sie zurück in Napa war, erkannte sie, wie alt ihr Vater geworden war: Seine Haut sah faltiger aus und seine Augen müde, eigentlich sah er meistens müde aus und ein bisschen traurig.

»Es war schwer«, sagte er, und sie wusste genau, was er meinte. Auch wenn sie überhaupt nicht auf ein richtiges Vater-Tochter-Gespräch vorbereitet war. Wie lange war das her? Jahre, wenn nicht ein ganzes Jahrzehnt.

In der Brusttasche seines Hemds suchte Dad nach den Zigarren. »Keine mehr da.« Seine Stimme klang heiser und so, als hätte er nicht die Zigarre gemeint.

Sein Leben war einfach so weitergelaufen. Sie alle hatten weitergemacht, und nur Kim hatte keine Vorstellung von ihrer Mom, der unbeschwerten Frau, die bei einer Routine-Operation verstarb. Kim war zu der Zeit erst ein Jahr alt gewesen.

So etwas kommt selten vor. Praktisch nie, hatten die Ärzte gesagt. Aber es war vorgekommen. Herzstillstand.

»Es war nicht vorhersehbar«, murmelte Emily.

Jack blickte apathisch auf ihre Hand, die auf seiner lag. Er hatte den Aufkleber von der Reinigerflasche abgeknibbelt und strich ihn gedankenverloren glatt. »Ich hätte sie beschützen müssen.«

»Du hättest es nicht verhindern können«, sagte sie so ruhig wie möglich und stellte den Reiniger auf die andere Tischseite. »Du musst endlich wieder leben, Dad. Für die Blumen, für die Farben, für uns. Für jeden neuen Tag.«

»Ohne sie … ergibt das alles keinen Sinn. Alles erinnert mich an sie.« Er ballte seine Hände zu Fäusten und versteckte sie unter dem Tisch. Emily schluckte heftig. Ihr war nicht bewusst gewesen, wie unendlich er seine Frau noch vermisste. Sie musste etwas sagen, jetzt sofort.

»Aber jeder Tag in unserem Leben erschafft eine neue Erinnerung, Dad.« Das stimmte. »Und jeder Tag ist eine neue Chance, etwas Schönes zu erleben.« Das klang richtig gut. Wäre Emily nicht so motiviert gewesen, eine Änderung herbeizuführen, würde ihr Holzhaus jetzt nicht aussehen wie aus einer *Schöner Wohnen*-Zeitschrift. »Alles ist besser, als nichts zu tun.«

Zweifelnd sah Dad auf, so als müsse er sich vergewissern, dass diese Sätze tatsächlich aus dem Mund seiner Tochter kamen. »Und was genau soll ich deiner Meinung nach tun?«

»Du könntest zum Beispiel wieder tanzen gehen. Es gibt einen Tanztreff in Napa. Probier es mal aus. Immer dienstags, halb acht, im Bürgerhaus.« Emily stieß vor Aufregung mit dem Knie gegen ein Tischbein, die Reinigerflasche fiel polternd um. Sie hatte den Tanztermin extra nachgeschaut und gehofft, ihn irgendwann in einem Gespräch mit Dad unverfänglich unterbringen zu können.

»Ich kann doch gar nicht mehr tanzen«, protestierte ihr Vater und kratzte sich am Hinterkopf. »Und mit wem überhaupt?«

»Indem du auf der Veranda sitzt und rauchst, wirst du es nicht herausfinden.« Emily lächelte.

Das Smartphone zuckte vibrierend über den Küchentisch und unterbrach ihre Unterredung.

»Ich bin draußen.« Jack Jones erhob sich für seine Verhältnisse erstaunlich flink. »Falls ich nicht vorher auf deinem Bohnerwachs ausrutsche.« Als wäre nichts gewesen, fiel die Fliegengittertür hinter ihm zu.

Weiteratmen. Emily richtete ihre ganze Aufmerksamkeit auf die E-Mail in ihrem Arbeitsmailkonto.

VON: max.brown@redriver.com
AN: emily.carsen@redriver.com

Einen wunderschönen guten Morgen, Mrs. C.,
wie ist das Wetter heute bei Ihnen?
Ich habe seit ein paar Tagen nichts mehr von Ihnen gehört. Haben Sie schon etwas für mich?
Noch zwölf Tage bis Monatsende. Ich will wirklich nicht hetzen.
Herzliche Grüße aus SF
Max

Sollte der doch selbst nach Napa kommen und herausfinden, ob es regnete. Emily schloss genervt das E-Mail-Programm und legte ihr Smartphone zurück auf den Tisch. Er war zwar der Firmeninhaber, aber wieso um alles in der Welt arbeitete Max Brown freiwillig an einem Sonntag?

»Bin weg«, rief Dad kurz in die Küche. Wie jeden Sonntagvormittag hatte er einen Termin mit seinem Backgammon-Club, sogar nach einer anstrengenden Nachtschicht. Der Club bestand aus einer Handvoll mittlerweile älterer Herren, die rauchten, Backgammon spielten und sich über vergangene Zeiten unterhielten. Manchmal lasen sie sich gegenseitig Postkarten oder Briefe vor, die sie im Laufe der Woche erhalten hatten. Komischerweise hatte Dad an solchen Tagen nicht das Gefühl, zu sterben, wie er es während der restlichen sechs Wochentage theatralisch äußerte.

Emily stand auf und suchte in den Küchenunterschränken nach weißem Toastbrot. Sie brauchte Zucker und ihre Schwester besorgte grundsätzlich nur Vollkorntoast oder brachte aus der Bäckerei sogenanntes Eiweißbrot mit. Im Grunde eine gesunde Sache, trotzdem konnte sie sich nicht so richtig mit der ernährungsbewussten Kost anfreunden. Dad offenbar auch nicht. Über dem Hängeschrank, auf dem obersten Regalbrett, entdeckte sie ein Stück Plastikfolie. Sie grinste, schob einen Küchenstuhl gegen die Anrichte, bevor sie darauf stieg, um nach der Weißbrottüte zu tasten. Rasch klaubte sie zwei Scheiben heraus, verschloss sie wieder und legte sie zurück in Dads Geheimversteck. Schließlich hatte sie gestern begeistert applaudiert, als Kim einen ihrer Gesundheitsvorträge gehalten hatte. Im Unterschrank neben der Spüle fand sie das Erdnussbutterglas und die Blaubeermarmelade. Schwungvoll setzte sie sich mit Teller und

Messer bewaffnet an den Küchentisch und bestrich eine Toastscheibe mit Erdnussbutter und eine mit Marmelade, dann klappte sie beides zusammen. Ungesund und leider lecker.

Auf dem Esstisch lag noch das Heft, in das Kim ab und zu verwirrende Kombinationen aus Noten und Taktstrichen notierte. Emily blätterte darin herum. Sie verstand es ohnehin nicht, aber sie hatte schon immer bewundert, dass Kim mit Musik offenbar mehr anfangen konnte, als sie nur im Radio anzuhören. Ein herber, beinahe verbrannter Geruch nach gemahlenen Bohnen lenkte sie ab. Der Knopf an der Kaffeemaschine leuchtete orange. Sie hatte die Maschine total vergessen, die sie morgens ganz früh eingeschaltet hatte. Wo hatte sie nur ihren Kopf? Die Flüssigkeit schmeckte lauwarm und so bitter, als hätte jemand Essig hineingekippt. Angewidert verzog Emily das Gesicht. Als sie zum zweiten Mal in ihr Sandwich beißen wollte, hörte sie das Holzparkett im Flur knarren.

»Was genau isst du da? Weißbrot, Erdnussbutter uuund Marmelade? Igitt.«

»Das ist gar nicht mein Weißbrot«, verteidigte Emily sich instinktiv.

»Ach. Gehört es dem Heiligen Geist?« Kim zog die Augenbrauen hoch. »Pafft der zufällig Zigarre?«

Aus Versehen lugte Emily zum Oberschrank und Kims Augen folgten ihrem Blick. *Großartig, jetzt hatte sie Dad verpetzt.*

»Weiß ich doch längst«, sagte Kim und zeigte ihr Zahnpasta-Lächeln.

»Was tun wir nun mit dem freien Sonntag, Ernährungsqueen? Sollen wir gemeinsam irgendwohin fahren?« Emily beobachtete, wie ihre Schwester eine Nachricht auf dem

Mobiltelefon las. »Oder bist du schon mit deinem Lucas verabredet?« Es war absolut verständlich, wenn sie lieber ihre Zeit mit ihrem Freund verbrachte.

»Lucas ist mit ein paar Leuten zum Surfen. Was soll ich da?« Eine seltsame Pause entstand, bevor sie weiterredete. »Außerdem bist du auch nicht von schlechten Eltern, Emmi. Und ich habe eine geniale Überraschung, um dich von deinem Jobsuche-Stress abzulenken. Du hängst ja seit Tagen nur noch vorm PC.« Übertrieben geheimnisvoll tippte Kim auf dem Display ihres Handys herum, wobei Emily der himmelblaue Nagellack ihrer Schwester auffiel, der richtig süß an ihr aussah.

»Der Heilige Geist spielt übrigens Backgammon. Das heißt, wir könnten den Honda nehmen.«

Kim formte ein Daumen-nach-oben-Zeichen, doch Emily sah ihr an, dass sie trotz blauem Lack und bester Laune etwas auf dem Herzen hatte. »Wie sieht es eigentlich mit dir und Michael aus? Habt ihr Kontakt?«

Das klebrige Sandwich schmeckte Emily plötzlich nur noch halb so gut. »Er hat behauptet, es sei alles nicht so schlimm, aber ich glaube ihm nicht.« Trockene Toastkrümel blieben in ihrem Hals stecken, weshalb sie den Teller mit dem Toastbrot einfach stehen ließ. Sie ging in den Flur. Aus dem Schuhregal neben der Garderobe nahm sie die blauen Turnschuhe, die sie seit zwei Jahren besaß und so gut wie nie getragen hatte. »Von mir aus können wir gleich los.«

»Emmi, du kannst deine Ehe nicht ausblenden. Irgendwann holt sie dich ein.«

Emilys Herz klopfte. Sie war nicht imstande, Kims prüfenden Blick zu erwidern. »Kannst du mir Geld leihen? Alle meine Geld- und Kreditkarten funktionieren nicht mehr.«

Den Schnürsenkel, den sie gerade zugebunden hatte, musste sie noch einmal aufziehen. Irgendwie war ihr selbst das Schuhebinden zu kompliziert. »Ich habe Dad schon angepumpt, ohne ihm etwas zu erklären.«

»Was ist bloß los bei dir?« Kim trommelte ungeduldig auf den Armlehnen ihres Rollstuhls herum. »Natürlich gebe ich dir Geld. Aber rede doch mit mir, Emmi.«

Sie gab einfach nicht auf. Was Kim sich in den Kopf gesetzt hatte, zog sie durch.

»Michael wurde festgenommen.«

Jegliche Farbe wich aus dem Gesicht ihrer Schwester, die ausnahmsweise einmal sprachlos war. Es folgte keiner ihrer Motivationssprüche à la *Das Leben ist toll!*.

»Es war ein ganz normaler Tag. Bis die Polizisten in unserer Küche standen und Michael mitgenommen haben.«

»Warum?« Kim schaute auf ihren Arm. »Ich bekomme eine Gänsehaut. Es tut mir so leid, Emmi.«

»Was ist eigentlich deine Überraschung?«, lenkte Emily ab und holte tief Luft, damit ein gequältes Lächeln auf ihren Lippen erschien.

Kim hatte offenbar verstanden, dass sie nicht weiter darüber reden wollte.

»Einmal San Francisco bitte«, wies ihre Schwester an, als sie in Dads Auto Platz genommen hatten.

»Das ist deine große Attraktion? Eine ganze Autostunde Fahrt mitten in die Verkehrshölle hinein?«, protestierte Emily. Trotzdem startete sie den Wagen, der anscheinend nur darauf gewartet hatte.

»Bist du nun spontan oder nicht?« Triumphierend tippte Kim etwas in ihr Smartphone. Prompt wies eine Frauenstimme sie an, hinter Dads Carport links abzubiegen. »Ich habe mal das Navi an meinem Handy für dich eingeschaltet.«

Emily trat aufs Gas. »Bis nach San Francisco finde ich wohl noch ohne Navigationsgerät. Schalte lieber mal das Radio ein.«

Quietschend ließ Kim das olle Seitenfenster des Hondas nach unten fahren und hielt die Nase hinaus in den sommerlichen Fahrtwind. Dann drückte sie auf den Tasten des Autoradios herum.

»Hoffentlich geht das Fenster nachher wieder hoch«, gab Emily zu bedenken, während sie schon durch die Weinberge brausten.

Auf Live 103,5 berichtete der Radiosprecher gerade über die UV-Strahlen, die man heute insbesondere in der Innenstadt von San Francisco nicht unterschätzen sollte. Den ersten heftigen Sonnenbrand ihres Lebens hatte Emily sich genau so eingefangen. Sie war damals davon ausgegangen, die zarte Wolkendecke, die im Sommer häufig über der Millionenstadt hing, biete genügend Schutz. Als sie nach Hause kam, hatte Kim sie ausgelacht, weil sie so rot war wie eine Kirschtomate aus Dads Gemüsegarten. Nach ein paar Tagen war sie dann wieder genauso blass wie vorher, irgendwie hatte das mit der kalifornischen Sommerbräune bei ihr noch nie funktioniert.

Kim verstellte den Sender so lange, bis Musik lief, die ihr offenkundig gefiel. Sofort summte sie mit, sie kannte einfach alle Lieder und Texte. Emily war sich ziemlich sicher, dass ihre Schwester so eine Art Elefantengedächtnis besaß.

»Glaub ich dir aufs Wort, dass du die Sonnenstrahlen in deiner Hosentasche mit dir herumträgst«, kommentierte Emily die Textstelle, die Kim gerade lauthals mitsang. Mitten auf der Golden-Gate-Brücke überholten sie einen Pick-up.

»Täte dir auch mal ganz gut. Sieh dich um: Sonne, Strand, Möwen, Meer – wer hat das schon?«

»Und Alcatraz.«

»Du hast die beste Schwester der Welt. Ich befreie dich schon irgendwie aus Alcatraz, wenn es sein muss.« Sie kicherten zusammen wie zwei halbwüchsige Mädchen.

Die Glide Memorial Church war von außen betrachtet nicht das beeindruckendste Bauwerk in San Francisco. Es handelte sich um ein mausgraues Kirchengemäuer, das in einem abgelegenen, ziemlich heruntergekommenen Stadtteil lag. Emily war noch nie hier gewesen, obwohl sie schon viel davon gehört hatte. Die Kirche galt als eine der Hauptsehenswürdigkeiten der Stadt. Allerdings fand Emily Gebetshäuser gerade jetzt, da sie mit Stehlen und Lügen gleich mehrere Sünden abdeckte, nicht besonders prickelnd.

»Das ist also deine Vorstellung von einem tollen Ausflug.« Sie hielt inne, weil sie von einer japanischen Reisegruppe inklusive unzähliger Spiegelreflexkameras beinahe überrannt wurde. Hervorragend. Unterdessen rollte Kim mit dem Rollstuhl zielstrebig weiter, wohin auch immer. »Ist das nicht die Kirche, wo es keinen richtigen Gottesdienst gibt?«

Abrupt stoppten die Räder und Kim drehte sich zu ihr um. »Das ist das Leben, Emmi. Vielleicht solltest du zur Abwechslung mitmachen.«

Ein Reiseführer hielt einen Regenschirm wie eine Fahne in die Luft und übertönte Emily, noch bevor sie ihre Entgegnung aussprechen konnte. »… verteilt die Glide-Organisation heute durchschnittlich zweitausend Essen pro Tag an Hilfsbedürftige …«

»Es gibt drinnen nur eine schmale Treppe. Wir müssen also jemanden ansprechen wegen des Rollstuhls«, plapperte Kim dazwischen. Der Schirm deutete auf das Kirchengemäuer, während Emily von einem Ellenbogen hart in den Rücken gestoßen wurde. Sie fuhr herum.

»Pass doch auf!«, rief sie empörter als beabsichtigt und wurde von einem wütenden Blick aus grünbraunen Augen getroffen.

Viel war nicht von dem Kerl zu erkennen. Die Kapuze des schwarzen Hoodies hing tief in seiner Stirn. Er griff sich genervt in den Nacken. Auf seinem Gesicht erkannte sie einen deutlichen Bluterguss, und eine Augenbraue war etwas aufgeplatzt, die andere trug eine blasse Narbe. Was hatte der denn veranstaltet?

»Verdammt, Emily.« Chris schlug die Kapuze zurück. Seine Stimme hörte sich rau an, als hätte er zu viele Zigaretten geraucht, was zu seinem gesamten Auftreten passte. Genau genommen sah er aus, als hätte er die Nacht in San Francisco durchgemacht und wäre dabei auch noch verprügelt worden. Oder hatte er jemanden verprügelt? Ausgeschlossen war nichts.

»Was tut ihr um 10 Uhr morgens hier?«, fuhr er sie an, ohne sich für den Rempler von vorhin zu entschuldigen.

»Ich nehme an, du willst auch in die Kirche«, entgegnete Emily nüchtern. »Beichten vielleicht?«

»Das hast du sicher nötiger als ich.« Chris schielte zuerst zu dem grauen Gebäude hinüber, ehe sein Blick auf Kim ruhte. Er fasste sich an das blutvertrocknete Pflaster, das unter seinem Auge klebte. Ein bläulicher Erguss prangte daneben, seine Haare standen wild in alle Richtungen und die Unterlippe war angeschwollen. Für jemanden, der ihn nicht kannte, sah er bestimmt Furcht einflößend aus. »Kirche ist nicht so meine Welt.«

»Was ist denn deine Welt?«, sagte Emily und versuchte

ihn nicht zu auffällig zu scannen. »Blickt ja keiner mehr durch bei dir: Blumenstrauß im Auto, Arbeiten auf einem Weingut, jetzt ein vermöbeltes Gesicht. Was kommt als Nächstes?«

»Du bist dagegen natürlich ein offenes Buch.« Er wirkte verärgert, offenbar hatte er keine Lust zu reden. Dennoch blieb er weiterhin stehen und sah ihr herausfordernd in die Augen.

»Was hast du gemacht?« Sie wollte nicht zu interessiert wirken, weshalb sie so leise redete, dass er es inmitten der Touristen genauso gut überhört haben könnte.

Hatte er nicht. »Die Frage ist ja wohl eher, was *du* getan hast?«, schnauzte er sie an. »*Du* erzählst ja nichts. Nur, weil ich ein paar Verletzungen im Gesicht habe, denkst du direkt etwas Negatives.« Er war ziemlich gereizt, was nicht gut war. Abgesehen davon, wer sagte denn, dass sie sich keine Sorgen machte? Sollte sie zwar nicht, aber es fühlte sich danach an.

»Chris, hilfst du uns, meinen Rollstuhl die Treppe hinaufzutragen?«, schaltete Kim sich beruhigend von der Seite ein. Wie immer war sie die Klügere.

Offensichtlich dankbar für die Ablenkung packte Chris sofort nach den Rollstuhlgriffen. »Klar helfe ich dir.«

»Wir können auch jemand anderen fragen«, rutschte es Emily heraus, was unüberlegt war. Der Rollstuhl mit Kim wog schwer und Chris war nun einmal da. »Sorry«, schob sie kleinlaut hinterher.

»Du magst mich richtig gerne, oder, Emily Jones?«, gab Chris angestrengt zurück. »Das war ja schon immer so.« Er tippte an seine Augenbraue mit der bleichen Narbe und Emily erinnerte sich nur zu gut an diesen einen Nachmittag. Dabei war das damals ein Versehen gewesen.

»Fast hätte ich an deinem unbändigen Selbstbewusstsein gezweifelt. Aber jetzt bist du ja zum Glück wieder ganz der Alte.« Unruhig beobachtete sie, wie Chris ihre Schwester zusammen mit einem hilfsbereiten italienischen Touristen die Treppenstufen hinauftrug. Die Ader an Chris' Hals trat deutlich hervor, und Emily zwang sich, wegzusehen, während sie hinter den anderen die Stufen nach oben trottete.

Im Mittelschiff der Kirche tobte eine Art Gospel-Party: Jazzige Musik hallte nur so von den Wänden, die Menschen klatschten und tanzten im Takt, einige Japaner filmten das Szenario, und ein Chor hob Dutzende Hände zur Kuppel. Emily hätte gerne mitgemacht, wenn die Stimmen der Kirchenbesucher, die alle zu beten schienen, ihr nicht so unter die Haut gegangen wären. Stocksteif stand sie da und versuchte sich an einem schrägen Lächeln, als sie der forschende Blick ihrer Schwester traf.

Dann begann Kim neben ihr zu singen, und obwohl sie in ihrem Rollstuhl viel kleiner als die anderen war, schallte ihre Melodie bis zur Deckenwölbung des Kirchenatriums. Alles um Emily herum verschwamm in einer Art Nebel, sie hörte nur noch eine einzige Stimme, und es kam ihr so vor, als wäre die zarte Kim nicht nur ein anderer Mensch, sondern das Zentrum des gesamten Kirchenchors, groß und mächtig. Sie sang, als wäre das Singen eines der größten Geschenke ihres Lebens, und vielleicht war das so. Die dunklen Schatten unter ihren Augen hatte Emily nie so bewusst wahrgenommen wie gerade jetzt in diesem Moment, da sie so zerbrechlich wirkte. Dabei waren die Kummerschatten schon immer da gewesen, nicht nur unter ihren großen Puppenaugen, sondern überall – auch wenn Kim sie überspielte. Emily nahm sich fest vor, nicht zu weinen und in Zukunft eine bessere Schwester zu sein.

An den gusseisernen Tischen standen Lederbänke, deren Leder so abgenutzt wirkte wie in einer in Vergessenheit geratenen Bahnhofshalle in England. Chris ließ sich ihr gegenüber auf eine Bank fallen. Kurz darauf stellte die weibliche Bedienung mit der 20er-Jahre-Föhnwelle die beiden Latte-macchiato-Gläser zwischen ihnen ab. Sie schenkte Chris einen Augenaufschlag, bevor sie ging. Es war ziemlich offensichtlich, dass er trotz seiner Blessuren gut aussah.

»Danke«, sagte Emily, froh, nicht zu den Frauen zu gehören, die sich von kantigen Wangenknochen und einem durchtrainierten Körper beeindrucken ließen.

»Du hast dich nicht bedankt, als dein Tank leer war und ich dich nach Napa mitgenommen habe. Auch nicht, als ich dir deinen verlorenen Ehering zurückgegeben habe. Stattdessen bedankst du dich wegen eines Kaffees?« Er griff nach dem Zuckerstreuer auf dem Tisch, gab jedoch nur eine kleine Menge in den Milchschaum.

»Danke schön dann eben für alles, Chris. Es ist trotzdem blöd von dir, das so aufzuzählen.« Sie formte einen Schmollmund, der ihn zum Lächeln brachte.

»Seltsam, dass sie damals einem Blöden ein Medizinstipendium angeboten haben.«

Das wusste sie zwar, aber wie ein Arzt kam er ihr nun wirklich nicht vor. »Hast du denn Medizin studiert?«

Stumm rührte er in dem Milchschaum herum. Er war weniger aufgewühlt als am Anfang, schien aber mit den Gedanken ganz woanders. Eventuell bei den Ereignissen der vergangenen Nacht, oder er überlegte immer noch, was er antworten sollte, als wäre eine einfache Ja/Nein-Frage so schwer.

»Was hast du heute Nacht getrieben?« Sie streckte ihre Hand nach seinem Gesicht aus, doch er wich sofort zurück, so als mache ihm ihr sorgenvoller Unterton Angst. Emily beugte sich nach vorn und nahm ihn genauer in Augenschein. Der Bluterguss auf dem Wangenknochen sah aus, als wäre darunter etwas gebrochen. »Wo warst du? Hattest du einen Unfall oder so?«

»Ich bin über meinen Hund gestolpert.«

»Chris, du hast eine Hundehaar-Allergie.« Das hatte sie nicht vergessen, weil er der einzige Mensch war, den sie kannte, der allergisch auf Hunde reagierte. »Du hast definitiv keinen Hund.«

»Aber auf dem Gut haben wir eine Katze. Katzen mag ich total gerne.«

»Ganz ehrlich, du siehst nicht so aus, als wärst du letzte Nacht zu Hause gewesen. Hast du mal in den Spiegel geschaut?«

»Emily, lass es sein und lenk nicht ab.« Seine Stimme klang jetzt streng.

»Wovon?«

Dann spie er genau die drei Worte aus, vor denen sie sich am meisten fürchtete: »Wo ist Michael?«

Es war klar, er würde nicht aufgeben, bis er die Wahrheit kannte, und das alles nur wegen eines Latte macchiatos. Nun saß sie in der Falle. Sie griff nach dem Zuckerstreuer, doch Chris war schneller und zog ihn ihr vor der Nase weg.

»Du tauchst nach unendlichen Jahren in Napa auf – ohne den Finanzhengst Michael, der es nie mehr für nötig befunden hat, sich bei seinen alten Freunden zu melden.« Seine Augen flackerten, und sie wusste nicht, wo sie hinsehen sollte, um seinem Blick auszuweichen. Am liebsten würde sie aufstehen und weggehen. Aber dann schob er ihr versöhnlich den Zucker zu, als hätte er ihre Gedanken gelesen. »Michael war mal ein guter Freund von mir. Ich denke, ich habe zumindest eine kleine Erklärung verdient, oder?«

»Chris, was willst du tun? Mich hier festbinden, bis ich darüber reden will?« Beinahe hätte sie schallend gelacht. Da war er wieder, der unnütze Heiterkeitsausbruch, mit dem sie Unwohlsein kompensierte.

»Vielleicht.« Er wurde ruhiger, so als würde ausgerechnet diese enervierende Diskussion sein Adrenalin herunterfahren. Bei Emily war es umgekehrt. »Aber deine Schwester verlässt sich auf dich, in genau einer Stunde.«

»Du bist unmöglich.« Mit der flachen Hand schlug sie auf den Tisch, so fest, dass es wehtat. »Bist du deshalb mit mir hierhergegangen? Um mich wegen Michael auszufragen? Warum tust du das?« Obwohl sie sich ärgerlich anhören wollte, klang sie gequält.

»Seit du wieder da bist …« Er atmete tief ein. »Na ja, du scheinst nicht wirklich klarzukommen.«

»Ich komme sogar sehr gut klar«, antwortete sie automatisch.

»Du stiehlst, du läufst verwirrt auf meinem Gut herum.«

Emily wusste nicht so genau, welcher Teil seines Satzes sie mehr verstörte: *stiehlst, verwirrt* oder *meinem Gut.*

»Black Dragonfly ist …«, begann sie nach einer Weile. Es klang, als müsse sie die einzelnen Buchstaben beim Sprechen mitschreiben, um sie zu glauben.

»… mein Gut«, vollendete Chris ihre Aussage.

Als er sie verwundert ansah, merkte sie erst, wie lange sie den Zucker aus der Streudose in den Macchiato rieseln ließ. »Warum hast du das nicht direkt gesagt?«

Das war ja wohl unfassbar.

»Hat dir die Stallburschen-Illusion nicht gefallen?«, sagte er neckend und legte den Kopf schief. »Kann dir doch egal sein, wem das Gut gehört.«

Ihr fiel nicht sofort eine passende Antwort ein, aber sie wusste wieder haargenau, warum sie ihn damals schon nicht ausstehen konnte: Chris MacGowan war überheblich, provozierte gern … und er hatte sie meistens ignoriert, was ihr in diesem Moment deutlich lieber gewesen wäre. Seine Wangenknochen verliehen seinem Gesicht Härte, das unnatürliche Grün seiner Augen vermittelte jedoch eine andere Botschaft. Sie wirkten fast liebevoll. Emily schüttelte den Kopf. Dieser Mann war nicht zu verstehen, und sie wollte ihn auch nicht verstehen. Alles, was sie brauchte, war ihre Ruhe. Ihre Augen brannten, doch sie blinzelte die Tränen weg.

Chris' Finger berührten ihre, bis er über die Tischplatte hinweg ihre ganze Hand ergriff und sie vorsichtig drückte. »Komm schon, was ist mit Michael los?«

Eine Gänsehaut kroch über ihre Arme und sie schloss die Augenlider. Nicht jetzt. Sie wollte nicht darüber sprechen. »Nicht heute.«

Und nicht morgen.

»Steckt er in Schwierigkeiten, Emily?«

»Steckst du in Schwierigkeiten, so wie du aussiehst?«

Chris' Hand, die gerade noch so ruhig auf ihrer gelegen hatte, fuhr an seine Stirn. »Wir reden hier nicht über mich.«

»Stimmt, das tun wir ja nie.«

Als hätte er Emilys stummen Hilfeschrei gehört, kam der glatzköpfige Barkeeper hinter der Glastheke hervor. Emily wischte sich verstohlen über die Nase.

»Ist bei euch beiden alles in Ordnung?«, fragte er, was Chris mit einem Nicken bejahte. Kurz unterhielten sie sich über Wein, dabei sprach Chris den Bartender mit Luis an.

Unterdessen warf Emily einen Blick in die Cocktailkarte –

Big Business stand an erster Stelle auf der ersten Seite. Sollte sie fragen, ob …? Chris MacGowan war ja angeblich der Gutsbesitzer des Black Dragonfly. Sie wusste ja so dies und das von ihm, dass er eine Allergie auf Hunde, und dass er damals ein Medizinstipendium erhalten hatte, aber von einer Verbindung zu dem abgelegenen Weingut hatte sie nie etwas gehört. Allerdings gab es in Napa 80.000 Einwohner und zig Weingüter, es war nahezu unmöglich, alles über jeden zu wissen. Besonders wenn man dazu noch jahrelang woanders gelebt hatte.

»Ihr kennt euch?«, fragte sie ersatzweise und nippte an ihrem Latte macchiato, der nur nach Zucker schmeckte.

Von Chris sollte sie also nun die Rezeptformel stehlen. Na super. Gerade er durfte niemals erfahren, worauf sie sich da eingelassen hatte.

»Sie ist hübsch, MacGowan.« Luis lachte in seinen Vollbart und der Skorpion, den er sich, offenbar vor sehr langer Zeit, auf den Hals hatte tätowieren lassen, zuckte dabei mit seinen Scherenarmen. »Hier wirst du wohl keinen Banker und keinen Barkeeper finden, der Chris nicht kennt, Mädchen.«

Sie wollte nachfragen, was er damit meinte, aber Luis hätte sie nicht mehr gehört. Er war schon wieder hinter die Theke verschwunden.

Der große Zeiger der altmodischen Bahnhofsuhr, die mitten in der Halle hing, hatte sich nur geschlagene zehn Minuten vorwärts bewegt, seit sie an diesem Ort saßen.

»Bezüglich Michael und unserer Ehe …« Im Prinzip ließ sich das doch in einem Satz erklären, wenn er es unbedingt wissen wollte: »Es ist kompliziert und jetzt entschuldige mich. Ich muss mal.« Ohne seine Antwort abzuwarten, stand sie auf und folgte dem Schild, das zu den Toiletten wies. Sie fühlte seinen Blick noch im Nacken, nachdem sie längst die Tür hinter sich geschlossen hatte.

Schon häufiger hatte sie sich gefragt, welche Funktion Unisex-Toiletten eigentlich zukam. Als der männliche Anzugträger aus dem Toilettenvorraum verschwunden war, ließ sie sich erlöst gegen die kühlen Wandkacheln sinken. Sie brauchte einen Moment Pause von ihrem neuen Leben, wobei es dazu wohl kaum einen unbehaglicheren Ort als eine Unisex-Toilette gab. Erschöpft schaute sie in den goldgerahmten Spiegel über dem Waschbecken. Das weiße Shirt betonte ihre wohlgeformten Brüste und dank des Make-ups, das Kim ihr geborgt hatte, sah sie gar nicht so zerstört aus, wie sie sich fühlte. Dicht an ihrer Schulter vorbei, bahnte sich eine Spinne den Weg vom Fenster in Richtung Boden. Mit einem leisen Quieken sprang Emily beiseite. Sie würde jetzt zurück zur Kirche gehen, sollte Chris eben sauer sein, schließlich war sie ihm nichts schuldig. Noch einmal zupfte sie ihren kurzen Pferdeschwanz in Position, dann riss sie die Toilettentür auf und blickte direkt in Chris' Augen.

»Ich stehe dir im Weg«, sagte sie. »Sorry.«

»Meinst du?« Seine Stimme klang, als spräche er durch einen Schaumberg. Er hatte sich die Kapuze seines Hoodies wieder über den Kopf gezogen, und obwohl sie seinen eindringlichen Blick ziemlich beunruhigend fand, ließ sie es zu, dass er sie an der Hüfte packte. Er hinderte sie daran, sich an ihm vorbeizudrücken und zu verschwinden. Seine Hände waren warm, behutsam strich er mit dem Daumen über ihre Wange, über die nun doch eine einzelne Träne lief.

»Ist alles okay?«, fragte er so vorsichtig, als könne er sie verletzen.

Mit dem Shirtärmel wischte sie verstohlen über ihre

Wimpern, was einen dunklen Mascara-Fleck auf dem weißen Baumwollstoff hinterließ.

»Nichts ist *okay.* Was soll *okay* überhaupt heißen?« Es war albern, zu weinen, deshalb presste sie die Lippen zusammen, und mit einem Mal brannten ihre Augen nicht mehr. »Wie würdest du dich fühlen, wenn ein Special-Investigations-Team plötzlich in deiner Küche steht?«

»Ein Special… was? Das glaube ich dir nicht, Emily.« Seine Hand drückte ihre Hüfte etwas fester.

»Siehst du. Wer glaubt mir das schon?« Sie stieß ihn von sich weg, und es gelang ihr nicht, die Aggression in ihrer eigenen Stimme zu bremsen. »Wäre bei dir alles *okay,* wenn deine Welt wie bei einem Inferno vernichtet werden würde? Wenn du nicht mehr weißt, wer der Mensch ist, mit dem du zusammenlebst?« Emily schnappte nach Sauerstoff, als würde ihr jemand die Kehle zudrücken. Sie vermied es, Chris anzusehen. Der reagierte nicht, bewegte sich jedoch auch keinen Zentimeter von ihr weg, als wolle er bei ihr bleiben, um sie zu beschützen.

»Ich möchte, dass es aufhört. Ich will mein Leben zurück oder zumindest das, was davon übrig ist.« Erschöpft lehnte sie sich an den Türrahmen und zählte im Geiste die Fliesen auf dem Boden.

»War es denn so gut, dein Leben?«

Als ginge ihn das etwas an.

Sie stieß ihn gegen die Brust, weil sie wollte, dass er den Weg freigab. Doch er ergriff ihre Unterarme und hielt sie eisern fest.

»Geh jetzt nicht, Emily.«

»Ich brauche dringend Geld, und wenn schon meine Ehe nicht funktioniert, will ich wenigstens einen Job, den ich liebe. Ich möchte meinem Dad nicht zur Last fallen, alles andere als das. Aber meine Geldkarten sind gesperrt. Ich ...« Sie verstummte. So verharrten sie einige Sekunden, die sich wie Stunden anfühlten. »Ich muss meine Schwester abholen.«

Die Augen fest auf die Kappen ihrer Turnschuhe gerichtet löste sie sich von ihm und ging zum Tisch zurück, wo der mittlerweile kalte Latte macchiato auf sie wartete. Das Getränk würdigte sie keines Blickes, stattdessen griff sie nach ihrer Lederhandtasche und wollte das Lokal verlassen. Doch Chris war schon neben ihr.

»So lasse ich dich nicht gehen. Setz dich bitte wieder hin«, bat er sanft, nahm ihr die Tasche aus der Hand und schob Emily auf ihre Bankseite. Sie wehrte sich nicht dagegen, es hätte ohnehin keinen Sinn gehabt. »Wir finden eine Lösung.«

Eine Weile saßen sie schweigend da. Chris überlegte stirnrunzelnd, was eigentlich mehr so aussah, als hadere er mit sich. »Ich helfe dir.«

Mit einem Schlag verschwand der Nebel aus ihrem Verstand. Was hatte sie ihm eben nur alles anvertraut? »Musst du nicht.«

»Ich sage so etwas nicht, weil ich es muss, sondern weil ich es will.«

Es fiel ihr schwer, ihm weiter in die Augen zu sehen.

»Ich habe Geld für dich, also eine Arbeit. Erst einmal nur für eine Woche oder so, aber es ist besser als nichts.« Er hob das Macchiatoglas an seinen Mund und trank einen Schluck. »Tatsächlich suche ich dringend jemanden, der mich bei einer entscheidenden Bankangelegenheit unterstützt. Ich plane eine große Expansion, und dazu brauche ich schnellstmöglich einen Kredit und einen wasserdichten Businessplan. Ich habe keine Zeit und noch weniger Ahnung.«

»Du willst nicht ernsthaft, dass ich für dich arbeite, oder?«

»Wenn ich den Kredit in Höhe von 100.000 Dollar von der Bank nicht bekomme, verliere ich alles, was ich habe.« Er schluckte hart und betastete das Pflaster in seinem Gesicht. »Du könntest den perfekten Businessplan entwickeln und meine Buchhaltung ist auch außer Kontrolle geraten. Ich bezahle dich dafür, gerne in bar. Du hättest also wieder Geld, Emily.« Er strahlte, als hätte er gerade bei einem Ideenwettbewerb gewonnen. »Arbeite für mich.«

Was? Sie arbeitete schon für die Konkurrenz! Sie konnte doch nicht gleichzeitig für Black Dragonfly tätig werden.

»Nein«, sagte sie hastig.

Mit einer Hand schob er die Kapuze zurück. »Warum nicht? Du hast Betriebswirtschaft studiert. Du kannst das.«

»Ich habe in der Wirtschaftsprüfung gearbeitet«, räumte sie ein. Das kalte Kaffeegetränk tat ihrer trockenen Kehle gut. »Chris, ich mochte den Job nicht. Ich mag Zahlen nicht besonders.« Sie pochte mit den Fingerknöcheln gegen das Macchiatoglas und verstand selbst nicht, was sie dann sagte. »Aber ich mag deine Mutter.«

»Meine Mutter? Immerhin.« Er griff sich in die Seite und zog die Lippen zu einem schmerzverzerrten Lächeln auseinander. Die Unterlippe war immer noch angeschwollen. »Sieh dir wenigstens die Buchhaltung morgen mal an. Komm einfach vorbei, mein Jobangebot steht.«

Bevor sie etwas entgegnen konnte, baute sich Luis unvermittelt neben ihrem Tisch auf. »Chris, hast du mal zwei Minuten?« An Emily gewandt feixte er: »Mädchen, sei vorsichtig, wenn du dich mit ihm streitest.«

Emily zog die Nase kraus. »Wie bitte?«

»Hast du noch nie seine Kriegsverletzung gesehen?« Die Mundwinkel des Barkeepers schossen in die Höhe und er hatte auf einmal Ähnlichkeit mit dem Joker aus Batman, nur ohne Haare.

»Halt den Mund, Mann.« Chris stand auf, packte den höhnisch lachenden Luis am Ellenbogen und machte in Emilys Richtung eine Geste, die wohl so viel heißen sollte wie *Glaub dem kein Wort.* Dann zerrte er ihn zur Theke hinüber.

Emily nippte an ihrem Getränk und dachte nach. Am besten sagte sie ihm morgen früh direkt ab. Sie konnte auf keinen Fall für ihn arbeiten. Sich von ihm helfen lassen, wollte sie schon gar nicht. Außerdem hatte sie bereits einen ganz anderen Auftrag. Eine Sache war ihr in diesem Zusammenhang jedoch immer noch nicht klar.

»Wer ist Missy?«, fragte sie, sobald Chris sich wieder zu ihr gesellte. Er setzte sich nicht mehr.

»Missy ist meine Tante.«

»Oh.« Die Lösung war so einfach gewesen. »Dann gehört doch eigentlich ihr das Gut, oder nicht?«

Nahezu geräuschlos legte er die Münzen für die Getränke auf den Tisch.

»Sie ist tot.«

5. Kapitel

Was für ein seltsamer Montagmorgen. Bäuchlings und vollständig bekleidet legte Emily sich um 6.30 Uhr noch einmal auf ihr Bett und dachte über Chris und sein Angebot nach. Unglücklicherweise fiel ihr dabei auch das verbotene Alu-Päckchen wieder ein, das nach wie vor in ihrem Kleiderschrank lag. Warum hatte sie das nur mitgehen lassen? Das schlechte Gewissen meldete sich in Form eines lauten Magengrummelns. Außerdem wusste sie immer noch nicht, wieso Chris gestern so ramponiert ausgesehen hatte.

»Du bist schon wach?«, bemerkte Kim von der offen stehenden Zimmertür aus.

»Eigentlich nicht, ich tue nur so.« Emily sprang von der Matratze, wobei sie fast über die Enden ihres bodenlangen Faltenrocks gestolpert wäre. Sie ging zum Wandschrank und der bunte Jerseyrock schwang bei jedem Schritt mit.

»Hast du den Hippie-Style für dich entdeckt? Das ist hübsch.« Kim schlug die Augen nieder. »Wenn man immer nur sitzt, sieht so ein Rock natürlich nicht so toll aus.« Sie klang überraschend wehmütig.

»Wir haben nie über den Unfall und darüber, wie sich dein Leben anfühlt, gesprochen«, sagte Emily. Vermutlich war auch jetzt nicht der richtige Zeitpunkt zum Reden, denn Kim hatte offenbar schon etwas ganz anderes im Sinn.

Als hätte sie Emily nicht gehört, tippte sie mit dem Zeigefinger auf ihren Kopf. »Was sagst du zu meiner Blume? Die ist von Lucas.«

Erst da bemerkte Emily die überdimensionale, pinke Hibiskusblüte, die ihre Schwester sich in die blonden Strähnen gesteckt hatte. Ihr Gesicht strahlte vor Glück und Verliebtheit, als habe man eine 1000-Watt-Birne angeknipst.

»Ich habe heute frei und tue einfach mal nichts. Und du, Emmi?«

»Ich?« *Ich wollte mir gerade das geklaute Ding in meinem Schrank ansehen, bevor ich zu Black Dragonfly fahre, um eine geheime Rezeptur zu stehlen.* Sie drehte den Schlüssel im Schrankschloss, und der türkisfarbene Traumfänger ihrer Mutter schaukelte an dem Schlüsselring hin und her. »Ich liebe Hibiskusblüten. Hat Lucas gut ausgewählt.«

»Emily?« Ein Stirnrunzeln. »Kann es sein, dass du mir etwas verheimlichst?«

Unter dem Druck der Räder, die auf Emily zurollten, knarrte der Parkettboden, als wäre er mindestens zweihundert Jahre alt.

»Ob ich was?« Ihr Lachen klang nicht wirklich überzeugend, das merkte sie selbst.

»Ich kann vielleicht nicht laufen ...« Das Mädchen mit der Blume im Haar deutete auf seinen Rollstuhl. »Aber ich bin nicht blind.«

Es brachte nichts, zu lügen, und Emily wollte das gegenüber Kim auch nicht. Als sie den Wandschrank öffnete, fielen ihr zwei Jeanshosen entgegen und im Schrank glitzerte es silbern. Ihre Finger angelten nach dem Päckchen, kurz darauf hielt sie es ihrer Schwester entgegen.

»Chris MacGowan ist Inhaber eines Weinguts namens Black Dragonfly«, erklärte Emily. »Ich war dort und ... da ist mir dieses Teil sozusagen in die Hand gefallen.«

»Krass mit dem Weingut, oder? Hätte ich nicht gedacht, dass der sich mal für Trauben interessiert. Wie man sich täuschen kann ...« Kim sah sie kritisch an. »Soso. *In die Hand gefallen.*«

»Ich habe es einfach eingesteckt und mitgenommen«, wisperte Emily, erleichtert, sich endlich jemandem anvertrauen zu können.

Aus irgendeinem Grund ging das Blumenmädchen nicht darauf ein. »Chris hat gestern ziemlich schlimm ausgesehen, oder? Was war denn mit ihm los?«, sagte sie und stieß kurz darauf einen entsetzten Schrei aus. »O mein Gott! Du hast etwas von Chris MacGowan geklaut? Ausgerechnet von dem?« Der Groschen war offenbar nun doch gefallen. Besser spät als nie.

»Steht unsere Holzbank in Dads Gemüsegarten noch?«, fragte Emily statt einer Antwort und Kim nickte begeistert. Bisher hatte es keinen Anlass gegeben, sich gemeinsam mit ihrer Schwester zurückzuziehen, und irgendwie war ihr Ritual von früher ohnehin in Vergessenheit geraten. Bis jetzt.

Fünf Minuten später standen sie zwischen Tomatenstauden, Erdbeerbeeten und Salat. Es waren nur winzige Beete, die Dad angelegt hatte, trotzdem hatten sie es als *Garten* bezeichnet. Die alte Bank, aus deren Mitte man ein Tischchen herausziehen konnte, war nicht mehr braun. Sie war verwittert, grau und das Holz war stellenweise aufgeplatzt, doch sie hielt immer noch unter dem Apfelbaum tapfer die Stellung. Das eingeschnitzte E und das K fielen Emily direkt ins Auge. Man könnte die Bank abschleifen, sie mit einer entsprechenden Holztinktur neu lackieren, überlegte sie. Sie half Kim, sich zu setzen, bevor sie sich selbst darauf niederließ.

»Heiß heute«, murmelte sie und tastete blind über das E.

»Wir haben sieben Uhr morgens, aber ja, an deiner Stelle wäre mir auch heiß«, sagte Kim trocken. Emily ließ sich gegen die Lehne der Holzbank sinken und drehte das Päckchen, das sie mit nach draußen genommen hatte, mehrfach um die eigene Achse. Blitzschnell entriss Kim es ihr.

»Willst du herausfinden, was drin ist?« Gespannt beobachtete Emily die Reaktion ihrer Schwester, wie sie das Ding in den Händen wog, als könnte sie anhand seines Gewichts problemlos den Inhalt erraten. »Kannst du schweigen?«

»Habe ich dich verraten, als du Hals über Kopf mit Michael nach Vegas geflogen bist und mit einem Ring am Finger zurückkamst?«

Dad war damals dermaßen ausgeflippt, wie sie ihn noch nie zuvor erlebt hatte. Tagelang hatte er nicht mit ihr gesprochen, und sie wusste bis heute nicht, ob er der Heirat einfach nur nicht zustimmte oder ob er tief enttäuscht war, weil sie es ihm verschwiegen hatte. Er hatte Michael nie gemocht, unter anderem wegen seines stinkreichen Politiker-Vaters, dessen Weltanschauung ungefähr so viel mit Dads gemeinsam hatte wie ein Buch mit einem Stück Weißbrot. Wenn Emily genauer darüber nachdachte, mochte sie Michaels Vater auch nicht, aber sie hatte angenommen, es sei erstrebenswert, alles zu haben und noch mehr zu erreichen. In Wirklichkeit waren fünf Minuten mit Dad auf der Veranda oder mit Kim auf dieser Bank kostbarer als Geld und Anerkennung.

»Ich habe mich so lange nicht bei euch sehen lassen.« Emily sah beiseite. »Ich bin eine schreckliche Schwester.«

»Denkst du, ich bin nachtragend?«, antwortete Kim ruhig. Sie legte das Päckchen in ihren Schoß und griff nach Emilys Hand. »Das Leben ist zu kurz für miese Gefühle. Sieh dir das an.« Das K war so verwittert, dass es fast wie ein W aussah. »W wie wunderbar.« Kim grinste.

Zögerlich hob Emily den Kopf. »Ich habe eine ganz besondere Familie, und ich weiß überhaupt nicht, warum ich jemals etwas anderes wollte.«

»Es ist nie zu spät, neu anzufangen. Hab ich schön gesagt,

oder?« Kim schenkte Emily einen kessen Augenaufschlag. Sie schüttelte das Paket wie eine Schneekugel und ein paar Sandkörner bröselten auf ihre Jeanshose.

»Mach es schon auf«, forderte Emily nervös.

Als habe sie jedes Recht darauf, riss ihre Schwester die Folie des Päckchens auseinander. Zwei Muscheln plumpsten in ihren Schoß. Sie hielt die runden Kalkgebilde in die Luft, aus deren Ritzen schneeweißer Sand rieselte.

»Das sind Sanddollar«, sagte Emily tonlos. Wie damals mit Mom und Dad im Urlaub, als sie sieben Jahre alt war, und wie kürzlich in der Mittelkonsole von Chris' Land Rover, an dem Tag, als der Honda nicht mehr ansprang. Aus irgendeinem Grund verfolgte diese Muschelart sie gerade. Hastig nahm sie Kim die beiden Gebilde ab und strich über die flache Seite eines Dollars. Das florale Muster war besonders ausgeprägt, tatsächlich sah es fast genauso aus wie die Hibiskusblüte in Kims Haaren. Die zweite, zierlichere Muschel trug eine noch viel auffälligere Verzierung. Wie zwei rohe Eier legte Emily die Kalkteile neben sich auf die Sitzfläche der Bank.

Währenddessen machte Kim sich erneut an der Folie zu schaffen und förderte drei blaue Briefumschläge zutage, die an altertümliche Luftpostbriefe erinnerten und oben aufgeschlitzt waren. Ihre strahlend blauen Augen begutachteten den Papierstapel neugierig. »Lesen oder nicht?«

Sie könnten tatsächlich ... Aber nein, es gab so etwas wie Briefgeheimnis. »Was immer in diesen Briefen steht, es ist wirklich gegen jeden Codex das zu lesen«, flüsterte Emily.

Wenn die beiden Sanddollar echte Münzen wären, könnten sie *Kopf oder Zahl* damit spielen. Chris schummelte sich in ihre Gedanken. Er hatte sie im Bourbon genötigt, ihm ihr Herz auszuschütten. Nachdenklich spielte sie an den Muscheln herum. Das war nicht richtig von ihm gewesen. Im Geiste stellte sie sich vor, was in den Nachrichten stehen könnte – vielleicht etwas über ihn oder über das Weingut. Einen – sie würden nur einen einzigen überfliegen. »An wen sind die denn adressiert?«

Wortlos überreichte Kim ihr das erste der drei zerknitterten Kuverts.

Emily beäugte es von allen Seiten. »An niemanden? Die haben weder Empfänger noch Absender?«

»Aber ein Datum. Oben in der Ecke auf dem ersten Umschlag steht Januar, dann haben wir hier Juli und auf dem dritten steht, Moment, Dezember. Lies den Januar-Brief vor.« Ungeduldig trommelte ihre Schwester auf der Armlehne der Bank herum.

Die kunstvoll verschnörkelte Schrift zog sich über die ganze Seite, beinahe so, als habe ein Maler den Brief gezeichnet. An den Seitenrändern entdeckte Emily Mini-Skizzen: eine Feder und unterschiedliche Weingläser. Der Zeichner oder die Zeichnerin hatte bunte Aquarellstifte verwendet, der Text selbst war mit einem Füllfederhalter notiert worden, weshalb er ziemlich verwaschen aussah. Aus welchem Jahr stammten diese Nachrichten? Emily zog die Beine an, setzte sich in den Schneidersitz und begann mit angehaltenem Atem zu lesen.

Januar

Meine Liebe,

weißt du noch, wie wir stundenlang am Strand danach gesucht haben? Diese beiden Sanddollar waren das Wertvollste und Schönste, was wir besaßen, und ich habe sie aus einem ganz bestimmten Grund aufbewahrt.

Gerade jetzt spüre ich sehr deutlich, wie mir die Zeit wegläuft. Ich kann sie nicht festhalten, genauso wenig, wie wir die feinen Sandkörner damals in unseren Kinderhänden halten konnten.

Irgendwann merkt nun einmal jeder, was im Leben wichtig ist und was nicht. Du hast etwas Einzigartiges geschenkt bekommen, und ich möchte nicht, dass du einen Fehler machst. Ich möchte nicht, dass kein Sandkorn übrig ist, das durch deine Hände gleiten kann.

Daher bitte ich dich: Du musst die Wahrheit sagen. Jetzt. Am besten sofort.

Einer der beiden Sanddollar ist als Erinnerung für dich gedacht. Er soll dich daran erinnern, wie schön das Leben ist und bleibt, auch wenn ich nicht mehr da bin.

Der zweite steht für die Wahrheit – für den Mann, dem du diese viel zu lange vorenthalten hast. Rede mit ihm, er muss es endlich erfahren und nicht nur er.

In Liebe,
Deine Y.

Kim fasste sich als Erste wieder und strich sich verlegen eine blonde Strähne hinters Ohr. »Wer ist Y?«

»Woher soll ich das denn wissen?«

»Da haben wir ja etwas Tolles veranstaltet, Emmi. Das klingt voll dramatisch.« Sie versank tiefer in der Holzbank, ihre Stimme zitterte. »Wir müssen das Päckchen zurückbringen.«

»Das sagt ausgerechnet Miss Spontan, die den Brief unbedingt lesen wollte und die Verpackung in tausend Einzelteile zerlegt hat.« Emilys Blick glitt zu der zerrissenen Folie.

»Wir nehmen neues Alupapier, wickeln die Sachen ein und kleben es wieder zusammen.« Hektisch klopfte Kim die Sandreste von ihrer Jeanshose. »Ist doch kein Problem.«

»Chris hat mir übrigens einen Job angeboten«, sagte Emily verhalten. »Eigentlich nur kurzfristig als eine Art Aushilfe.«

Statt sich für sie zu freuen oder eben nicht, fingerte Kim nur an der Alufolie herum, als gäbe es nichts mehr zu besprechen. Dabei konnte Emily ganz unmöglich für Chris arbeiten.

»Du fährst also gleich auf das Gut? Großartig«, war die einzige Reaktion. »Gib mir den Kram. Ich packe alles ein, dann kannst du es zurücklegen. Und du schminkst dir in der Zwischenzeit eine gehörige Portion Unschuld ins Gesicht. Im Moment siehst du nämlich aus, als hättest du eine Bank überfallen.«

Emily half Kim zurück in den Rollstuhl. Anschließend reichte sie ihr – zu den beiden Muscheln und dem zerrupften Päckchen – den Januar-Brief. Flink rauschte ihre Schwester mit den Sachen davon.

Die schwarze Mascara verlängerte nicht nur ihre Wimpern optisch, sondern vergrößerte auch Emilys dunkle Augen, und manchmal, wenn sie in den Spiegel sah, erinnerte sie sich an ein Foto ihrer Mutter, die so ähnlich ausgesehen hatte. Allerdings war Mom deutlich schlanker gewesen. Verunsichert zupfte sie an ihrem Shirt, dann zwickte sie in den Hüftspeck auf Gürtelhöhe, knapp über ihrem Hinterteil. Vielleicht hatte Michael nicht mit ihr über seine Probleme gesprochen, weil sie Kuchen liebte. Vielleicht hatte er sie aus seinem Leben ausgeschlossen, weil sie eben nicht so war wie die anderen New Yorkerinnen mit ihren superengen Röcken und den Size-Zero-Hosen. Sie stöhnte laut auf, weil sie wusste, wie unsinnig das war. Trotzdem: besser kein Frühstück heute Morgen. Früher oder später würde ihr Magen aufgeben und aufhören zu grummeln. Erschrocken ließ sie von ihrem Bauch ab, als Kim zurück ins Zimmer platzte.

»Tada!« Beifall heischend hielt sie einen Gegenstand in die Höhe, der nicht annähernd so aussah wie der, den Emily in dem Holzscheunenboden gefunden hatte. »Wir hatten nur noch braunes Klebeband. Nicht schlimm, oder?«

Vor Entsetzen ließ Emily den Rougepinsel, den sie gerade in die Hand genommen hatte, sofort wieder fallen. Ihre Schwester hatte das Päckchen durch mehrfaches Verkleben in ein braunes Dreieck verwandelt. »Du bist echt eine tolle Komplizin, Sherlock Jones. Das Band war doch durchsichtig. Dieses Ding nehme ich so nicht mit.« Sie drehte sich um, nahm der verblüfften Kim das Dreieckpaket aus den Händen und legte es zurück in ihren Wandschrank. Bevor sie jedoch die Schranktüren schloss, dekorierte sie schnell ein paar bunte T-Shirts darüber.

»Oberteile. Sehr unauffällig, Miss Marple.« Kim pfiff anerkennend durch die Zähne, aber Emily war schon auf dem Weg zur Tür.

Die Black-Dragonfly-Schrift fiel Emily als Erstes ins Auge, als sie mit Jacks Honda, den sie sich mal wieder von ihm ausleihen musste, auf das Anwesen fuhr. Das Auto knatterte wie ein verrostetes Flugzeug auf der Landebahn; es war nur eine Frage der Zeit, bis es nicht mehr ansprang. Der Parkplatz war leer, und auch sonst sah es so aus, als sei nicht besonders viel los. Beim Aussteigen hob sie den langen Rock ein wenig an und ärgerte sich im gleichen Moment darüber, dass sie vor lauter Aufregung vergessen hatte, die Flipflops gegen festes Schuhwerk zu tauschen. Die kleinen Kieskörner drückten sich durch die weiche Gummisohle und ein leichter Wind bauschte ihren Hippierock. Vor der Eingangstür haderte Emily kurz mit sich. Sollte sie wirklich hineingehen? Was wäre die Alternative?

Du könntest arbeitslos bei Dad im Holzhaus sitzen und mit ihm über seinen nächsten imaginären Herzinfarkt diskutieren, hörte sie Kims belustigte Stimme in ihrem Kopf.

Wie von selbst setzten sich die Flipflops auf den kühlen Steinboden der Eingangshalle.

»Chris?« Es klang mehr wie ein Flüstern als ein Rufen. Sie erhielt keine Antwort.

Langsam schritt sie durch die Lobby, die außergewöhnlich schlicht wirkte. Lediglich eine Vase, halb so groß wie sie selbst, mit einem bunten Arrangement aus Dahlien und Blumen, die Emily nicht benennen konnte, stand am Treppenaufgang. Die farbenfrohe Komposition versöhnte sie ein klein wenig mit der trostlosen Halle. Sie bog links in einen Flur ab, einem appetitlichen Duft folgend. Auf den Wandkacheln wechselten sich aufgemalte Zitronen mit gelben Sonnen ab. Kurz darauf fand sie sich in einer Art Kantinenküche wieder, die mindestens doppelt so groß war wie die Eingangshalle. Ihr Magen meldete sich sofort wieder, doch sie schenkte ihm keine Beachtung.

»Wie wäre es mit einem Stück Kuchen?«, hörte sie eine freundliche Frauenstimme hinter sich sprechen. Eine gut gelaunte Kate MacGowan stellte einen Flechtkorb mit ein paar Weintrauben auf der Granitarbeitsplatte des Küchenblocks ab. »Das sind die allerersten roten, noch nicht ganz reif – aber ich wollte mal testen, was sie machen. Wir erwarten dieses Jahr aufgrund der warmen Temperaturen eine sehr frühe Lese.« Sie lachte, bekreuzigte sich automatisch und ergänzte. »Dio mio. Sagen wir das nicht immer?«

Ehe Emily etwas erwidern konnte, verschwand Kate in dem angrenzenden Abstellräumchen und kam mit einer Kuchenplatte wieder heraus. »Schau dir meinen Rum-Trauben-Kuchen an, Emily. Ist der nicht wunderschön? Ein neues Rezept. Du musst ihn unbedingt probieren und beurteilen.« Voller Elan stellte sie die kalorienreiche Köstlichkeit neben dem Traubenkorb ab.

»Danke, aber ich bin nicht hungrig.« Emily versuchte wirklich, den Kuchen zu ignorieren. Reden, sie musste reden, um sich von dem Loch in ihrem Bauch abzulenken. Es war noch nicht einmal Mittagszeit. »Kreierst du häufig originelle Rezepturen?«

»Ich? Um Gottes willen.« Kate schlug die Hände über dem Kopf zusammen und die Trompetenärmel ihrer Bluse fielen dabei übereinander.

Innerlich kämpfte Emily gegen den Drang, die Südländerin spontan nach dem begehrten In-Getränk zu fragen. Wie gerne würde sie Max endlich die versprochenen ersten Informationen liefern, aber sie wollte nicht zu auffällig vorgehen. Sie war *undercover*, was sich irgendwie alles andere als richtig anfühlte.

»Meine ... Jemand hat mir ein Rezeptbuch geschenkt. Darin befinden sich haufenweise ausgefallene Kreationen, unglaublich lecker.« Kate geriet ins Schwärmen und hüpfte zu dem zweitürigen Kühlschrank, der bis zur Decke reichte, um eine Schüssel Sahne daraus hervorzuziehen. »Ach, sie hat einfach zu oft geträumt. Träume muss man nun mal umsetzen, erste Schritte machen.« Wie zur Bekräftigung tauchte sie einen Teelöffel, den sie aus ihrer Schürzentasche hervorzauberte, in die weiße Schaummasse.

»Ein Kochbuch also.« Emily straffte den Rücken. Ihre Handinnenflächen schwitzten und sie rieb sie sich verstohlen am Stoff ihres Shirts ab. Bisher war das Rezept nicht in dem Päckchen mit den Briefen zu finden gewesen, aber vielleicht bekam sie es ja zufällig von Kate auf dem Silbertablett präsentiert. »Gibt es in dem Büchlein auch Rezepturen für Getränke? Mischgetränke eventuell?«

Kates Gesicht hellte sich augenblicklich auf. »Es kommt immer auf die perfekte Mischung an, Signorina Carsen. Das ist bei vielen Dingen so, nicht nur bei Kuchen oder Weingetränken.« Gewinnend lächelte sie Emily an, die ihr nicht ganz folgen konnte. »Die Dosis macht das Gift.«

»Was soll das bedeuten?«

»Meine Schwester hat das früher oft gesagt. Es ist ein Sprichwort.« Kate sah zum Küchenfenster hinaus, und Emily war sich nicht sicher, ob sie weiterreden würde. Nach einer Weile seufzte Miss MacGowan. »Nehmen wir Salz zum Beispiel. Manchmal genügt eine Prise davon, 500 Gramm dagegen sind zu viel in der Suppe. Man muss die richtige Dosis kennen.« Sie sagte es so, als sei es mindestens der Sinn des Lebens, auf jeden Fall etwas sehr Wichtiges.

»Klingt logisch.« Emily zupfte eine Weintraube vom Stängel und drehte sie zwischen ihren Fingern. »Und gibt es ein Getränk hier auf dem Gut, das eine besondere Zubereitung erfährt? Außer den hervorragenden Weinen natürlich.«

»Seit wann interessierst du dich für irgendwelche Zubereitungsmechanismen in der Küche?«, drang die Stimme an ihr Ohr, die sie, ob sie wollte oder nicht, schon vermisst hatte.

»Ich backe«, schoss sie zurück, wandte sich Chris direkt zu und zog gewohnheitsgemäß den Bauch ein. »Manchmal koche ich auch.«

Anerkennend hob Chris die Braue. »Wirklich? Was denn genau?« Es klang ironisch.

Pfannkuchen und Tee. Ging das als Backen und Kochen durch? Lässig winkte sie ab und musterte betont gründlich seine Wange. Im Gegensatz zu gestern sah er fast wieder normal aus. Natürlich war zu erkennen, dass er … Ja, was eigentlich? Vom Bus überfahren worden war? Jedenfalls war die Schwellung an der Lippe zurückgegangen und es klebte auch kein Pflaster mehr unter seinem Auge. Stattdessen sah es so aus, als sei die Wunde professionell behandelt worden; der Bluterguss hatte sich blaugrün verfärbt.

»Warst du im Krankenhaus?«, fragte sie und bemerkte, wie er eine Hand zur Faust ballte.

»Wenn ich ihn gelassen hätte, hätte er es wohl selbst genäht.« Kate musterte ihren Sohn angestrengt. »Ich habe ihn verarztet.«

Dann drehte sie ihnen den Rücken zu und verließ mit der Sahneschüssel im Arm den Raum. Den Kuchen ließ sie auf der Ablage stehen.

»Gehen wir in mein Büro«, wies Chris an und deutete auf den Rundbogen zum Korridor. Er trug ein T-Shirt, weshalb sie die eintätowierten Buchstaben auf seinem Unterarm teilweise entziffern konnte, während sie neben ihm herlief. An einer Stelle, da war Emily sich ganz sicher, stand ein Y, umgeben von Ranken.

Leider konnte sie nicht noch länger seine Arme anstarren, weil er ihr bereits jetzt einen forschenden Blick unter den dunklen Wimpern zuwarf.

Das lichtdurchflutete Arbeitszimmer bot viel Platz für die Schreibtischarbeit, die Chris nicht gerne tat. Gott sei Dank kannte Emily sich mit Zahlen und Wirtschaftsunternehmen aus, was sie beruhigte, als sie sich zwischen all den Ordnern, Kisten und Papieren in dem Raum umsah.

»Du weißt schon, dass man ein Büro organisieren muss?« Sie rümpfte die Nase.

»Sehe ich aus wie ein Bürohengst?«, fragte er schmallippig und hob zwei prall gefüllte Umzugskisten auf den Schreibtisch, der dabei leicht wackelte. Automatisch schob Emily ein Notizbuch, das sie vom Tisch nahm, unter das verkürzte Tischbein. Problem gelöst. Chris sah sie erstaunt an.

»Also ich brauche diesen recht hohen Kredit, den die Bank mir nur gewährt, wenn ich einen erstklassig ausgeklügelten Businessplan vorlege. Wenn ich das nicht schaffe, dann hat alles keinen Sinn mehr. Der Weiterbestand des Gutes hängt sozusagen am seidenen Faden.«

Merkwürdig, denn er hatte die Mietställe und produzierte wirklich exklusive Produkte und … *Big Business* … Top-Weine. Auch wenn das Gut ziemlich verfallen aussah.

»Ich muss dringend expandieren, sonst bin ich gezwungen, dichtzumachen. Das darf nicht passieren.«

»Du musst?«

Er öffnete einen der Pappkartons, sah kurz hinein und verschloss ihn angewidert wieder. »Was hältst du eigentlich von Versprechen, Emily?«

Aktuell? Seit zwei Wochen – gar nichts mehr. Instinktiv legte sie ihre beringte Hand auf ihr Herz. »Was glaubst du wohl?«

»Tja … ich halte eine ganze Menge davon.« Chris massierte seine Schläfen mit den Daumen. »Man sollte nichts versprechen, was man nicht halten kann.«

Sie schluckte hörbar und konzentrierte sich darauf, die Kartons anzustarren. »Reden wir hier noch über das Gut?«

»Ich habe dieses Anwesen alleine wieder aufgebaut, bin dabei, es zu restaurieren und mir Finanzierungswege zu erarbeiten. In den letzten Jahren hat das alles irgendwie funktioniert.«

»Na, das sehe ich.« Mit prüfendem Blick bewegte Emily sich auf die Papierstapel zu, die unsortiert auf dem Boden lagen.

»Mir fehlt die Zeit, mich ordentlich um die Buchhaltung zu kümmern. Und Geld, um neue Geschäftsfelder zu erschließen.« Seine Kiefermuskeln spannten sich an, als er ihren skeptischen Blick auffing. Mit dem Fuß schob Emily ein paar lose Blätter zur Seite. Er wand sich. »Außerdem gab es einen Zwischenfall mit meinem Vater auf dem Gut, und ich hatte jede Menge anderen Kram zu tun. Ich …« Sein Atem beschleunigte sich und er stemmte die Hände in die Hüften. »Ich habe den verdammten Überblick verloren«, sagte er und donnerte mit der Faust gegen die Betonwand. »Nur wegen dieses Versagers. Ich brauche jedenfalls dringend Hilfe, bevor mir alles noch mehr über den Kopf wächst.« Chris zeigte auf die Papierstapel und legte die Hände an die Stirn.

»Worum geht es denn bei der neuen Investition?«

»Es ist etwas Besonderes«, wich er zögerlich aus.

Kapitulierend zuckte Emily mit den Schultern und drehte sich in Richtung Tür. »Ich muss wissen, womit ich es zu tun habe. Wenn du mir nichts verraten willst, können wir es auch gleich lassen.«

Achtsam packte er sie am Arm und hielt sie davon ab, den Raum zu verlassen. Sie wagte unter seiner Berührung kaum, zu atmen. Es fühlte sich seltsam vertraut an.

»Konkret handelt es sich um ein Gemisch aus Rotwein und verschiedenen natürlichen Zutaten.«

Big Business.

»Die Rezeptur, von der deine Mutter gesprochen hat?«

»Hat sie das? Das Rezept ist sechsunddreißig Seiten lang und wir produzieren es nicht auf …«

»Sechsunddreißig?«, rief Emily aus, woraufhin er verwundert aufsah. »Großer Gott, warum ist es so umfangreich?« Damit war die Variante, sich die geheime Formel im Kopf zu merken, gestorben. Sie brauchte einen Plan B, genau genommen brauchte sie überhaupt einen Plan.

»Ist es nicht völlig irrelevant, wie viele Seiten es hat?«

Emily betrachtete ihre Fingernägel, um ihn nicht ansehen zu müssen, dann bückte sie sich und zog eine Rechnung aus den Papieren. »Ich bin hier nun einmal der neue Finanzchef. Ich muss die Details kennen.«

»Klar, nenn dich, wie du willst, Chef.« In seiner Miene lag Erleichterung. Offenbar war er glücklich über ihren Entschluss, ihm helfen zu wollen. »Sag mir einfach, wie viel du pro Stunde bekommst.«

»Erstens finde ich, das klingt irgendwie anzüglich«, sagte Emily und tippte ihm auf die Brust.

»Und zweitens?«

»Ich dachte, du hast Geldprobleme.« Mit festen Schritten ging sie zum Schreibtisch und ließ die Rechnung auf die Arbeitsplatte segeln.

»Du doch auch, und deinen Lohn für die paar Tage kann ich mir noch leisten. Es ist eine Investition in die Zukunft des Guts.«

Emily fischte ein Kuvert aus einem Stapel. Auf dem Umschlag erkannte sie das Logo einer bekannten Drogeriemarktkette. »Werbung. Du hebst ein Werbeanschreiben von Walgreens auf? Ungeöffnet?«

»Ehrlich gesagt habe ich schon lange nichts mehr weggeschmissen. Ich sammele einfach alles, was kommt.«

»Chris.« Ihre Stimme klang wie die einer Lehrerin, die gerade ein schlechtes Zeugnis vergab.

»Sorry«, entschuldigte sich Chris und der kleine Anflug von Zerknirschtheit stand ihm richtig gut. »Ich bin draußen, wenn du mich brauchst. Kate ist in der Küche. Sie kocht übrigens hervorragenden Kaffee.«

Kopfschüttelnd sah sie ihm durch das Fenster nach, wie er in Richtung der Stallungen verschwand. Was um alles in der Welt tat sie hier?

Gedankenverloren hob sie einen der Umzugskartons vom Schreibtisch, als der Pappboden ohne Vorwarnung nachgab. Eine ganze Horde Zettel und Quittungen ergoss sich auf der Tischplatte.

»Chris«, rief sie ihm hinterher, obwohl sie wusste, dass er sie nicht hörte. Resigniert ließ sie sich in den ledernen Drehstuhl sinken.

Sie war so was von erledigt.

Ungefähr drei Stunden später hatte Emily eine grobe Ordnung im absoluten Chaos hergestellt, und das ganz ohne Koffein. Sie hatte eine Excel-Liste angelegt und Rechnungen, Mahnungen und Quittungen inklusive des zugehörigen Datums eingetragen. Sie hatte gelocht, abgeheftet, sortiert und ihren Hunger völlig vergessen. Die Arbeit hier war einfach anders als bei ihrem ehemaligen Arbeitgeber in New York. Auch wenn sie sich nach wie vor mit Rechnungen beschäftigte, genoss sie diese Art zu arbeiten: in einem eigenen Büro, niemand bedrängte sie, der Ausblick auf die sonnigen Weinberge. Und es gab keine überzogenen Erwartungen, sie half sogar jemandem mit ihrer Arbeit, was sich wirklich gut anfühlte. Emily legte den Kopf in den Nacken und beschloss, eine kleine Pause einzulegen, um die restlichen Räumlichkeiten zu inspizieren und noch einmal mit Chris wegen der Expansion zu sprechen. Kurz eine letzte Notiz, doch der Kugelschreiber gab nach zwei Buchstaben endgültig den Geist auf. Auf der Suche nach einem Stift öffnete sie die obere Schreibtischschublade – ein störrisches Ding, das klemmte und nur widerwillig nachgab.

University of California – Medical School San Francisco stand auf dem Anschreiben, das oben auf lag. Neugierig zog sie das offiziell aussehende Papier aus der Schublade und strich es mit der Handkante glatt. Ihre Augen überflogen die Anfangszeilen, sprangen zur Mitte des Briefs, dann ans Ende. Das konnte doch wohl nicht wahr sein.

Erschrocken schlug sie sich eine Hand vor den Mund und brauchte ein paar Sekunden, um sich zu fassen. Schließlich nahm sie ihr Smartphone aus der Umhängetasche und machte sich auf die Suche nach einem ungestörten Ort. Das musste sie unbedingt Kim berichten.

VON: max.brown@redriver.com
AN: emily.carsen@redriver.com

Carsen,
Wo sind Sie? Sind Sie untergetaucht?
Wie ist die Lage?
Wir überweisen Ihr Gehalt nur, wenn wir Ergebnisse sehen. Momentan sehe ich gar nichts. Noch nicht einmal Sie!
Melden Sie sich.
ASAP. Max

ASAP (as soon as possible) – so schnell wie möglich. Natürlich, er war ihr Boss. Gebannt fixierte sie das Display ihres Handys, als Chris mit mindestens drei Kisten, die er übereinandergestapelt auf den Armen trug, den düsteren Raum betrat. Unwillkürlich steckte sie das Handy in den Bund ihres Rocks, ohne den beabsichtigten Anruf getätigt zu haben.

»Hey, machst du Inventur oder hast du Hunger?«, wollte er belustigt wissen.

Erst jetzt bemerkte Emily, dass sie in einem Kellergewölbe gelandet war, einer Art Vorratsraum, vollgestopft mit Obst, Gemüse, Zuckerpäckchen und allerhand weiteren Lebensmittelverpackungen. Auf dem Weg dorthin hatte sie zuerst die Mitteilung von Michaels Anwalt gelesen: Ihr Ehemann blieb weiterhin in U-Haft, für den Prozess sah es nicht sonderlich rosig aus. Dann die Mail von Max.

Chris drängte sich an ihr vorbei und ließ sie dabei nicht aus den Augen. »Nachricht von Michael?«

»Ja.« Sie schüttelte mit dem Kopf und atmete aus. »Eigentlich nein. Ich bin wirklich froh, dass er mich nicht in das Ganze mit hineingezogen hat.«

Die Obstkisten knallten auf den Kellerboden, Emily zuckte zusammen. »Du hast es nicht kapiert, oder?«, spuckte Chris aus. Seine Augen flackerten, der Zorn war deutlich aus seiner Stimme herauszuhören. »Das Wasser steht dir bis zum Hals und du verteidigst ihn. Kaum zu glauben.«

»Was mischst du dich überhaupt ein?« Ihre Ehe ging ihn absolut nichts an. Es war etwas, woran sie jahrelang geglaubt hatte, und vielleicht tat sie das immer noch. Was nahm er sich nur heraus, sie dauernd darauf anzusprechen?

»Du hast keinen Job, kein Geld und kein Zuhause mehr. Er hat dich belogen und betrogen. Das hast du doch selbst gesagt.«

»Behalte dein Urteil bitte für dich«, gab sie kühl zurück. »Ich will es nicht hören.«

»Warum? Weil ich kein Typ aus reichem Elternhaus bin? Darf ich deshalb keine eigene Meinung haben?« Er atmete scharf ein. »Ich kenne Michael. Wenn sein Vater ihn nicht jedes Mal rausgeboxt hätte, wäre er viel früher im Knast gelandet. Niemand hat ihn angezeigt, als er ein Auto gestohlen hat. Er war damals wochenlang in Mexiko verschwunden. Weißt du überhaupt, was er dort getrieben hat? Wach endlich auf, Emily.«

Natürlich wusste sie das mit Mexiko. Er hatte ihr eine sandgefüllte Flasche mitgebracht und ihr erzählt, er habe den ganzen Tag mit den Jungs am Strand nur an sie gedacht. War das nicht romantisch? Wie naiv sie gewesen war! Ihr vermeintlich spöttisches Lachen klang bedrückt.

Sie merkte, wie Chris sie beobachtete, als sie mit ihren Fingern den senkrecht stehenden Eisengriff umschloss. War er erst in der Waagerechten, würde sich die Tür wohl nicht mehr von innen öffnen lassen.

»Was tust du da?« Er richtete sich auf und machte einen Schritt auf sie zu. »Emily.«

»Vielleicht sollten wir uns wirklich einmal ungestört miteinander unterhalten.« Beherzt fasste sie nach dem Griff.

»Tu das nicht.« Seine Augen wurden zu schmalen Schlitzen.

»Du könntest mir zum Beispiel zur Abwechslung mal etwas über dich erzählen.«

»Ganz sicher nicht.«

»Und wenn du keine andere Wahl hast?«

Krachend fiel die Vorratsraumtür ins Schloss.

Zu.

6. Kapitel

»Das ist nicht dein Ernst«, sagte Chris und atmete hörbar aus. »Ich habe einen wichtigen Termin.«

Weil er immer näher kam, wich Emily so weit es ging zurück, bis sie das harte Eisen der Vorratsraumtür in ihrem Rücken fühlte.

»Ist dir eigentlich klar, dass wir eingesperrt sind? Was denkst du dir bloß!« Er rang die Hände gen Himmel, als erhoffe er sich eine Antwort von oben.

»Sag du es mir doch, Dr. MacGowan«, erwiderte sie kalt. Nach einer Schweigesekunde knallte seine Handfläche neben ihrem Arm gegen die Tür.

»Woher weißt du das?« Er stieß sich sofort wieder ab und nahm Abstand von ihr, er wirkte wütend und verlegen zugleich.

Es stimmte also. Chris MacGowan hatte Medizin studiert. Wie angewurzelt blieb Emily an der Tür stehen, während er auf einmal die Schultern hängen ließ und so verletzlich wirkte wie nie zuvor. Dann setzte er sich stöhnend auf den Fußboden, direkt neben die Obstkisten, den Rücken an die Wand gepresst. Er stützte die Ellenbogen auf die angewinkelten Knie und sagte keinen Ton. Offenbar hatte sie einen wunden Punkt getroffen. Zögernd hockte sie sich neben ihn, die geschlossene Vorratsraumtür gegenüber im Blick.

»Sag bloß, das weiß sonst keiner?«, flüsterte sie, ihr Herz klopfte. Zu hart, zu schnell. Sein Brustkorb dagegen hob und senkte sich unfassbar langsam. »Du kannst doch nicht Medizin studiert haben und niemand hat es gemerkt. Ist das *Versteckte Kamera* oder eine dieser Gagshows?«

»Sieht das nach einem Witz aus?« Er deutete auf die Lebensmittel. »Ich hatte meine Gründe.«

»Na klar. Genauso wie du einen guten Grund dafür hattest, dir das Gesicht vermöbeln zu lassen?«

»Alles passiert aus einem bestimmten Grund, Emily.«

»Ach, wirklich? Eine Schlägerei auch?«

Mit einem entnervten Zischen winkte Chris ab und sah weg.

Was für ein Gespräch. Emilys Magen meldete sich zum wiederholten Mal, und sie verfluchte die verschlossene Vorratsraumtür insgeheim.

»War keine so clevere Idee von mir, das mit der Tür.« Kleinlaut zog sie ihr Handy aus dem Rockbund und warf einen Blick auf das Display. »Kein Empfang.«

»Das hätte ich dir vorher sagen können«, murmelte er, nahm einen Apfel aus einer Obstkiste und biss hinein. »Über kurz oder lang wird Kate irgendetwas aus diesem Vorratskeller brauchen. Keine Sorge, Prinzessin, du wirst hier drin nicht verrotten.«

Hatte er tatsächlich Prinzessin gesagt? Zum ersten Mal betrachtete Emily den gemauerten Abstellraum genauer, es gab noch nicht einmal eine Fensteröffnung. Das war absolut keine Komfortzone für sie. Bereits jetzt hatte sie das Gefühl, die Luft um sie herum war viel zu dünn und definitiv zu wenig für sie beide. Auf ihrer Stirn bildete sich kalter Schweiß. Sie konnte jedoch nicht einordnen, ob das passierte, weil sie in einem fensterlosen Gemäuer eingesperrt war oder weil sie sich das selbst errichtete Gefängnis mit Mister Unterkühlt teilen musste.

»Warum gibt es hier kein Fenster oder wenigstens eine Luke?« Hastig strich sie sich über die Haare, die ihr am Kopf zu kleben schienen.

»Überraschung, Miss Großstadt«, antwortete Chris kopfschüttelnd. »Das ist ein Vorratsraum, kein Penthouse.«

Statt zu antworten, winkelte sie nur die Beine an und trommelte mit den Fingern gegen ihre Oberschenkel. »Mir ist übel.«

Ehe sie ihm ausweichen konnte, hatte Chris ihr schon die Handfläche auf die Stirn gepresst. Anschließend umfasste er mit Daumen, Zeige- und Mittelfinger ihr Handgelenk, so als wolle er ihr den Puls messen.

»Du bist unterzuckert. Hast du heute etwas gegessen?«, fragte er sachlich, griff in die Kiste neben sich und hielt ihr einen Apfel entgegen. Prüfend sah er sie an und beantwortete sich die Frage selbst. »Sag nicht, du fastest.«

»Sag nicht, du bist Arzt.« Widerwillig nahm sie das Obst an. »Meinen Essensplan muss ich wohl kaum ausgerechnet mit dir abstimmen.«

»Iss den Apfel«, kam es leicht angesäuert von der Seite. Dann stand er auf und hob einen Plastikkanister Orangensaft aus einem der Regale. »Und trink mal was.«

»Aus einem Fünf-Liter-Kanister?«

»Entschuldige, dass ich kein Cocktailglas für dich habe.« Er grinste schief, anscheinend hoffte er, nicht zu frech zu sein. Es gefiel ihm offenbar, sie aufzuziehen. Trotziger als gewollt biss Emily in das Obst.

»Warum hast du noch nichts gegessen?« Er ließ sich wieder neben ihr nieder, so nah, dass ihre Hüften sich leicht berührten.

Eigentlich müsste doch Chris im Kreuzverhör stehen und nicht sie. Demonstrativ kaute Emily auf einem Apfelstück und drehte dann den Spieß um. »Warum weiß niemand von deinem Medizinstudium?«

»Mein Medizinstudium sagt mir immerhin, dass deine

Fasterei ungesund ist. Du schadest dir damit. Außerdem hast du einen tollen Körper. Was verunsichert dich?«

Es war nicht zu fassen, wie er ihr immer wieder auswich, und irgendwie ging es ihr gefühlsmäßig nicht wirklich besser. Die Lust auf Konfrontation war ihr vergangen. Hektisch fächerte sie sich Luft zu, bis Chris ihre Hand ergriff und ruhig zum Stillstand zwang.

»Es ist weder zu warm noch zu kalt hier, Emily. Beruhige dich.« Sein Tonfall war bestimmend. Behutsam umfasste er ihr Knie. »Das ist nur dein Kreislauf.«

Eine feine Gänsehaut strömte über ihren Oberkörper. Sie starrte auf seinen Mund, der perfekt geschwungen war, auf seinen Dreitagebart, seine Haare …

Abrupt ließ er sie los. »Iss deinen Apfel auf«, sagte er in einem Ton, der sie tatsächlich dazu brachte, stumm weiterzuessen.

Der Apfel schmeckte süß, und nach einer Weile konnte sie förmlich spüren, wie ihr Blutzuckerspiegel sich erholte und sie sich wieder auf etwas anderes als auf ihr Unwohlsein konzentrieren konnte. »Ich verstehe nicht, warum du keinem von deinem Medizinstudium erzählt hast.«

»Ich habe das Stipendium damals nicht angenommen. Es ging nicht, ich wollte Mom nicht mit meinem cholerischen Vater alleinlassen. Sie hatte sich gerade erst zur Trennung durchgerungen, und dann kam der Tod meiner Tante. Ich habe gearbeitet, um Geld für uns zu verdienen. Das Gut musste von Grund auf erneuert werden, es sollte unsere Existenz sichern. Jahre später habe ich mich dazu entschieden, doch noch Medizin zu studieren. Niemand hat davon gewusst. Meine Mutter hasst Ärzte wie die Pest. Sie ist felsenfest überzeugt, dass meine Tante wegen eines ärztlichen Kunstfehlers gestorben ist.«

Er hatte so viel Persönliches erzählt, dass Emily das Obst in ihrer Hand völlig vergaß. »Hat deine Mutter recht? Was denkst du über Missys Tod?«

»Keine Ahnung.« Seine Stimme klang belegt, als bereite es ihm Schmerzen, sich an seine verstorbene Tante zu erinnern. »Es war schwer, das Studium geheim zu halten. Dieses Doppelleben war so verdammt anstrengend, ich habe Blut und Wasser geschwitzt. Wir hatten meinen Vater aus dem Haus geklagt, das Gut übernommen, es gab Unmengen familiärer Probleme. Ich wollte Mom nicht zusätzlich verunsichern. Sie weiß es nicht. Behalte es also bitte für dich.«

Emily war überrascht von seiner Rücksichtnahme und Fürsorge, aber auch von seiner beständigen Liebe zur Medizin. Mit ihm hier zu sitzen und zu reden fühlte sich vertraut und innig an, was sie dazu verleitete, mit der freien Hand sein Kinn zu drehen, um sich seine Wange besser ansehen zu können. Ihr Herz hämmerte in der Brust und in ihren Ohren rauschte es. »Woher hast du die Verletzung?«

Sanft schob er sie von sich weg. »Das versteht jemand wie du nicht«, sagte er steif.

»Wurdest du überfallen?«

Er sah sie verständnislos an. »Derjenige, der mich überfällt, müsste ziemlich dumm sein.«

Da war er wieder, der arrogante MacGowan-Unterton. Chris fand offenbar zu seiner alten Form zurück, und er schien gemerkt zu haben, dass Emily ihm genauso wenig entkommen konnte wie er ihr.

»Wo ist Michael?«, fragte er. Seine Augen flackerten, und in dem kalten Neonlicht des Kellergewölbes leuchteten sie grün und unnachgiebig.

»Untersuchungshaft.« Es war leichter auszusprechen, als sie gedacht hatte – auch wenn ihre Kehle sich dabei zuschnürte. »Insiderhandel. Sie haben ihn sofort mitgenommen.«

»So ein Idiot.« Chris schluckte hart.

»Sag das nicht.«

Bewegung kehrte in seine Miene zurück. »Warum hast du ihn damals so schnell geheiratet? Wegen des Geldes? Weil er dich aus deiner Welt befreien konnte? Der reiche Politikersohn, dessen einziges Problem er selbst ist.«

Obwohl sie ihn für diese Aussagen am liebsten geohrfeigt hätte, versuchte sie, gelassen zu bleiben. Sie vermied den Augenkontakt und studierte stattdessen ihre Kniescheiben. Das angebissene Obst legte sie zur Seite, als hindere es sie am Sprechen. »Du hast Michael oft gebraucht. Wie oft bist du bei ihm untergekommen, wenn dein Vater euch terrorisiert hat?«

Chris warf das Überbleibsel seines eigenen Apfels gegen die Vorratsraumtür. Sein Arm zitterte, als er ihn wieder sinken ließ. Das Vater-Thema gefiel ihm offenbar ganz und gar nicht. Abwesend starrte er vor sich hin. »Mein Erzeuger streunt durch Kalifornien. Ich hasse ihn.«

Intuitiv legte sie ihre Hand auf seine Brust. Als ihr bewusst wurde, wie intim diese Geste war, wollte sie sich zurückziehen, doch er hielt ihre Hand genau an der Stelle fest, wo sie gelegen hatte. Sie spürte, wie seine Atmung sich beschleunigte, je länger sie in dieser Position verharrten. Pures Adrenalin schoss ihr in den Unterleib. Sie sollte ihn in Ruhe lassen, von ihm abrücken. Aber sie war nicht fähig, sich von ihm zu lösen. Wie selbstverständlich umfasste sie seinen Nacken und zog sein Gesicht zu sich heran, was er wortlos mit sich geschehen ließ.

Nicht nachdenken, bloß nicht nachdenken.

Ihr Mund befand sich jetzt so dicht vor seinem, dass sie

seinen warmen Atem spürte. Ganz leicht streiften sich ihre Lippen, die zarte Haut prickelte wie Brausepulver, und ehe sie einen klaren Gedanken fassen konnte, übernahm Chris die Führung. Behutsam fuhr er mit einer Hand an ihrem Hals entlang, bevor seine Zunge endlich ihre berührte. Er küsste sie, als sei es nicht das erste, sondern das letzte Mal. Ohne es zu wollen, vergaß sie für einen kurzen Moment, wo sie war.

Mit einem Handgriff zog er sie auf seinen Schoß, und als er sie an sich presste, spürte sie, wie sehr er sie wollte. Ihre Finger glitten unter sein Shirt, vorsichtig zog sie den Stoff nach oben. Sein Körper fühlte sich warm an. Am Rippenbogen hielt sie verunsichert inne. Ihr Blick überflog die V-Linie über seinem Hosenbund, wanderte zu den Bauchmuskeln und landete auf seinem Brustkorb. Eine unnatürlich starke Vernarbung zog sich waagerecht an den Rippen entlang. Chris' angespannte Miene verriet, wie wenig er darüber sprechen wollte. Die entstandene Pause in ihrer Bewegung schien er kaum auszuhalten. Sie küssten sich immer wieder, und es kam ihr so vor, als wäre es nie anders gewesen. Ihre Lippen brannten. Nur mit Mühe konnte sie ein Stöhnen unterdrücken.

Emily öffnete genau in der Sekunde wieder die Augen, als jemand mit einem kräftigen Ruckeln von außen versuchte, die Vorratsraumtür zu öffnen.

»Halloho?«, hörte sie Tiffanys piepsige Stimme.

»Hau ab, Tiff«, rief Chris heiser, noch ehe seine Mitarbeiterin ihre Nase durch den Türspalt stecken konnte. »Und lass die Tür auf.«

»Der Chef hat schlechte Laune«, gab Tiffany hörbar beleidigt zurück, bevor sie sich mit klackernden Absätzen entfernte. »Ist ja mal was ganz Neues.«

Als wollte er Emily beschützen, legte er einen Arm um sie und half ihr, aufzustehen. Beschämt strich sie ihren Rock glatt, der definitiv ein paar Falten mehr als vorher hatte.

»Ich muss los. Nach San Francisco. Mein Termin.«

»Du fährst weg?«, fragte sie, als habe sie ihn nicht richtig verstanden. »Jetzt?«

»Ich weiß …« Er hob beschwichtigend die Hände und sah trotzdem so aus, als wolle er flüchten. Sein Blick streifte die Lederuhr an seinem Handgelenk.

Wie konnte er in diesem Moment auf die Uhr sehen? Mit dem Ellenbogen stieß Emily versehentlich gegen eines der Metallregale. Es tat höllisch weh, aber nicht so sehr wie das, was sich gerade in ihrem Inneren abspielte.

»Alles in Ordnung?«

Trotz ihrer aufkeimenden Gefühle versuchte sie ein unechtes Lachen. »Natürlich. Ein Indianer kennt keinen Schmerz.«

»Ja, aber du bist kein Indianer. Du bist Emily Jones, die mit acht Jahren ihre Mutter verloren hat, die ihre kleine Schwester großziehen musste, die …«

»Was soll das?«, fuhr sie ihm unwirsch dazwischen. Sie wollte nicht daran erinnert werden. Aus reinem Reflex versuchte sie, Chris in die Seite zu boxen. Der fing ihre Faust blitzschnell ab, noch bevor sie ihn treffen konnte. Im gleichen Augenblick merkte sie, wie unpassend ihre Reaktion auf die Realität war. Am liebsten hätte sie losgeheult, doch das wäre völlig fehl am Platze.

»Es tut mir leid, was ich gesagt habe, Emily. Aber versuche nie wieder, mich zu schlagen.«

»Das war nur …« *Warum fühlte sie sich schuldig?* Ihre Augen füllten sich mit Tränen, was Chris ruhig beobachtete. Sie konnte es absolut nicht leiden, wenn er sie so ansah, als würde er sie besser kennen als sie sich selbst. »Du weißt gar nichts über mich«, sagte sie und verschränkte die Arme.

»Ach, nein? Verdammt. Was tun wir dann hier überhaupt?«

Es war still, es gab einfach keine passende Antwort darauf.

Sachte berührte er sie im Vorbeigehen, verließ den Vorratsraum, und nichts war mehr wie zuvor.

Nachdenklich stand Emily am nächsten Morgen auf der Veranda und beobachtete den Sonnenaufgang. Sie hatte sich gestern Schminkzubehör gekauft und die Pinsel, Tübchen und Döschen in bunten Aufbewahrungsgefäßen auf der Kommode arrangiert. Die drei neuen Sofakissen mit den schrillen Mustern sahen auf dem Gästebett super aus, und sie fragte sich, ob das noch Dads Gästezimmer oder vielmehr ihr eigenes Zimmer war. Wo gehörte sie hin: nach Napa, in dieses Haus oder nach New York? Da sie keine Antwort wusste, schob sie die quälenden Fragen so gut es ging beiseite.

Irgendwie wartete sie außerdem darauf, dass Chris sich bei ihr meldete. Allerdings war Chris MacGowan nicht der Typ, den irgendwelche Gepflogenheiten kümmerten: Entsprechend gab es kein Klingeln ihres Smartphones, keine Nachricht von ihm, gar nichts. Hatte sie sich das Flattern in ihrer Brust, wenn sich ihre Blicke trafen, nur eingebildet? Sie hatte doch gespürt, wie seine Muskeln auf ihre Berührungen reagierten, wie sich seine Haut spannte, wenn sie ihn streifte. Ging es hier nur um Sex? Sie sollte besser nicht so viel darüber nachdenken, was der Kuss in ihr ausgelöst hatte – von Gänsehaut bis Feuerwerk war jedes Gefühl durch ihre Adern hindurchgeströmt. Warum schickte er ihr nicht wenigstens eine Nachricht? Interessiert nahm sie das Handy aus der Tasche ihres Kleides und prüfte, ob es überhaupt funktionierte. Sie klickte auf den Maileingang, der sich sofort öffnete. Natürlich klappte alles ordnungsgemäß.

Max Browns E-Mail vom Vortag hatte sie immer noch nicht beantwortet und es blieben nur wenige Tage bis zum Monatsende. Dabei war sie sich wirklich nicht mehr sicher, ob sie den Auftrag von Red River noch ausführen wollte. Andererseits brauchte sie nicht nur den Posten, sondern auch das Gehalt – für sich und für ihre Familie. Sie lüftete die Träger ihres kurzen Spaghetti-Kleidchens. Durch die vielen Blümchen fiel nicht auf, wie ungebügelt es war. Unnötig zu erwähnen, welches Desaster Dads Bügeleisen darstellte. Vermutlich war es aus den Siebzigerjahren und wurde nie benutzt. Kims Klamotten sahen allerdings immer tadellos aus. Klar. Lag wohl daran, dass sie ihre Blusen stets triefend nass, aber dafür akkurat auf die Wäscheleine hing. Hatte sie mit ihrer Schwester eigentlich vereinbart, keinen weiteren Brief aus dem geheimnisvollen Päckchen zu lesen? Es kribbelte in ihren Fingern. Wie gerne hätte sie mehr über das mysteriöse Y erfahren, das Chris auf dem Unterarm tätowiert trug. Sie könnte ihn einfach unverbindlich nach der Bedeutung dieses Buchstabens fragen. Oder war das zu auffällig? Wenn sie richtig Glück hatte, würden Kim und sie in den restlichen beiden Umschlägen nicht nur den Schlüssel zu dem Y, sondern auch zu dem Big-Business-Drink finden.

Mit Pantoffeln und einem karierten Bademantel bekleidet schlurfte Jack Jones just in diesem Augenblick auf die Veranda. »Na, was treibst du so den ganzen Tag, Tochter? Erzähl doch mal.«

Tu das bloß nicht, warnte Kims Stimme in ihrem Kopf.

Dad setzte sich erwartungsvoll in seinen Schaukelstuhl, faltete die Hände und wippte gleichmäßig vor und zurück.

»Kann ich den Honda heute noch einmal haben, Dad?«

»Du brauchst dringend ein eigenes Auto«, stellte er überflüssigerweise fest. »Übrigens, dein Michael rief gestern an.«

»Wie bitte?«

»Er sagte etwas von *Nur ein einziger Anruf* und dachte wohl, er erreicht dich zu Hause. Er ist und bleibt ein komischer Kauz, auch wenn er nicht so aussieht. Das sind eh meistens die Schlimmsten.« Aus der Frotteemanteltasche zauberte Jack eine Zigarre, einen Knipser und ein Feuerzeug hervor und werkelte damit herum. »Seit wann hat der feine Herr denn kein Geld mehr zum Telefonieren?« Mit der Zigarre im Mundwinkel lachte er über seinen eigenen Witz.

»Geld ist im Moment wohl Michaels geringstes Problem.«

Paffend lehnte Jack Jones sich zurück. »Mäuschen, ich weiß schon alles. Carsen senior höchstpersönlich rief direkt danach an. Hat die ganze Zeit etwas von *Wir müssen jetzt zusammenstehen* gefaselt. Macht sich bestimmt Sorgen um sein Amt – so kurz vor der Wahl.« Dad formte Rauchkreise und schielte zu ihr herüber. »Ist es wirklich aus und vorbei mit Michael und dir?«

»Hat er das so gesagt?« Erstaunlich, wie sehr diese Worte sie innerlich verletzten.

»Die Liebe geht seltsame Wege, Mäuschen.« Das war alles, was Dad zu Michaels Verhaftung und ihrer Ehe anmerkte. Versonnen beäugte er den Himmel und paffte in die Luft. »Ich habe mir überlegt, heute Abend mal zu diesem Tanzdings zu gehen, von dem du gesprochen hast.«

»Ernsthaft?« Es freute sie, dass er sich dafür begeisterte.

Leichtfüßig stand er auf und machte in seinen Filzpantoffeln zwei bis drei Tanzschritte in Emilys Richtung. »Warum nicht? Vielleicht habe ich es ja noch drauf.«

»Du schreibst mit links?«, fragte Kate wenige Stunden später interessiert und lugte über Emilys Schulter. Sie stellte den Milchkaffee, den sie mit einem Extra-Häubchen Sahne und etwas Zimt versehen hatte, direkt vor Emily auf den Schreibtisch des Black-Dragonfly-Büros. »Das ist ja interessant.«

»Darauf hat mich noch nie jemand angesprochen. So spannend bin ich dann wohl doch nicht«, witzelte Emily, mehr aus Verlegenheit.

»Meine Schwester war Linkshänderin.« Um Kates Mandelaugen bildeten sich Fältchen, während sie die Papier- und Rechnungsberge überflog. »Unsere Mutter hat immer gesagt, bei Linkshändern liegen Genialität und Wahnsinn ziemlich dicht beieinander.«

»In meinem Leben überwiegt momentan der Wahnsinn.«

»Mein Sohn hat ein totales Chaos hier hinterlassen, oder? Zimtsahne ist gut für die Nerven.«

Emily schnupperte an dem Heißgetränk und spielte mit dem Teelöffel in der Sahne herum, ohne etwas davon zu kosten. »Sag mal, Chris hat mir von einem sechsunddreißigseitigen Rezept erzählt, irgendein Getränk. Ich finde gar keine Unterlagen dazu.«

»Big Business?« Halleluja. Kate hatte es wirklich ausgesprochen. Endlich lichtete sich der Dschungel. »Diese Mischung wird nicht auf unserem Gut produziert. Wir liefern die Zutaten an ein Unternehmen in San Francisco, das es nach unseren Vorgaben in großer Menge herstellt. Chris ist dort oft vor Ort.« Sie knetete ihre Finger. »Er bringt die Dinge gerne zu Ende.«

»Tut er das?« Emily dachte an den Kuss im Vorratsraum, wie er sie auf seinen Schoß gezogen hatte, so als sei das, was sie taten, selbstverständlich. Ihr Körper reagierte schon beim bloßen Gedanken daran. Sie beschloss, den Stier an den Hörnern zu packen. »Was weißt du über Big Business?«

»Frische Minze und Limette dürfen auf keinen Fall im Big Business fehlen.« Kate MacGowan schaute aus dem Fenster in den wolkenlosen Himmel, fast so wie Dad heute Morgen. »Ein richtig sonniger Tag. Du solltest rausgehen ... alla spiaggia – Strand oder so. Du bist ja ganz blass. Was auch noch wichtig für Big Business ist, sind gekühlte ... Allora, wo bleibt Chris überhaupt? Ich habe ihn seit gestern nicht mehr gesehen.«

Gekühlte was? Emily biss sich auf die Oberlippe, während Kate weiterhin auf den Hof spähte.

»Ach, ich kann mir auch nicht mehr alles merken. Müsste ich noch einmal genau nachlesen.« Als wären die Informationen total unwichtig, steckte die Südländerin ihre Hände in die Schürzentaschen. »Ich werde mal im Shop sehen, ob Tiffany zurechtkommt.«

Kurz darauf tippte Emily bereits aufgeregt in ihr Handy – endlich hatte sie etwas zu berichten, auch wenn es nicht viel war.

VON: emily.carsen@redriver.com
AN: max.brown@redriver.com

Hallo Max,
hier wie vereinbart, die ersten Informationen zu der Big-Business-Formel.
- Das Rezept umfasst sechsunddreißig Seiten.
- Offenbar ist es handgeschrieben.
- Unbedingt enthalten sein sollten: frische Minze, Limette und gekühlte ...

Das klang ziemlich dürftig, fand sie. Vielleicht sollte sie

sich einfach irgendetwas einfallen lassen, es musste ja nicht der Wahrheit entsprechen. In erster Linie ging es darum, Max erst einmal ruhig zu stellen.

... Cranberrys.
Ich bin ganz dicht dran. Bald haben wir es.
Beste Grüße
Emily Carsen

Gefühlte zwei Sekunden später vibrierte ihr Mobiltelefon.

VON: max.brown@redriver.com
AN: emily.carsen@redriver.com

Witzig, Carsen!
Das Ding schmeckt nicht mal nach Cranberry.
Trotzdem gute Arbeit. Immerhin erste Infos.
Besorgen Sie mir die sechsunddreißig Seiten.
Was anderes: Wie stellt sich Black Dragonfly bei der Vermarktung seines Bestsellers an?
Erwarte Ihre Rückmeldung.
Max

Tja. Wie stellte Chris sich an? War er sich überhaupt darüber bewusst, einen *Bestseller* kreiert zu haben? Es schien so, als verstünde er von Marketing und Finanzen ungefähr genauso viel wie von Hunden. Dafür verstand er allerdings eine ganze Menge von Frauen, er lief ramponiert durch San Francisco und hatte es irgendwie geschafft, Medizin zu studieren, ohne jemanden einzuweihen. Er war so ziemlich der rätselhafteste Mensch, den sie kannte.

VON: emily.carsen@redriver.com
AN: max.brown@redriver.com

Max,
sobald ich mehr herausgefunden habe, melde ich mich. Es handelt sich lediglich um einen Tick Cranberry. Die Dosis macht das Gift, Sie wissen schon.
Der Black-Dragonfly-Besitzer …

Sie stockte.

… ist verflucht gut aussehend und ziemlich nervig. Ich weiß gar nicht, wo mir der Kopf steht, Max. Dabei bin ich verheiratet, und ich habe mich gar nicht so unwohl in New York gefühlt. Na gut, ein bisschen. Ich hatte viele Jahre lang Heimweh. Aber das ist Ihnen vermutlich egal, weil Sie nur wollen, dass ich ein wertvolles Rezept für Sie stehle. Der Job bei Ihnen ist mein absoluter Traum. Ich werde damit neu anfangen – ohne Mann und ohne Probleme.

Niemals könnte sie Chris gestehen, auf welchen Deal sie sich mit Red River eingelassen hatte. Er würde total ausrasten. Das würde er ihr nie verzeihen. Sie dachte daran, wie vorsichtig er sie in seinen Armen gehalten hatte. *Tief durchatmen.* Schien so, als müsste sie sich an ein permanent schlechtes Gewissen gewöhnen.

Deshalb schrieb sie, nur kurz:

Der Gutsbesitzer, Chris MacGowan, hat das Marketing ebenso wenig im Griff wie die Logistik und seine Finanzen. Wir hören uns.
Beste Grüße
Emily Carsen

Von Max erhielt sie ein *Tatsächlich?* als Antwort auf ihre E-Mail. Was wollte er denn damit sagen? Es vibrierte direkt noch einmal – hatte sie doch geahnt, dass ein Wort nicht alles sein konnte.

Es war nicht Max, sondern eine Mitteilung von Kim.

> *›Lass uns noch einen Brief lesen, wenn du da bist, Miss Marple. Endlich passiert mal etwas Aufregendes. Das Päckchen vermisst schon keiner. Wer weiß, wie lange es da lag. Es ist quasi unsere Pflicht, uns darum zu kümmern.‹ Smiley.*

Typisch Kim. Emily steckte das Smartphone zurück in ihre Lederhandtasche und widmete sich wieder den Unterlagen. Zugegeben ging ihr die Arbeit mittlerweile recht leicht von der Hand. Chris hatte in den ersten Jahren relativ ordentlich gearbeitet, und auch die Dateien, die er angelegt hatte, waren eine Hilfe. Sie begann den Businessplan zu entwickeln und überprüfte die Zahlen, die Chris ihr kommentarlos per E-Mail weitergeleitet hatte. Immerhin sollte dieser Plan der Bank darlegen, wie umsetzbar seine neue Geschäftsidee war, wie die Marktsituation für dieses Getränk aussah und welche Chancen und Risiken das Unternehmen erwarteten. Zusammenfassend mussten sie durch die Vorlage der Kosten und Umsätze, mit denen Chris rechnete, die Bank davon überzeugen, dass Big Business eine wirtschaftlich lohnenswerte Investition darstellte. Für den Liquiditäts- und Rentabilitätsplan würden sie sich noch einmal zusammensetzen müssen. Ohnehin blieb das nicht aus. Aber ein paar Vorschläge zur Personal- und Unternehmensaufstellung hatte sie schon integriert.

Mit Argusaugen durchforstete sie seine Steuerunterlagen, als das Telefon klingelte. Automatisch hob sie ab und meldete sich mit *Black Dragonfly Weingut.*

»San Francisco Hospital, Praxis Dr. Matthews«, tönte eine weibliche Stimme aus dem Hörer. »Mr. MacGowan soll bitte zu einem neuen Termin erscheinen, wenn er es schon gestern, ganz offenbar, nicht geschafft hat.« Sie klang vorwurfsvoll. »Kontrolle der Titanplatte wegen der gebrochenen Rippe. In drei Monaten ... hören Sie?«

»Ich notiere«, sagte sie so nüchtern wie möglich und schrieb das Datum, das die Frau ihr nannte, auf ein Post-it.

»Er soll sich ein bisschen zurückhalten, aber das hat der Arzt ihm ja bereits erklärt.«

»Ich weiß Bescheid«, log Emily, obwohl sie überhaupt nichts wusste. Gerade Chris MacGowan sah nicht aus wie ein Mann, den man schwer verletzen konnte – weder verbal noch körperlich. Sie drehte den Kugelschreiber in ihrer Hand.

Ihr fiel dieser eine Nachmittag vor vielen Jahren ein, an dem sie zusammen mit Michaels Freunden am Pool gealbert und aus Spaß mit Eiswürfeln aus ihren Wassergläsern geworfen hatten. Ihr Eisstück traf Chris damals versehentlich an der Augenbraue, die sofort aufplatzte. Er hatte schon genug Ärger mit seinem Vater, weshalb er die Wunde auf keinen Fall im Krankenhaus nähen lassen wollte. Lieber ertrug er den Schmerz und die Tatsache, für immer eine Narbe von Emily Jones in seinem Gesicht zu haben.

Mit einem seltsamen Bauchkribbeln legte sie das Post-it auf den Papierstapel, den Chris ohnehin noch einmal selbst durchsehen sollte. Ihr Blick glitt zum Fenster. Strahlender Sonnenschein breitete sich über den Weinbergen aus, der helle Kies in der Einfahrt glitzerte wie Schnee. Kates Wetterprognose war wirklich eingetreten. Sie sollte also nicht allzu lange damit warten, eine kleine Pause einzuschieben. Das Chaos lichtete sich nach und nach, und Emily hatte das Gefühl, ihre Arbeit fest im Griff zu haben. Ob die Bank letztendlich den 100.000-Dollar-Kredit bewilligen würde, stand auf einem anderen Blatt.

Ungefähr eine Stunde später erinnerte ihr Smartphone sie an die Verschnaufpause, die sie schon längst einlegen wollte. Wieder war es Kim:

›Strandparty: Morgen Abend. Kuss. Dein Ernährungsguru‹

›Gehe nicht mit zum Strand‹, schrieb Emily zurück. Was hatten nur alle mit diesem sandigen Ort? Jahrelang hatte sie keinen kalifornischen Strand mehr gesehen und es überlebt.

Sofort kam Kims Antwort:

›Du gehst mit. Mit mir und Lucas.‹

… als drittes Rad am Wagen? Das konnte ja lustig werden. Hatte sie überhaupt einen tragbaren Bikini? Im Geiste durchforstete Emily ihren Kleiderschrank. Während ihrer Zeit in New York hatte sie nie Schwimmsachen benötigt, in Kalifornien hingegen sollte man bei einer Strandparty darauf vorbereitet sein, klatschnass zu werden. Sie beschloss, jetzt endlich an die frische Luft zu gehen, um sich gedanklich von Kims Partyidee, dem Businessplan, Chris' mysteriösem Rippenbruch und … dem gestrigen Kuss zu erholen. Die Erinnerung an Chris' Lippen beschleunigte Emilys

Herzschlag. Wie unnötig. Schließlich hatte er sich immer noch nicht bei ihr gemeldet.

Auf dem Schotterparkplatz quoll eine Gruppe kaufwütiger Touristen, die Spanisch sprachen, aus einem Reisebus. In der Highschool hatte Emily einen Spanischkurs belegt und verstand das, was sie sagten: Von *dem* Wein-Geheimtipp schlechthin war die Rede und von einem *Juwel* mitten in Kalifornien. Die Qualität, die das kleine Gehöft herstellte, schien sich herumgesprochen zu haben.

Ein Liebespaar Ende zwanzig ging Arm in Arm an ihr vorbei, der Mann flüsterte seiner Freundin zärtlich etwas ins Ohr, woraufhin diese herzlich lachte. Emily drehte sich weg. Sie war nicht neidisch auf das junge Glück, überhaupt nicht. Gut, vielleicht doch irgendwie. Genau das hatte sie mit Michael haben wollen, stattdessen war er jeden Abend spät von der Arbeit gekommen und hatte sich meistens anschließend direkt vor den Laptop gesetzt. Er war einfach nicht der Mann geblieben, den sie geheiratet hatte. Oder war er noch nie der Mann gewesen, den sie in ihm gesehen hatte?

Sie versuchte, sich von der aufwühlenden Grübelei abzulenken, indem sie beim Gehen auf ihre Schritte achtete. Dabei wurde sie schneller und steuerte bewusst den kleinen Hügel hinter den Pferdestallungen an. Eine getigerte Katze kreuzte ihren Weg. Unerfreulicherweise machten es Emily die Flipflops nicht leicht, sich auf dem steinigen Landwirtschaftsweg fortzubewegen. Als sie die Anhöhe passierte und sich bei dem Anblick einzelner Schäfchenwolken langsam entspannte, sah sie ihn.

Chris tauchte zwischen den Pferden auf der Weide auf und schlenderte auf den Zaun zu. Rein intuitiv hob sie den Arm zur Begrüßung und winkte überschwänglich, was sie im Nachhinein bereute. Er reagierte kaum und blieb am Lattenzaun stehen. Der Bluterguss in seinem Gesicht war komplett zurückgegangen, und er sah beinahe so aus wie am ersten Tag, als sie ihn im Macy's getroffen hatte. Trotzdem war er für sie nicht mehr derselbe.

»Hey, wie war dein Termin in San Francisco?« Nicht, dass sie das unbedingt hätte wissen wollen, aber es war ein guter Start in ein völlig unverfängliches Gespräch. Was sollte sie nach gestern auch sonst sagen? Sie war unsicher und ihm ging es sicher genauso.

Ging es nicht. »Sag mir lieber, wie es mit dem Businessplan aussieht.« Chris klopfte sich ein paar Grashalme von seinem schwarzen T-Shirt und beäugte sie ohne eine Regung in seiner Miene.

»Ich habe deine Unterlagen so weit sortiert und mit dem Businessplan angefangen.« Sie versuchte, sich die Verwirrung nicht anhören zu lassen, sie würde jetzt definitiv nicht stottern. Schließlich war sie kein verliebter Teenager. Gleichmütig nahm sie einen Flipflop in die Hand, um ein Steinchen aus der Sohle zu entfernen. »Wir sollten einen Drei-Jahres-Plan mit möglichen Szenarien ausarbeiten, das brauchen die Banken zur Einschätzung des eventuellen Risikos.«

Dummerweise mochte sie es, wie er in die Sonne blinzelte und wie die grünen Flecken in seinen Augen dabei leuchteten. Die kleinen Fältchen um seine Mundwinkel machten ihn noch attraktiver. Für ihren Geschmack sah er wirklich gut aus und zu allem Überfluss drehten die Schmetterlinge in ihrem Bauch bestätigende Loopings.

»Hauptsache, das Ganze dauert nicht ewig«, sagte er und seine Gleichgültigkeit schnürte ihr im Nullkommanichts die Kehle zu.

»Sag mal, möchtest du mich loswerden?«

»Wie kommst du denn darauf?« Lässig klemmte er die Daumen in die Hosentaschen. »Ich weiß echt nicht, was du von mir willst, Emily. Es ist alles bestens.«

Obwohl sie ahnte, wie wenig immun sie dagegen war, suchte sie seinen Augenkontakt, doch er wich ihr aus.

»Ist noch irgendetwas?«, fragte er.

Hatte er sie nur ausgenutzt? Am liebsten würde sie weglaufen und ihn für immer vergessen. »Was zur Hölle stimmt nicht mit dir, Chris?«

»So ziemlich alles, würde ich sagen.« Es klang beinahe zu ehrlich, um gelogen zu sein. Lässig lehnte er sich auf die Zacken des Lattenzauns, der zwischen ihnen stand wie eine physikalische Grenze zwischen zwei Ländern. »Zumindest bewerte ich die Dinge nicht über – so wie du.«

»Du bist ein arroganter Vollidiot«, presste sie heraus und spürte, wie ihre Ohren heiß wurden. »Warum habe ich mich nur auf diesen Unsinn, bei dir zu arbeiten, eingelassen?«

Als sei ihm total egal, was sie von ihm hielt, hob er beide Arme in die Luft. »Sieh mich, wie du willst, Emily. Das hast du doch schon immer getan. Und den Unsinn machst du ja nicht für mich, sondern für dich. Ich werde dich bar bezahlen. Fünfundzwanzig Dollar die Stunde?«

»Du hast dich wirklich nicht verändert.« Sie schnappte nach Sauerstoff und kniff die Augen zusammen. Sie wollte gar nichts – weder dieses unsinnige Gespräch weiterführen noch für irgendetwas von ihm bezahlt werden. Am liebsten würde sie alles hinschmeißen, aber das ging schon allein wegen des Rezepts nicht. Den Red-River-Deal würde sie jetzt auf jeden Fall durchziehen. Unfassbar, dass sie wegen Chris ein schlechtes Gewissen gehabt hatte. Jetzt wollte sie den Produktmanager-Posten mehr denn je. Sie würde sich gleich auf die Suche nach dieser Big-Business-Formel machen. Je schneller das erledigt war, umso eher konnte sie hier verschwinden.

Als sie sich wegdrehte, sagte er wie aus dem Off: »Ich war gestern in San Francisco im Krankenhaus.«

Wozu sollte sie das wissen wollen? Trotzdem war es eine schöne Vorlage. »Hast du nach deiner Verletzung an der Rippe schauen lassen?«

»Was? Wegen so etwas gehe ich doch nicht in die Klinik.« Er schaute sie so verwundert an, als wäre das total abwegig. »Eine andere Sache: Ich muss die Praxiszeit als Assistenzarzt bald nachholen, und ich will, dass du diese Medizinsache für dich behältst – wegen Kates Aversion gegen Weißkittel.«

Daher wehte also der Wind. Wortlos drehte Emily sich auf dem Absatz um und ging zurück zum Anwesen. Wenigstens einen ordentlichen Lohn hätte sie ihm nennen sollen, damit sie ihre Schulden bei Dad und Kim begleichen konnte. Sie hätte ihn anbrüllen sollen, was er sich dabei gedacht hatte, sie zu küssen, und sie hätte ihm sagen sollen, sie würde den Businessplan auf jeden Fall fertigstellen. Aber nur wegen Kate und der Mitarbeiter auf dem Gut.

Nicht seinetwegen. Überhaupt nicht.

»Was ist dir denn, wie sagt man … über das Herz gelaufen?«, fragte Kate, als Emily mit verspannter Miene, die ihre Gesichtsmuskeln schmerzen ließ, durch die Eingangshalle rauschte. »Brauchst du noch einen Kaffee mit Sahne?«

»Eher einen mit Schnaps.«

Unvermittelt streichelte Kate kurz über Emilys Oberarm. »Er kann extrem grob wirken, aber er ist nicht so. Es ist viel passiert in den letzten Jahren – und davor. Ist er noch da oder ist er nach Hause gefahren?«

»Wo soll sein *Zuhause* denn sein?« Vor Überraschung klang Emilys Stimme eine Oktave höher als gewollt. Es war ihr logisch vorgekommen: der Land Rover, die Arbeitskleidung, er hatte schon immer in Napa gewohnt.

»San Francisco.« Kate betonte es so, als müsse Emily klar sein, dass Chris ganz sicher nicht auf dem Anwesen wohnte. »Manchmal schläft er hier, überwiegend kümmert er sich aber um die Big-Business-Entwicklung und -Herstellung in San Francisco.«

Emily spitzte die Ohren. Auf die Produktion in der Stadt würde sie ihn wegen des Businessplans unbedingt noch einmal ansprechen müssen.

»Bei Big Business kommt es auf die haargenaue Zubereitung an, auf die Mischverhältnisse.« Kate entwirrte mit den Fingern die Silberkette um ihren Hals. »Nicht zu viel von dem einen und nicht zu wenig von dem anderen. Sonst wird der Geschmack unangenehm oder die Mischung explosiv.«

Emily machte ein zustimmendes Geräusch. »Wie bei deinem Sohn.«

Der lebhafte Ausdruck auf Kates Gesicht wurde ernst, beinahe besorgt. »Er hat mir gestern eine neue, hochmoderne Küchenmaschine gekauft. Ich frage schon gar nicht mehr, woher er das Geld hat. Vermutlich von seinen nächtlichen Streifzügen in der Montgomery Street.«

Den Anzugträgern von San Franciscos Finanzviertel war durchaus zuzutrauen, bis tief in die Nacht zu arbeiten. Doch was wollte ausgerechnet Chris dort? Weder als Gutsbesitzer noch als angehender Arzt hätte er da etwas verloren.

»Ich finde das nicht gut, was er tut.« Mit dem Zeigefinger wickelte Kate nervös an ihrer Kette – bis zu dem Amulett, das daran hing. »Aber die Meinung seiner alten Mom interessiert ihn halt nicht.«

»Du interessierst ihn auf jeden Fall, Kate. Und du bist total jung geblieben.«

»Na ja, man bemüht sich. Trotzdem werde ich langsam vergesslich, gerade suche ich zum Beispiel wieder die Schlüssel zu den Vorratsräumen. Ich bin wie ein Huhn ohne Kopf oder mit einem Sieb oder wie man dazu sagt.« Kate fand zu ihrer Fröhlichkeit zurück. »Deshalb bewahre ich alles Wichtige in meinem Nachttisch auf, und das seit über dreißig Jahren: Reisepass, Geburtsurkunden … das Original unseres wertvollsten Rezepts – das verwahre ich für Chris … und natürlich die Bibel. So weiß ich immer, wo ich gucken muss. Wo bewahrst du deine Schätze auf?«

»Ich habe keine«, antwortete Emily und war überrascht, wie schnell ihr – trotz der Verblüffung über das offenbarte Geheimversteck – eine passende Antwort eingefallen war.

»Aber jeder hat doch einen Schatz.« Kates halbhohe Absätze entfernten sich klackernd über die Steinfliesen.

Zurück im Büro spürte Emily, wie zittrig ihre Beine waren. Ihr Aufenthalt auf diesem Weingut, das Aufeinandertreffen mit Chris, das alles konnte ganz schnell vorbei sein: Rezept aus Kates Nachttisch stehlen und abhauen. Ein Brennen stieg in ihrer Kehle auf. Chris interessierte sich nicht für sie. Dennoch entschied sie, nicht sofort Kates Nachttischschublade auseinanderzunehmen – abgesehen davon hatte sie überhaupt keine Ahnung, wo das Schlafzimmer lag.

Wie eine Besessene arbeitete sie weiter. Theoretisch wäre der Businessplan nur noch eine Sache von zwei bis drei Tagen, über die Stichhaltigkeit der Zahlen konnte sie jedoch bisher nicht viel sagen. Mister Unnahbar war ja seit ihrem verbalen Schlagabtausch nicht mehr ansprechbar und ließ sich in den restlichen Stunden nicht blicken. Schwer einzuordnen, ob sie enttäuscht oder wütend darüber war. Dabei ging es hier doch um sein Unternehmen, sein Sommergetränk und seine Expansion. Warum zog er sich zurück? Wegen eines, zugegeben, ziemlich perfekten Kusses?

Sollte Dr. MacGowan machen, was er wollte. Ab heute würde sie sich ausschließlich um die Beschaffung der Rezeptur und damit um ihr eigenes Leben kümmern.

Am späten Nachmittag erwartete Kim sie bereits – im Schoß das verbotene, braun eingewickelte Paketchen. Emily ließ die Handtasche auf den Holzboden fallen und streifte die Schuhe von den Füßen. Am liebsten hätte sie zusätzlich noch ihre Kleidung ausgezogen, um all das loszuwerden, was sie an diesen furchtbaren Tag erinnerte. Sie hatte keinerlei Gelegenheit mehr bekommen, nach dem Rezept zu suchen, weil sowohl Kate als auch Tiffany fortwährend durch das Haus gestromert waren. Aber da sie nun wusste, dass es in Kates Schlafzimmer schlummerte, kam es auf einen weiteren Tag nicht an.

»Du hast das Briefpäckchen aufgemacht?« Das Klebeding war an der Seite geöffnet, obwohl Kim mit ihren blonden Haaren und der Unschuldsmiene einem Engel gleichkam.

»Es ist spaßig, nicht vernünftig zu sein«, antwortete sie zu ihrer Verteidigung. »Hätte ich gewartet, bis du es mir erlaubst, wäre ich darüber zu einer Oma mit grauem Vogelnest-Dutt auf dem Kopf mutiert.«

Emily konnte sich den neugierig glänzenden Augen, dem Lächeln und der kindlich-vergnügten Art ihrer Schwester nicht entziehen. Beinahe fühlte es sich so an, als wäre Kim wieder fünf und sie selbst elf Jahre alt.

»Dad ist auf der Veranda«, erklärte Kim ungefragt. »Das Übliche – bis auf seine unerhörte Aussage, dass er heute Abend tanzen geht.« Sie grinste.

Ob Kim Michael eigentlich gemocht hatte? Irgendwie war Emily nie dazu gekommen, sie um ihre Meinung zu bitten, oder sie hatte es nicht hören wollen, weil sie damals fortwollte: von der familiären Verantwortung und von Dads traurigen Rauchwolken. Wie kindisch es gewesen war, zu glauben, New York oder irgendeine andere Stadt hätte keine Tiefschläge zu bieten.

Du kannst laufen, wohin du willst, aber du kannst nicht davor fliehen, was dir im Leben passieren wird. Die Kunst ist: trotzdem weiterzutanzen, hatte Mom einmal zu ihr gesagt. Erst jetzt verstand Emily den Sinn dieser Worte: Sie war aus Napa geflüchtet und zuletzt aus New York. Zu unreif, sich ihren eigenen Problemen zu stellen. Chris hatte recht: Sie war eine Prinzessin – und zwar: auf der Erbse.

»Sag mal, bist du im Stehen eingeschlafen?«, fragte Kim argwöhnisch, weil Emily sich nicht rührte. »Sollen wir in die Küche gehen oder magst du den Rest des Tages mitten im Flur wie ein Salat im Gemüsegarten stecken bleiben?«

Papier raschelte in Emilys Rücken, während sie in der schmalen Kochzeile Kaffee aufsetzte.

»Du hast nichts damit zu tun, Emmi. Keine Sorge. Ich nehme die Verantwortung für die Schnüffelei voll und ganz auf mich.« Sherlock Jones war glücklich, ein Geheimnis zu haben, und Emily platzte fast vor Neugier.

»Achtung, es geht los.« Mahnend hielt Kim den Zeigefinger in die Luft. »Ich lese vor.«

Juli

Meine Liebe,

ich habe deinen Jungen in letzter Zeit wieder häufiger gesehen. Du trägst die Wahrheit nach wie vor mit dir herum. Und er ist immer noch völlig ahnungslos.

Ich verstehe natürlich, wie viel Angst du vor seiner Reaktion hast, aber du kennst ihn doch: Er ist ein guter Junge.

Ich möchte dich nicht damit belästigen, ich muss dich jedoch darin bestärken, ehrlich zu ihm zu sein. Außerdem wirst du Unterstützung brauchen, wenn ich nicht mehr da bin.

Du musst es auch seinem Vater sagen. Hast du das bereits getan?

Leider blockst du alle meine Versuche, mit dir darüber zu sprechen, ab. Zum Glück fiel mir das Schreiben schon immer leichter als das Reden.

Ich hoffe, du triffst die richtige Entscheidung fürs Leben.

In Liebe,
Deine Y.

PS: Wehe, du entsorgst meine Briefe.

»Hinter dem PS ist zwar ein lachendes Gesicht aufgemalt, wie so eine Art Smiley, aber trotzdem … Die Schreiberin scheint nicht viel von der Empfängerin zu halten«, mutmaßte Kim und strich zum wiederholten Mal über das Papier.

»Das sehe ich anders«, war alles, was Emily herausbrachte. Sie platzierte zwei Porzellantassen aus Jacks Bruchservice auf dem Tisch und goss den heißen Filterkaffee ein. »Gib mir bitte mal die Milch aus dem Kühlschrank.«

»Wieso ich?«

»Weil du direkt davor stehst.« Emily rollte mit den Augen. Wie früher stellte Kim selbst das Belangloseste infrage: Wieso, weshalb, warum?

»Jedenfalls hat die Verfasserin der Briefe echt was auf dem Herzen, und die Empfängerin ignoriert dieses Anliegen komplett. Muss ja eine schlimme Wahrheit sein, die da geheim gehalten wird«, murmelte Kim und verschwand fast in dem zweitürigen Kühlschrank.

»Vielleicht hatte die Empfängerin einen triftigen Grund, diese Schreiben zu ignorieren?« Emily fiel auf, wie gerne sie die Frau verteidigen wollte. Lieber wäre ihr allerdings, wenn sie wüsste, um wen es sich dabei handelte. »Es gibt doch immer einen Grund, oder?«

Mit einem lauten Knall stellte Kim den Milchkanister auf den Tisch. »Ich glaube eher, die Empfängerin ist ein oller Angsthase. Warum lesen wir nicht den dritten Brief?«

»Weil wir das Päckchen zurückbringen sollten.«

Kim öffnete noch einmal den Kühlschrank, wahrscheinlich auf der Suche nach einem gesunden Snack. »Du bist ein richtiger Moralapostel, Emmi.«

Wenn sie nur wüsste, wie falsch sie damit lag.

7. Kapitel

Obwohl Emily der größte Morgenmuffel des Universums war, genoss sie das Zwitschern der Vögel und die fernen Traktorengeräusche, wenn sie sich morgens auf den Weg zum Black-Dragonfly-Gut machte. Sie mochte den schroffen Fels in dem Erdbeerfeld, die grasenden Pferdeherden und den kleinen Bach, der sich wie eine Schlange durchs Tal windete.

Die Eingangstür des Gutshauses war nur angelehnt und knarrte beim Öffnen. Kate werkelte bestimmt emsig irgendwo herum. Das wertvolle Rezept hingegen lag seelenruhig in ihrer Nachttischschublade – womöglich versteckt zwischen Taschentüchern, der Bibel, diversen Ketten und Armbändern. Vielleicht im ersten Stock? In der Eingangshalle drehte Emily sich einmal um ihre eigene Achse und folgte dann mit den Augen der barocken Steintreppe nach oben. Eine Stahllampe hing an armdicken Tauen von der Stuckdecke mit dem abblätternden Putz.

»Hey, du bist schon da?«

Bitte nicht. Seit der unterkühlten Unterhaltung am Vortag hatte Chris sich in Luft aufgelöst, und es wäre ihr gerade jetzt lieber gewesen, wenn es dabei geblieben wäre. In Shorts und mit verschwitztem Oberteil lehnte er am Holzrahmen der Eingangstür offensichtlich kam er vom Joggen. Die Haut an seinen Oberarmen glitzerte. Beim Gedanken daran, freiwillig kilometerweit zu laufen, verspürte Emily einen Pseudo-Schmerz im Oberschenkel.

Lässig nahm Chris die Kopfhörerstöpsel aus den Ohren und zog sein Handy aus der Tasche der Sporthose.

»Ich dusche, dann komme ich zu dir und wir gehen die

Unterlagen gemeinsam durch. Ist das okay?« Es klang nicht so, als erwarte er wirklich eine Antwort. Allerdings klang es auch nicht so, als wolle er seine Worte von gestern zurücknehmen. Er lächelte nur, was immerhin ein wenig schuldbewusst wirkte.

Bis zu seinem Mund wären es nur drei Schritte vorwärts; seine Augen schimmerten verführerisch. Emily biss sich auf die Unterlippe. Wie sie es hasste, nicht die Kontrolle über eine Situation zu haben. Wartete er etwa darauf, dass sie etwas sagte?

Als er den Abstand zwischen ihnen verringerte, spannte sich jede Faser von Emilys Körper an. »Emily, ich will …«

Gleich würde er sich doch noch für sein Verhalten auf der Weide entschuldigen, er würde sie küssen, er würde … »Ja?«, fragte sie.

Er stand ganz dicht vor ihr und atmete aus. Langsam. Zu langsam. »Bereite bitte die Unterlagen schon vor – so vermeiden wir unnötige Zeitverschwendung«, sagte er kalt und drehte sich von ihr weg. Das magnetische Spannungsfeld zwischen ihnen löste sich einfach auf.

Fassungslos sah sie ihm nach, wie er im Laufschritt in dem von Zitronen- und Sonnenkacheln geschmückten Gang verschwand. Kein perfekter Start in den Tag, noch nicht einmal annähernd.

Bis Chris sich wieder blicken ließe, könnte sie einen Abstecher in die Küche machen, obwohl sie eher Schokoladengelüste als echten Hunger verspürte. Wobei Kim ja der Meinung war, morgens könne man essen wie ein Kaiser, angeblich setze sich zu dieser Tageszeit nichts auf die Hüften. Emily war jedoch überzeugt, solche Gesetze seien bei ihr außer Kraft. Eine summende Kate tanzte barfuß über die

Küchenfliesen zum Takt eines spanischen Radiosongs. Als sie Emily entdeckte, hielt sie inne.

»Kind, du bist ja auch schon hier. Hast du Hunger?« Warum wurde in diesem Haus eigentlich pausenlos gegessen? Leider antwortete Emilys Magen für sie, was Kate dazu verleitete, ihr bekräftigend auf die Schulter zu klopfen.

»Das Frühstück ist die wichtigste Mahlzeit des Tages«, trällerte sie und Emily erkannte gewisse Parallelen zur Lebenseinstellung ihrer Schwester. Die südländische Diva zauberte ein Kaffeepaket aus der Abstellkammer und füllte die Bohnen umständlich in die viel zu kleine Öffnung des Kaffeevollautomaten. Auf Italienisch fluchte sie dabei leise vor sich hin. »Normalerweise ich koche Espresso mit meine Bialetti. Aber ich kann sie nirgends finden«, erklärte sie aufgeregt und vertauschte vermutlich absichtlich zwei Wörter. Sie bekreuzigte sich, als sei es eine Sünde, den Kaffeevollautomaten zu nutzen.

Emilys italienische Freundin aus New York hatte sogar die Zukunft aus dem Mokkasatz ihrer Bialetti-Espressokanne herausgelesen. Allerdings hatte selbst die nicht voraussehen können, welch Tohuwabohu Emily in ihrem Leben erwartete. Sie wischte ein paar Krümel von der Arbeitsplatte, als würde das helfen.

Koffein am Morgen war zwar nicht zu verachten, bei Kate jedoch schien sich die ganze Welt nur um Kaffeebohnen zu drehen. Enthusiastisch drückte Mrs. MacGowan auf die rechteckige Taste und der Milchaufschäumer sprang zischend an. Woher nahm diese Frau bloß ihre Energie? »Perfetto.«

Der kunstvolle Sahneberg, den Kate wie immer auf den Kaffee lud, glich der Cheops-Pyramide von Gizeh. Eine Prise Zucker und eine Prise Zimt ließen die Schaumkrone auf der Tasse flimmern. Zum Anbeißen.

»Milchschaum und Sahne. Holla!«

»Es gibt Schlimmeres als Kalorien.« Die Küchenchefin schwieg einen Moment, bevor sie weitersprach. »Ich bin mir sicher, du weißt das, Emily.« Gedankenverloren drehte sie ihre Silberkette mit dem Amulett, was ihre korallenfarbenen Armreife zum Klimpern brachte.

»Die Kette ist hübsch«, sagte Emily.

»Manchmal kommt es anders, als man denkt.« Kate klappte das Amulett auf und trat ganz dicht an Emily heran, die daraufhin direkt in die Augen eines dunkelhaarigen Kleinkindes auf einem verblichenen Foto blickte.

»Chris sieht sich gar nicht mehr ähnlich«, stellte Emily fest. Der kleine Lausejunge auf dem Bild hatte wirklich nichts mit dem toughen Kerl von vorhin gemeinsam. Noch nicht einmal die Augenfarbe. Oder lag das an der verblassten Farbe des alten Fotos?

»Das ist nicht Chris«, korrigierte Kate. »Das ist Daniel.«

Daniel. Den hatte Emily völlig vergessen. Chris' Bruder war nie sonderlich auffällig gewesen, und er war außerdem deutlich älter als sie selbst. Bisher war sie nicht auf die Idee gekommen, überhaupt nach ihm zu fragen oder Ausschau zu halten.

»Was macht Daniel denn heute so?« Und warum gab es nur von ihm eine Fotografie in dem Amulett seiner Mutter?

»Du warst damals in New York, denke ich …«

Emily hätte das Thema gerne wieder fallen gelassen, als sie merkte, wie sehr Chris' Mutter sich wand. Es war das erste Mal, dass Kate ein wenig resignierte. Vielleicht konnte sie doch nicht jedes Problem mit Kaffee und haufenweise Sahne lösen. Verloren starrte Chris' Mutter auf das Foto, bevor sie das Amulett zuklappte. »Daniel ist … er …«

»Mom.« Chris' tiefe Stimme war nicht zu überhören. Er stand auf der Küchenschwelle, und es war schwer zu sagen, wie lange er dort schon verweilte. Auf seinem schwarzen Muskelshirt war in weißen Lettern *No Regrets – Kein Bedauern* aufgedruckt. Wie passend. Mit seinen duschfeuchten Haaren und den grünen Augen sah er eher aus wie ein nasser Wolf, keinesfalls wie ein angehender Arzt.

»Können wir?«, wandte er sich an Emily und ignorierte die zwischen ihr und Kate stattgefundene Unterhaltung einfach. Er ließ ihr den Vortritt in den Flur, dabei hätte sie eigentlich gerne Kates Geschichte zu Ende gehört, die nach einer großen Portion Leben klang. Sie wusste allerdings nicht, ob das gut oder schlecht war.

Auf dem Weg zum Bürozimmer dachte sie an ihre ehemalige Chefin in New York: eine hagere Enddreißigerin, die der Karriere wegen seit Jahren mit ihrem Ehemann eine Fernbeziehung führte, sich ausschließlich von Körnern, eventuell auch purer Luft, ernährte und Kinder hasste. Keine Seltenheit, viele von Emilys New Yorker Freundinnen waren so. Ehrlich gesagt waren sie fast wie Klone, und Emily empfand keinerlei Bedürfnis, auch nur eine Einzige von ihnen anzurufen. Es handelte sich wohl doch nur um Bekannte, denn eigentlich hatte sie nichts mit ihnen gemeinsam. Warum fiel ihr so etwas Wichtiges erst jetzt auf?

»Was denkst du?« Geräuschvoll schob Chris den alten Holzstuhl, der unbeachtet neben dem Metallregal an der Wand gelehnt hatte, an den Schreibtisch und setzte sich – entschieden zu nah an Emily.

Mit dem Mauszeiger fuhr sie zunächst orientierungslos auf dem Flatscreen herum, fand aber doch noch das entsprechende Tabellendokument. »Hier habe ich deine Ausgaben anhand der vorhandenen Rechnungen eingetragen. Du hattest das ja bereits so angelegt, allerdings scheint dich dann die Lust verlassen zu haben.«

»Es gab einen Zwischenfall mit meinem Vater. Das habe ich dir schon erklärt.« Chris lehnte sich zurück und rieb sich über den Dreitagebart, als müsse er eine aufkeimende Unsicherheit überspielen. Sie fragte sich wieso.

Sein Oberarm streifte ihren. War das ein Versehen oder Absicht? Wie eine strenge Professorin tippte sie mit dem Zeigefinger auf die blauen Mappen, die neben dem Bildschirm lagen.

»Diese Ordner enthalten die zugehörigen Dokumente, die von mir geprüft und durchnummeriert wurden.« Sie räusperte sich und dachte sehnsuchtsvoll an Kates liebevoll kreiertes Heißgetränk, das sie in der Küche vergessen hatte. »Werbeprospekte und anderen unnützen Kram habe ich weggeworfen. Hier oben in der Ablage sind nur Dinge, die ich nicht zuordnen konnte. Die musst du dir noch ansehen.«

Wie ein Fluglotse bewegte sich Emily am Schreibtisch. Das Organisieren machte ihr Spaß, und sie war stolz auf die neue Ordnung, die sie innerhalb kürzester Zeit hergestellt hatte. Sie hätte ein Vorher-nachher-Bild knipsen sollen. Sämtliche Kisten und Zettelstapel waren wie weggezaubert. Chris nickte anerkennend und hatte ausnahmsweise keinen blöden Spruch auf Lager. Sie sah ihm die Verblüffung an, wie sein Blick vom Bildschirm zu den Ordnern und durch den ganzen Raum wanderte. Wenn sie ehrlich war, hatte sie sogar die Regale entstaubt, die Zimmerpflanzen gegossen und neue einheitliche Ordnerrücken über die alten Etiketten geklebt. Nebenbei natürlich. War ja kein Ding.

»Ich habe bei deiner Hausbank einen Termin für uns vereinbart, schon nächste Woche. Logischerweise müssen wir bis dahin alle Unterlagen für die Kreditanfrage zusammenstellen.« Sie bückte sich und hob einen aufgeschlagenen Ordner vom Boden auf, um darin zu blättern. Aus den Augenwinkeln bemerkte sie, wie er sie musterte. »Das ist der Businessplan. Ich habe ihn in unterschiedliche Rubriken unterteilt: was genau deine Vision ist, eine Markt- und Wettbewerbsanalyse, die erwarteten Einnahmen und Ausgaben auf Basis der letzten Zahlen, ein Plan zur Vertriebspartner- und Kundengewinnung. Du musst natürlich ein paar Sachen ergänzen und das ein oder andere sollten wir noch einmal durchsprechen, zum Beispiel die Produktion in San Francisco.« Sie reichte ihm den Ordner.

»Verdammt, Emily, du bist richtig gut …« Perplex blätterte Chris durch die Seiten. »… und schnell.«

»Ich habe nur meinen Job gemacht.«

»Du bist ja total perfektionistisch.« Er deutete auf die kleinen Punkte, die sie als Trennstriche für die Rubriken verwendet hatte. Zugegeben, die Unterlagen sahen ansprechend aus. Aber die Optik war in den meisten Fällen genauso wichtig wie der Inhalt. Wer sich schluderig bei der Bank präsentierte, würde kaum eine Chance haben. Das war in der Finanzwelt so.

»Es ist mein Job«, wiederholte sie noch einmal und fühlte sich unwohl dabei. Mit Lob hatte sie nie gut umgehen können.

»Das war ein Kompliment, Miss Großstadt. Du kannst es ruhig annehmen. Sag mal, bist du irgendwie sauer auf mich?«, fragte er plötzlich, als hätte er nicht die geringste Ahnung. Sein Arm streifte erneut ihre Haut. *Machte er das extra?* Sie sah ihn scharf an und drehte sich auf dem

Bürostuhl in die entgegengesetzte Richtung. »Ich habe viel um die Ohren, Emily, und manchmal bin ich …«

»Warum tust du das? Du küsst mich und dann bist du so abweisend wie gestern?« Zu viel. Zu direkt.

Er fuhr vom Stuhl hoch, als sei ihre Redezeit jetzt abgelaufen, und schritt zum Fenster, weshalb sie sein Gesicht nicht sehen konnte. »Du weißt nichts.«

»Stimmt, ich bin nämlich zufällig keine Hellseherin.«

Mit verschränkten Armen stand er vor dem Fenstersims und sah schweigend hinaus. Es machte den Anschein, als würde er jetzt sogar lieber den Hof neu pflastern, als mit ihr zu reden.

»Du hättest mir sagen können, wenn du eigentlich nichts von mir willst, Chris. Wenn das nur ein Spiel für dich war.«

»Wer spielt denn hier mit wem? Hätte ich dich etwa anrufen oder mit dir essen gehen sollen?«

Das wären immerhin Optionen gewesen.

»Ich habe mein Eheversprechen gebrochen, Chris«, platzte es lauter aus ihr heraus als beabsichtigt. »Irgendwie jedenfalls. Mit dir. Du hast …«

»Warum hast du mich gelassen, wenn du es nicht wolltest, Emily?«

Hatte sie den Kuss wirklich nicht gewollt? Weil sie verheiratet war? Sie griff nach dem Kugelschreiber und spielte damit. Die Plastikklemme brach unter dem Druck ihrer Finger sofort ab. Die Kugelschreiberindustrie sollte sich endlich etwas Robusteres einfallen lassen. »Ich weiß es nicht«, sagte sie dann kleinlaut.

Mit beiden Armen stützte Chris sich auf dem Fensterbrett ab. »So ein Typ Mann bin ich normalerweise nicht. Ich würde niemals die Frau eines Freundes einfach so küssen. Niemals.«

»Du vergleichst meine Ehe mit deiner seit Jahren nichtexistierenden Freundschaft zu Michael?« Das Wort *Freundschaft* flog nur so aus ihrem Mund. Außerdem war er in Bezug auf Frauen sicherlich kein Unschuldslamm. Noch nie gewesen.

Er schloss die Augen, atmete ein und aus, was sie deutlich hören konnte. »Es tut mir leid. Ich hätte die Situation nicht ausnutzen dürfen«, sagte er und sah sie mit geneigtem Kopf unter seinen langen, dunklen Wimpern an. »Ich hätte dich nicht …«

Er tat es schon wieder: sein Blick, seine Art zu sprechen und wie er sich bewegte. Kim hatte recht: Chris MacGowan war verflucht sexy. Mit Mühe lenkte Emily ihre Aufmerksamkeit auf den defekten Kugelschreiber. Mit der Mine klackerte sie auf die Schreibtischplatte. Sie musste dringend ihr Leben auf die Reihe bekommen, und dazu gehörte definitiv nicht, Chris MacGowan noch einmal zu küssen, ihn überhaupt zu küssen, auch nur daran zu denken, ihn zu … Sie stand auf, ging um den Schreibtisch herum und lehnte sich mit den Jeans-Hotpants gegen das Kirschbaumholz des Tisches.

»Eigentlich habe ich dich ja zuerst geküsst«, sagte sie aller guten Vorsätze zum Trotz.

Stirnrunzelnd steckte Chris beide Hände in seine Hosentaschen und ließ seinen Blick von ihren Beinen über ihren Oberkörper wandern, was ein Flattern in ihrem Magen verursachte.

»Ich habe deinen Kuss erwidert, Emily.« Es hörte sich nicht so an, als bereue er auch nur eine Sekunde lang, was er getan hatte. Stattdessen näherte er sich ihr langsam und bestimmt.

»Ich glaube …« Sie stockte. Wie gerne würde sie ihn jetzt

sofort wieder küssen, ihm die Kleider vom Leib reißen. »Ich wollte es.«

»Du trägst einen Ehering. Du bist verheiratet. Mit Michael.«

Sie mochte nicht, wie zielstrebig er an ihr vorbei zurück zu seinem Stuhl ging und sich hinsetzte. Ihr selbst war es dagegen noch nicht einmal möglich, sich zu bewegen oder einen Schritt von dem Schreibtisch wegzutreten.

»Ich habe dir eine Mail mit ein paar Zusatzpunkten geschickt: zur Materialbeschaffung zum Beispiel. Das ist echt wichtig für die Existenz dieses Guts.« Plötzlich war Chris wieder ganz der nüchterne Geschäftsmann, Weinunternehmer, Arzt – wer auch immer. Auf jeden Fall jemand ohne emotionale Bindung zu ihr. »Die E-Mail sollten wir uns wirklich gemeinsam ansehen. Dazu müsstest du allerdings hier, am Arbeitsplatz, dein E-Mail-Passwort eingeben.«

Emily hörte ihn bereits mit der Maus herumklicken, als sie sich widerwillig von der Schreibtischkante abdrückte und in Bewegung setzte.

Passwort. Klar.

In den folgenden drei Stunden hatte Chris sie mit seiner übertriebenen Distanzhaltung zu ihr so angestrengt, dass sie ihn am liebsten aus dem Raum verbannt hätte. Aufgrund der steigenden Nachfrage nach Big Business hatte er vor einiger Zeit entschieden, größere Mengen bei einem Getränkehersteller in San Francisco produzieren zu lassen. An dem nationalen, wenn nicht sogar internationalen Erfolg dieses Weinmixgetränks schien ihm unendlich viel gelegen zu sein. Er wirkte fast so ehrgeizig wie Max, und Emily fühlte sich wie zwischen zwei Stühlen: Sie arbeitete mit Chris an einem Konzept zur Finanzierung und Vermarktung von Big Business, während sie genau dieses Getränk für seinen größten Konkurrenten stehlen sollte. Vielleicht würde sie besser Max schreiben und das Ganze abblasen. Schließlich hätte sie Chris' Herzblut, Kates Fröhlichkeit und Tiffanys Job auf dem Gewissen. Wie war sie bloß in diese schreckliche Zwickmühle hinein geraten?

»Vielleicht können wir den Businessplan sogar heute beenden, zumindest was deine Mitarbeit daran betrifft«, sagte Chris zufrieden, klopfte auf den Schreibtisch und wirkte irgendwie erleichtert. »Wir sind ja so gut wie durch. Zu dem Termin bei der Bank musst du mich ohnehin nicht begleiten.« Er stand auf. »Hier sieht es wieder richtig gut und übersichtlich aus.«

Servierte der sie gerade ab?

»Das waren ja nur drei Tage, Chris.«

»Den Rest schaffe ich echt alleine. Ich bin dir sehr dankbar.«

Das wars?

Er hatte sie abserviert. Nachdem er sich noch weitere zwei Male bedankt und ihr eröffnet hatte, ihr das Bargeld in den nächsten Tagen vorbeizubringen, war er gegangen. Ohne dass sie ihn hätte aufhalten können. Wie auch? Im Grunde war sie nur seine Aushilfe, die er offenbar versehentlich geküsst hatte.

Nachtragend oder gar rachsüchtig zu sein, war eine äußerst unschöne Eigenschaft. Noch in derselben Sekunde verwarf Emily die vage Idee von vorhin, sich wegen eines tätowierten Kerls den Traumjob bei Red River Winery durch die Finger gehen zu lassen. Sie hatte genug eingesteckt: von Michael, von Chris, überhaupt von allen. Mit einem flauen Gefühl im Bauch streifte sie durchs Haus auf der Suche nach Kates Schlafzimmer.

Im Flur des obersten Stockwerks kollidierte sie mit Tiffany, die mit zwei Flaschen Dragonfly-Wein bewaffnet durch den Gang hastete. Als sie Emily sah, hielt sie an und taxierte Emilys heiße Wangen.

»Du siehst ja ziemlich gehetzt aus.« *Ach.* Sie wedelte mit einer Weinflasche. »Der Shiraz-Wein war aus. Ich wusste, dass der Boss hier oben noch welchen gebunkert hat. Und was suchst du hier?« Sie duzte Emily so selbstverständlich, als würden sie einander seit dem Kindergarten kennen.

»Wir sind ja Kolleginnen«, quietschte Tiff weiter. Sie waren Kolleginnen für drei Tage – *gewesen.* Emily nickte lächelnd, wollte ihre Kurzzeitstelle aber nicht unbedingt mit der Psychologiestudentin erörtern, die in ihrem tarngrünen Kleid mit dem orangefarbenen Halstuch heute aussah, als sei sie eine Pfadfinderin. Tiffany warf ihre roten Locken über die Schulter und blinzelte sie an. »Unter uns, hast du den Boss irgendwie wütend gemacht?«

Boss. Pah! Emily zuckte verständnislos mit den Achseln. »Wohl eher andersherum.«

»Er hat sich umgezogen und ist wieder losgejoggt. Na ja, er kann ja machen, was er will. Er ist der Boss.«

Es machte Emily ganz verrückt, dass Tiff ihn andauernd als *Boss* bezeichnete. Die vielen anderen Gedanken, die zudem unkoordiniert in ihrem Kopf umherwirbelten, fühlten sich an wie ein Schneesturm. »Weißt du eigentlich, wo Daniel ist, Tiffany?«

Der Dragonfly-Angestellten entglitten sämtliche Gesichtszüge. »Daniel MacGowan? Weißt du das denn nicht? Ich dachte, du kennst den Boss schon so lange, hat er zumindest gesagt.«

Was er seiner Angestellten wohl noch alles erzählt hatte?

»Hier wird normalerweise nie über Daniel gesprochen.« Tiffany plapperte weiter, und ihre Piepsstimme wurde zu einem Wispern. Sie sah sich um, bevor sie antwortete, und zog Emily am Ellenbogen zu sich heran. »Chris' Bruder ist nach Südamerika verschwunden. Er ist vor …« Das Nachrechnen fiel ihr sichtlich schwer, weshalb sie nur »… vor vielen Jahren nach Brasilien gegangen« sagte.

»Brasilien?«

»Freiwilliger sozialer Dienst oder so. Er ist dortgeblieben und meldet sich nie. Nie.« Aufgeregt klimperte Tiff mit ihren schwarz gefärbten Wimpern. »Voll schräg, oder? Sprich Kate bloß nicht darauf an. Daniel ist hier kein gutes Thema. Sie wissen nicht, wo er sich aufhält.«

Daniel MacGowan war ausgewandert, ohne den Kontakt zu seiner Familie zu halten? Die Neuigkeit drang nur langsam in ihre Gehirnwindungen vor. Emily presste die Hand auf den Mund, bis sie es bemerkte und sie wieder sinken ließ. Sie hatte ihn kaum gekannt, aber er war Chris' Bruder, und es war sicher nicht leicht für Kate, jahrelang rein gar nichts von ihrem eigenen Sohn zu hören, so als wäre er gestorben.

»Von mir weißt du nichts. Nada.« Tiffany stieß Emily verschwörerisch mit einer der beiden Weinflaschen in die Seite, was wirklich schmerzte. Dann musterte sie Emilys Bekleidung von oben bis unten. »Du siehst richtig cool aus, nicht mehr so spießig wie an dem Tag, an dem du bei uns im Shop aufgetaucht bist. Die Hose ist ja schon fast ein Skandal«, sagte sie lachend.

Wenn Kim das hören könnte. Emily fummelte an den Garnresten, die aus der Jeans-Hotpants heraushingen, und strich über ihr Tanktop. Ihr Hautton hatte sich unter der kalifornischen Sonne sogar ein wenig verändert: ein goldener Hauch Sommer war erkennbar. Wie gerufen vibrierte Emilys Smartphone in ihrer Gesäßtasche, und Tiff nickte ihr verständnisvoll zu, bevor sie die Treppenstufen hinunterhüpfte. Dabei ließ sie fast eine der Weinflaschen fallen.

›Vergiss nicht: Die Strandparty ist HEUTE. Wir fahren um 19 Uhr los, also trödel nicht so lange auf dem Gut herum. Kuss. Kim.‹ Smiley.

›Gibt es dort überhaupt zuckerfreien Saft für dich? Ich komme nicht mit. Kuss. Emmi.‹

Emily lächelte. Es machte Spaß, Kim mit ihrem Gesundheitstick aufzuziehen. Wozu hatte man Geschwister?

›Soll Ausnahmen geben. Jemand, der so süß ist wie ich, kann nicht ewig ohne Zucker leben‹, kam es sofort von Kim zurück. Der Smiley streckte ihr die Zunge heraus.

Es war toll, ihre Schwester wieder in greifbarer Nähe zu wissen. Für Chris musste es dagegen schlimm sein, dass sein Bruder nicht mehr da war. Vielleicht verhielt er sich deshalb so seltsam.

›Die Party ist am Baker Beach‹, trudelte eine erneute Kim-Nachricht ein. Erschreckend, wie stark ausgeprägt ihre geschwisterlichen telepathischen Fähigkeiten waren.

Baker Beach – Kim hatte gewonnen. Es gab in Kalifornien feinere Sandstrände, aber kein anderer hatte eine so fantastische Aussicht wie der 800 Meter lange felsige Baker Beach am Fuße der Golden Gate Bridge. Emily empfand jedes Mal ein tiefes Freiheitsgefühl, wenn sie die Brücke passierte. Die Golden Gate verband die Weinanbaugebiete Sonoma- und Napa-Valley mit San Francisco. Das rote Metallkunstwerk war unfassbar faszinierend, selbst dann noch, wenn man es täglich überquerte. Bei der Vorstellung von Sonne, Strand und Meer fühlte sich sogar Emily mit einem Mal nach einem Smiley, obwohl sie diese Bildsprache so gut wie nie benutzte.

Sie hatte nur wenige Sekunden an den Sandstrand gedacht, an das Gefühl, mit den Füßen im Meer zu stehen, und vermisste es plötzlich so sehr, dass es wehtat.

›Überredet. Kuss Emmi.‹ Smiley.

Kurioserweise reagierte Kim überhaupt nicht auf die spontane Zusage, obwohl sie sonst alles zumindest mit einem Daumen-hoch-Zeichen kommentierte.

Immer noch allein im Flur des ersten Stocks stehend, klickte Emily gewohnheitsmäßig auf das Mail-Programm ihres Smartphones: keine Nachricht von Michael, nichts von seinem Anwalt. Sie überlegte, später die Carsens anzurufen. Andererseits hatte sie sich direkt nach der Festnahme schon mit Michaels Eltern auseinandergesetzt. Entgegen ihrer Erwartung war insbesondere Carsen senior extrem gelassen geblieben. Sicher hatte er längst einen Plan, wie die VIP-Anwälte seinen geliebten Sohn aus dem Gefängnis boxen konnten. Wollte sie eigentlich ihren Mann in Freiheit sehen? Unter Umständen sogar recht bald?

Sie könnte nicht ewig in diesem Korridor stehen bleiben. Vielleicht sollte sie Kates Rezept nur abfotografieren oder scannen und dann zurücklegen? Das war quasi nur halb gestohlen. Schnell steckte sie das Handy zurück in die Hosentasche.

Wie ferngesteuert peilte Emily das Ende des Ganges an und öffnete die einzige Tür, die nicht ganz geschlossen war. Vorsichtig trat sie ein. Die liebevolle Einrichtung des Raumes schnürte ihr die Kehle zu. Ob alle Mütter ihre Schlafgemächer so ausstatteten? Geblümte Bettwäsche, frische Blumen auf der Kommode, Bücher auf dem Nachttisch, und es duftete nach Lavendel. Unvermittelt spürte sie einen Stich in der Schläfe. Ihr Blick fiel auf die Nachttischschublade mit dem hellblauen Metallknauf. Sie war nur wenige Atemzüge von ihrem Ziel entfernt. Schon hatte sie den Knauf in der Hand, zog daran und erblickte ein Bündel loser Papiere direkt oben auf. Kate schoss ihr durch den Kopf, dann Chris, selbst Michael und ihr Dad – sie wusste nicht mehr genau, was sie fühlte. *Big Business* stand in großen Lettern auf der ersten Seite. Da waren sie – die vielen Rezeptseiten, die es möglich machten, das Getränk zu kopieren. Ein dumpfer Knall, der aus dem unteren Stockwerk zu ihr nach oben drang, ließ sie zusammenfahren. Sie konnte kaum glauben, wie schnell sie die Blätter faltete und im Hosenbund verschwinden ließ. Die anderen Sachen, wie die Bibel, ein Reisepass und die losen Seiten, die darunter lagen, beachtete sie nicht. Nur weg. Sie musste hier raus, raus aus dem Blümchenzimmer. Ganz weit weg von dem Gut, von Kate und Chris, der sie ohnehin nicht mehr brauchte.

Während sie die Steintreppe hinuntersprang, spürte sie bereits, wie die Schuldgefühle sie beinahe umbrachten. *Was machst du, wenn sie merken, dass die Seiten fehlen? Tiffany hat dich gesehen.* Waren es überhaupt sechsunddreißig Seiten? Fühlte sich irgendwie zu wenig an.

Am liebsten hätte sie sich bekreuzigt, sicherheitshalber. So wie Kate es immer tat. Stattdessen huschte sie ins Büro, klemmte sich ihre Tasche unter den Arm und hielt noch nicht einmal am Rundbogen zur Küche an, um sich ordentlich von Kate zu verabschieden. »Ich fahre nach Hause.«

»Du kommst ja morgen wieder.« Kates Mandelaugen glänzten freudig. Beinahe schien es so, als würde sie Emily jetzt schon vermissen.

»Wenn Chris mich braucht ... morgen oder übermorgen.« *Oder gar nicht mehr.*

Kates *Er braucht dich* hörte sie kaum.

Als der Honda hustend ansprang, traute Emily sich immer noch nicht, in ihren Hosenbund zu greifen und sich das gestohlene Rezept anzusehen. In dem Moment kam es ihr sogar so vor, als könnte sie das nie tun.

Erst als sie, zurück in der Jefferson Street, die Tür des Gästezimmers hinter sich geschlossen hatte, zog sie die zerknüllten Seiten hervor. Sie hatte es geahnt – hektisch zählte sie die Papiere und ließ sie der Reihe nach auf ihre gestreifte Bettwäsche gleiten. Das waren keine sechsunddreißig Seiten, nur zwölf. Wie dumm. Sie war eine erbärmliche Detektivin. Eventuell war Dads Ernährungsberaterinnen-Job-Vorschlag doch gar nicht so abwegig. Sie hätte die restlichen Blätter aus der Schublade auch mitnehmen sollen statt panisch wegzulaufen. Toll. Mit der flachen Hand schlug Emily sich gegen die Stirn und fiel rücklings auf die weiche Matratze. Dann nahm sie das erste Blatt hoch, auf der lediglich die Bezeichnung des Drinks thronte. Danach ging es handgeschrieben weiter, und irgendwie kam ihr die Schrift bekannt vor: dic Schnörkel, die kunstvollen Skizzen und Verzierungen an den Seitenrändern. Es war tatsächlich ein und dieselbe Handschrift wie bei den Briefen von Y.

Hätte Emily nicht schon auf der Matratze gelegen, müsste sie sich spätestens jetzt setzen. Die Briefe, das Rezept – und warum hatte Chris dieses Y auf seinem Arm tätowiert? Eine Gänsehaut prickelte wie Eiswasser über Emilys Körper. Worum ging es hier?

Seite 1

Dieses Weinmischgetränk ist eine ganz besondere Kreation. Es geht darum, den Menschen, das zu geben, was sie brauchen: Liebe und Glück.

Jeder möchte sich gesund und ausgeglichen fühlen, wertgeschätzt werden. Getränke müssen leicht und unbeschwert schmecken – das Leben, das wir gerne hätten, repräsentieren. Ein Tanz barfuß im Sand.

Du weißt, was ich meine. Du hast mich immer verstanden und damit warst du wohl der Einzige.

Seltsame erste Zeilen, fand Emily. Auch wenn sie auf das Big-Business-Getränk zutrafen. Sie hatte es zwar nur ein Mal probiert, erinnerte sich aber genau daran, wie es sich angefühlt hatte: nach Kalifornien, kreativ, frei, fruchtig und irgendwie nach Sonnenstrahlen. Schlagartig erkannte sie, wonach Max suchte und welchen Wert diese Formel für den Markt darstellte: Sie war pures Gold. Ihr Herz schlug schneller, als sie weiterlas.

Ich habe etwas ohne Zusätze, ohne zu viel chemischen Quatsch kreiert. Diese Kreation setzt eine gute Planung und Schnelligkeit voraus. Die Zutaten müssen frisch und ungekünstelt sein, um das Glücksgefühl transportieren zu können.

Keine einfache Aufgabe.

Was für ein Hippie-Gerede. Gespannt suchte Emily dennoch nach Seite zwei in dem Zettel-Durcheinander auf ihrem Bett.

Zunächst einmal müssen alle Ingredienzien eine bestimmte Temperatur haben und exakt nach Vorgabe gelagert werden. Das mag sich vielleicht seltsam anhören, doch ich glaube an Gutes, das auf Basis von Zeit und Arbeit entsteht.

Ich habe Cranberrys eingeplant, nur einen Hauch. Auch eine Kleinigkeit kann Großes bewirken.

Cranberrys. Emily jubelte innerlich – ein Gefühl, als hätte sie sechs Richtige im Lotto getippt, überkam sie. Tatsächlich hatte sie geglaubt, die süße Fruchtnote damals herausgeschmeckt zu haben. Sie fingerte nach dem dritten Blatt. Die Rezeptur las sich wie ein Krimi. Gradzahlen und Lagerformen schwirrten durcheinander, Skizzen, Mischverhältnisse, Maßangaben und Zubereitungsmechanismen.

Seite 12

Wir können nur einen ganz bestimmten Wein für die Mischung des Getränks verwenden, weil die Trauben des …

Hier endete das Rezept oder besser gesagt die Seite, die sie in den Händen hielt. Und jetzt? Von welchem Wein war die Rede? Es wurde mehr als deutlich – sie hatte versagt. Der wesentlichste Teil der Formel fehlte. So als könnten die Blätter aus dem Nichts auftauchen, ging sie noch einmal alles durch, bevor sie sich verzweifelt das gestreifte Kopfkissen ins Gesicht drückte. Der ganze Aufwand war umsonst gewesen.

Aber sie könnte Max Brown wenigstens das verraten, was sie wusste. Schaden konnte es nicht.

»Carsen, das nenne ich ja mal einen unerwarteten Anruf«, freute sich Max, und Emily hörte durch die Leitung, wie er auf seinen Mahagonischreibtisch klopfte. Sie sah ihn vor sich: Mit seiner Föhnfrisur thronte er vor dem überdimensionalen, roten Gemälde, von dem sie nicht wusste, was es darstellen sollte. »Sie haben noch … Der Wievielte ist heute? Eben ein paar Tage Zeit.«

»Ich habe einen Teil des Rezepts.« Obwohl sie kein bisschen stolz war, klang sie so. Sie kratzte sich am Oberarm. Am liebsten würde sie jetzt einen Berg Pfannkuchen backen.

»Sie haben es geklaut?« Emily hatte deutlich mehr Enthusiasmus erwartet, als Max ihrer Neuigkeit entgegenbrachte. Er hörte sich zurückhaltend an. »Wie weit gehen die Bemühungen bei Black Dragonfly, das Getränk groß herauszubringen?«

Kein *Nennen Sie mir die Zutaten, Carsen.*? Seltsam. Emily rückte sich im Schneidersitz auf dem Gästebett zurecht und zog mit dem Zeigefinger der freien Hand Kreise über den auf der Bettdecke verstreuten Seiten.

»Er, also Chris MacGowan, wird es groß herausbringen,

wenn die Bank ihm einen Kredit gewährt und wenn wir nicht schneller sind. Er hat seine Finanzen jetzt im Griff, denke ich.«

Schweigen. Dann: »Großartig, Carsen. Ich muss Sie wirklich loben.« Es hörte sich nicht nach einem Lob an. »Mailen Sie mir das Rezept und zeigen Sie es bloß keinem anderen. Wir treffen uns am besten übermorgen persönlich in meinem Büro. Morgen habe ich einen anderen wichtigen Termin.«

»Ich weiß nicht, ob ich übermorgen in San Francisco vorbeikommen kann. Ohne Auto.«

»Wirklich großartig, Carsen.« Es tutete in der Leitung. Max Brown hatte einfach aufgelegt.

Emily schickte ihm keine E-Mail. Heute noch nicht.

8. Kapitel

Der Abend kam schneller, als ihr lieb war, und ehe sie sichs versah, saß sie mit ein paar Mädels in Kims Zimmer und probierte Strandkleidung an. Jack hatte sich ins Wohnzimmer verkrümelt und schaute irgendeine Quizsendung im Fernsehen, bei der er ständig lautstark »Yes!« rief, wenn er die korrekte Antwort wusste. Ohnehin war er seit Jahren der Meinung, problemlos eine Million gewinnen zu können – wenn man ihn nur ließe. Ernährungs-Kim hatte Dad darum gebeten, grundsätzlich nur noch Erdnüsse vorm Fernseher zu knabbern. Die seien so etwas wie Fitmacher: gut für den Cholesterinwert und die Gefäße, kohlenhydratarm und vor allem regulierten sie angeblich den Blutdruck. Keine Ahnung, ob es bei Dad wirkte, aber seit gestern Abend war er nicht so wie sonst. Er war seltsam aufgekratzt, summte und machte hin und wieder kleine Schritte vor und zurück.

»Hast du noch nie einen Walzer gesehen?«, hatte er lachend gesagt, als Kim ihm mit dem Rollstuhl überrascht ausweichen musste. Er hatte ihnen sogar zugezwinkert, als sie sich mit Kims Freundinnen aufs Zimmer zurückzogen.

»Eine Feder steht für die Wahrheit, wusstet ihr das?«, fragte Sara, die Sportlichste, in die Damenrunde. Sie hatte einen Bikini für Emily mitgebracht, und obwohl das Teil langweilig schwarz war, hatte es doch das gewisse Etwas: Eine kleine bronzefarbene Feder baumelte wie ein Anhänger am Bikiniträger.

Niemals war Emily davon ausgegangen, auch nur ansatzweise in einen von Saras Bikinis hineinzupassen. Mädchen wie Sara hatten vorbildlich gewellte Haare, eine Wespentaille und sahen aus wie eine Schönheitskönigin. Der Bikini passte Emily überraschenderweise trotzdem wie angegossen.

»Erst wollte Emmi sich nur ausgewogen ernähren, und ich habe wirklich nichts gegen eine gesundheitsbewusste Lebensweise. Aber über den Tag gesehen pickt sie nur noch wie ein Vögelchen. Das ist das Gegenteil von gesund.« Kim hob mahnend den Zeigefinger in die Luft, so als sei sie, wenn schon nicht die ältere, dann wenigstens die weisere Schwester.

»Ich esse sehr wohl.« Es war Emily unangenehm, im Mittelpunkt zu stehen, instinktiv stopfte sie sich eine Handvoll Chips in den Mund.

»Chips sind Kartoffeln. Kartoffeln sind Nachtschattengewächse, und das sind Pflanzen. Folglich sind Chips also Salat, Kimmi.« Ausgerechnet Sara stärkte ihr den Rücken, dabei klimperte sie so überzeugend mit den Wimpern, dass Emily lachen musste. Überhaupt mochte sie die hübsche Blonde gerne. Wann genau hatte sie selbst sich eigentlich in diesen ernsthaften, schwarzen Hosenanzug verwandelt? Das Leben mit Michael war leicht gewesen, echt hingegen nicht. *Aufgesetzt* könnte das richtige Wort dafür sein.

Die geflochtene Strandfrisur passte perfekt zu einer Sommerparty und zu Sara, die gerade Rouge auf Emilys Wangenknochen pinselte.

»Ich wusste ja schon immer, dass du toll malen kannst, Sara. Aber sogar bei anderen im Gesicht. Du bist eine wahre Künstlerin«, witzelte Kim und zog bewundernd die Brauen hoch.

Irgendwie hatte Sara es geschafft, Emily verwegen wirken zu lassen. Die *Bambi-Augen*, wie Dad früher sagte, waren noch größer und dunkler, die Wimpern lang und nach oben gebogen. In die Haare hatte Sara ihr rechts und links ebenfalls kleine Flechten gedreht. Gar nicht so schlecht – besonders nach einem Glas Sekt, das auch die Enttäuschung über den fehlenden Rezeptteil vergessen ließ.

»Komm mal runter zu mir«, wies Kim an und es wurde nasskalt auf Emilys Schulterblatt. »Wooow! Sieht cool aus«, rief ihre Schwester eine Minute später aus. So wie man eben ausflippt, wenn man einundzwanzig Jahre alt und ziemlich aufgedreht ist.

Die Zacken und Spitzen des aufgeklebten Tribal-Tattoos schlängelten sich über Emilys Schulter, und sie fragte sich in diesem Moment ernsthaft, ob sie sich etwas Echtes unter die Haut stechen lassen sollte. *Nein …*

Sie dachte an Chris. Na toll – jetzt saß sein Bild in ihrem Kopf fest.

»Du bist ein echter Vamp, Emmi. So ziemlich das Gegenteil von vorher und ein bisschen so wie früher«, lobte Kim und kicherte.

Der Sandstrand des Baker Beach war mehr als überfüllt, als sie dort ankamen. Emily sorgte sich zwischen all den Menschen insgeheim um ihre Schwester, versuchte jedoch, sich zurückzuhalten, als sie feststellte, wie selbstverständlich Kim sich mit den Rädern über die Holzstege bewegte. Natürlich war es nicht das erste Mal am Strand für sie. Ihr Freund Lucas sprang wie ein Bodyguard um sie herum und die Kleine hatte den gut gebauten Surfer offenbar fest im Griff.

Emily lächelte und betrachtete den Mond, der sich, obwohl es noch recht hell war, am Himmel zeigte. Möwen kreisten kreischend über dem Meer. Strandliegen gab es keine, dafür aber jede Menge Felsvorsprünge, auf denen sich manchmal Seehunde in der Sonne aalten und eine einzigartige Kulisse für die Touristen boten. Es gab hier in der San Francisco Bay sogar einen eigens nach ihnen benannten Fels, den Seal Rock. Seehunde hatten schon immer eine beruhigende Wirkung auf Emily gehabt, und wäre der Honda etwas besser in Schuss, könnte sie mit Kim die zweieinhalbstündige Tour zur Monterey Bay unternehmen. Dort gab es die größten Seelöwen von ganz Kalifornien.

Hier kam sich Emily jedenfalls ziemlich überflüssig vor: Sie kannte niemanden und zur Gruppe gehörte sie auch nicht. Eine gut gelaunte Sara kam mit einer Flasche Wodka auf Emily zu und schwenkte auffordernd zwei Pappbecher in der Hand.

»Du bist mit Michael Carsen verheiratet, richtig?«, fragte sie, und der mehr als doppelte Wodka schwappte beim Einschenken über den Becherrand. »Mein letzter Kerl wollte nur das eine von mir. Danach hat er mich fallen gelassen wie eine fettige Fritte. Findest du, ich bin nicht gut genug?« Ungelenk breitete sie ihre Arme aus, so als wolle sie davonfliegen.

Wie gerne hätte Emily etwas tiefenpsychologisch Sinnvolles oder wenigstens Hilfreiches geantwortet, doch sie war nun einmal keine Expertin in Liebesdingen – eher das Gegenteil davon. Sie schwieg – wirklich sehr hilfreich.

Sara störte das nicht. »Trinkst du mit, Kim-Schwester?«

Besser nicht. Trotzdem, wer neue Freunde finden wollte, musste sich anpassen. Unter Umständen würde der Alkohol Emily auch helfen, den Kummer loszulassen. Chris hatte sie nur ausgenutzt. Oder hatte er vor irgendetwas Angst? Vor einem weiteren Kuss von ihr? Trotzig nahm Emily Sara den Becher aus der Hand und stürzte die Flüssigkeit in einem Zug hinunter. Tränen schossen ihr in die Augen, ihre Kehle brannte, während ihr Gegenüber sich bereits den nächsten Shot eingoss. Das war's – sie war raus. Mehr von dem grauenhaften Zeug vertrug sie nicht.

»Ich hätte es wissen müssen, obwohl der Typ gar nicht der klassische Schönling ist. Er ist eher so ein besonders Unangepasster, wenn du verstehst, was ich meine.« Sara kippte den zweiten Schnaps hinunter und gab allerlei Details aus ihrem Liebesleben preis. Zögerlich schloss Emily sich ihr zumindest beim Trinken an. Wenn es in Saras Tempo weiterginge, schafften sie es in Rekordzeit mit einer Alkoholvergiftung ins Krankenhaus. Sara schniefte theatralisch. »Und dann hat er sich einfach nicht mehr bei mir gemeldet.«

Waren echt alle gleich, die Kerle!

»Ich verstehe dich.« Endlich hatte Emily ihre Sprache wiedergefunden. Das hochprozentige Getränk löste ihre Zunge. »Das Allerwichtigste ist doch, dass du nicht alleine bist.«

»Stimmt. Ich habe Kimmi … und jetzt dich.« Dankbar lächelte Sara.

»Du könntest an jedem Finger zehn Männer haben«, fügte Emily hinzu und deutete mit dem Kinn auf einen überaus attraktiven Brillenträger, der seit geraumer Zeit versuchte, Saras Aufmerksamkeit zu ergattern. »Mein Mann sitzt im Knast«, gestand Emily plötzlich prompt und völlig zusammenhanglos. Auch hierbei half der Alkohol – oder es fühlte sich nur so an.

»Echt? Im Gefängnis?« Die sonst so gesprächige Sara schwieg einen Moment, wahrscheinlich, weil man das eben so tat. »Gegen meine Geschichte hast du dann wohl gewonnen.«

Traurig, aber wahr.

Sie hakte sich bei Emily unter und zog sie mit zu den anderen an die Bar. Emilys Top mit Spitze war viel zu dünn, und eine Weste hatte sie nicht dabei. Das, obwohl sie genau wusste, wie frisch die Abendluft in San Francisco sein konnte. Derweil hüllte Sara ihren Traumkörper in einen Wollponcho. Um sich dem kühlen Wind nicht kampflos auszuliefern, trank Emily diesmal ein neonpinkes Wodka-Energy-Getränk. Das Gemisch schmeckte nach Zuckerwatte, exakt so wie die Kaugummis, mit denen man riesengroße Blasen machen konnte. Das regenbogenfarbene Leuchten der feuchten Muscheln im Sand, das Meer und die Musik – die gesamte Kombination versetzte Emily in eine entspannte Stimmung.

»Du trinkst doch normalerweise gar keinen Alkohol.« Kim fuhr ihr mit dem Rollstuhl in die Kniekehlen, was ganz sicher kein Versehen war. »Schalte mal einen Gang runter, Emmi.«

»Wir wollen feiern«, rief Sara ausgelassen. Wen meinte die denn mit *wir*?

Der Bass aus den großen Musikboxen wummerte über den Strand. War das überhaupt erlaubt? Was für eine unnütze Frage. Sara hatte recht, den Kopf ausschalten, einfach die Nacht zum Tage machen. So wie bei Woodstock oder einem dieser Festivals – nicht unbedingt nackt. Gerade als Emily ihre neue, lässige Haltung mit einem Schluck aus dem Pappbecher, der leer war, begießen wollte, sprach jemand sie an.

»Nimm doch das hier so lange.« Ein Kerl im Anzug, etwas älter als sie selbst, reichte ihr ein schickes Glas mit rotem Sekt. »Ich bin übrigens Tom.«

»Danke, wie aufmerksam. Mein Name ist Emily.« Ihr Augenmerk glitt zu seinen bloßen Füßen. »Du hast ja gar keine Schuhe an.«

»Wird überbewertet«, sagte er und senkte den Blick. Ein Wunder, dass der sie angesprochen hatte – so schüchtern, wie er sich verhielt. »Das sind doch nur Zwänge und Schuhe engen ein, finde ich.«

Das wiederum entsprach genau Emilys seit wenigen Sekunden *zwangloser* Einstellung. Spontan zog sie sich ebenfalls die ledernen Zehentreter von den Füßen und schwenkte sie in der Hand, als sei das ein Zeichen von Freiheit.

»Und was tun wir jetzt barfuß?« Eine ziemlich kokette Frage, und eigentlich war sie sich nicht sicher, ob sie diesem Typ Mann überhaupt noch etwas abgewinnen konnte. Tom war optisch zu perfekt, sein Hemdkragen gestärkt und gebügelt, und er war zu sehr wie … Michael. Seine Gruppe, bestehend aus anderen Bürohengsten und Frauen in kurzen Businesskostümen, entfernte sich von der aus Holzkisten und Brettern zusammengezimmerten Bar. »Willst du nicht mit deinen Freunden gehen?«

»Warum sollte ich, wenn ich genauso gut hier bei dir sein kann?« Er legte den Kopf schief und sah ziemlich gut aus – oder war das dem Alkohol geschuldet? Egal, was es war. Zusammen mit ihrem neuen Bekannten wiegte sie die Hüften im Takt der Musik.

»Du tanzt gut, Tom. Du hast mir erst zweimal auf die Füße getreten.« Ihre kesse Art verblüffte sie selbst.

»Man will dir eben schnell näher kommen. Du bist wie ein Magnet«, konterte Tom und sie musste kichern. Dabei hatte sie eine starke magnetische Anziehung bisher nur ein einziges Mal erlebt, und das war – ob sie wollte oder nicht – mit Chris MacGowan. *Egal, weitertanzen.* Was für ein befreiender Abend, an dem sie sich amüsierte und einfach nur sie selbst sein konnte: Emily Jones.

»Sara hat auf dich abgefärbt. Kann das sein?«, rief Kim ihr besorgt von der Seite zu. Dennoch huschte ein feines Lächeln über ihr Gesicht, anscheinend freute sie sich darüber, Emily so ausgelassen zu sehen.

Auf Fußsohlen spürte Emily die Sandkörner zwischen ihren Zehen. Sie fühlte sich lockerleicht und total beschwingt. Ihre Zunge dagegen war pelzig schwer beim Sprechen. »Sara und ich, wir haben beide Probleme«, sagte sie schleppend. »Du nicht. Du hast ja deinen Lucas.«

»Vergiss bitte nicht, ich kann dich nicht heimtragen.« Immer wenn Kim ironisch wurde, zog sie die Nase kraus, was sie noch jünger wirken ließ. Skeptisch musterte sie Emilys männlichen Begleiter, dann grinste sie. »Notfalls lauft ihr zwei eben barfuß nach Hause.«

»Tom mag keine Schuhe und ich wollte den Sand spüren.« Das Kichern blieb Emily im Halse stecken, als sie Kims leise Antwort darauf hörte.

»Also ich finde Sand eher unpraktisch, Emmi.«

Es war nicht leicht für Emily, neben ihrer Schwester in die Hocke zu gehen, ohne vornüber zu kippen. Sie riss sich zusammen.

»Ich würde gerne so über den Strand springen wie du, Emmi. Selbst Dad geht wieder tanzen.« Es klang so, als kämen die Worte von ganz weit weg. »Tanzen an sich funktioniert ja bei mir, aber es ist halt anders. Ich bin anders.« Sie seufzte. »Ich möchte dic Sandkörncr zwischen den Zehen fühlen, von mir aus sogar die zerbrochenen Muscheln, die wehtun, wenn man drauftritt.«

Emily schluckte und versuchte, einen klaren Kopf zu bekommen. Tom, der immer noch da war, interessierte sie nicht mehr. »Ich würde alles dafür geben, wenn ich dir das ermöglichen könnte, Kim. So toll ist es auch gar nicht ...

also der Sand … eklig irgendwie, besonders, wenn er nass ist.«

»Ich möchte mir keine Gedanken mehr darum machen müssen, ob Lucas lieber mit einer anderen tanzen würde als mit mir und meinem Rolli. Er vermisst das sicher schrecklich …«

»Er liebt dich – alles an dir, Kim.« Davon war Emily einhundert Prozent überzeugt. »Wir alle lieben dich, so wie du bist.«

»Glaubst du?« Hatte Kim feuchte Augenränder – oder war das der Wind, der ihr die Tränen in die Augen trieb? Gerade als Emily sie in den Arm nehmen wollte, tauchte Lucas auf.

»Hey ho! Das Leben ist zu kurz zum Trübsalblasen, Jones-Schwestern.« Lucas, wie er leibte und lebte. Es kam Emily vor, als zaubere er augenblicklich die Sonnenstrahlen auf Kims Gesicht zurück, die sich kurzfristig hinter dichten Wolken verzogen hatten. Ganz offenbar machte er sich keine Gedanken um die körperliche Behinderung seiner Freundin. Vielleicht, weil er zweiundzwanzig Jahre alt war und die Welt noch nicht kannte? Oder viel eher, weil er genau das hatte, was den meisten fehlte: Vertrauen und Zuversicht. Unbeschwert drückte er Kim einen Kuss auf den Mund. »Emmi, können wir dich alleine lassen? Hast ja Begleitschutz«, sagte er dann, deutete auf Tom und zwinkerte ihr zu.

Die beiden schwatzten im Fortgehen angeregt miteinander, und Emily fühlte sich mit einem Mal, obwohl Tom ihr den Arm um die Hüfte legte, gar nicht wohl in ihrer Haut.

»Sorry, aber ich wäre jetzt gerne alleine«, sagte sie so höflich, wie es ging. Sie nahm die halb volle Sektflasche, die Sara vorhin in den Sand gesteckt hatte, und wanderte Richtung Golden Gate Bridge.

Immer weiter entfernte sie sich von der feiernden Menschentraube. Der Moment der Ruhe tat ihr gut. Liebevoll dachte sie an Dad, wie er mit seinen Kumpels, alle über sechzig, Backgammon spielte. Diese spontane Heirat mit Michael, der Wechsel nach New York … Hatte sie denn alles falsch gemacht? Prompt vibrierte ihr Handy in der Tasche der kurzen Jeanshose.

›Ich denke jeden Tag an dich, Schatz. Wir bekommen das wieder hin. Ich liebe dich. Für immer. Michael‹

Ausgerechnet das konnte sie jetzt gar nicht gebrauchen. Bekam ihr Ehemann eine Sonderbehandlung und durfte sein Smartphone in der U-Haft nutzen, nur weil er der Sohn eines reichen Politikers war? An welchen Mann sie beinahe täglich dachte, wollte sie erst gar nicht hinterfragen.

Mit den Füßen schob sie beim Gehen den nassen Matsch nach vorn. Am Ende des Sandstrandes gab es nur noch Felsen und die rote Brücke. Niemand hielt sich an diesem Strandabschnitt freiwillig auf. Sie ließ es zu, dass der Wind mit ihren Haaren spielte und sie dabei zart kitzelte. Mit dem Rücken setzte sie sich an einen Felsvorsprung, mitten in den feuchten Sand. Die Sektflasche platzierte sie neben sich. Sie schloss die Augen und lehnte ihren Hinterkopf gegen den harten Felsstein.

»Na, Hübsche. Ich habe dich überall gesucht.«

Augenblicklich schlug sie die Augenlider wieder auf. Das Meer drehte sich wie ein Kinderkarussell. Sie blinzelte. Wieso war dieser Tom ihr gefolgt?

»Schon vergessen? Ich wollte alleine sein«, sagte sie in

gleichgültigem Ton und zog die Schultern nach oben, weil sie plötzlich fror.

»Geht es dir nicht gut?« Er trat näher an sie heran und dabei fast auf ihren Fuß. »Soll ich dir aufhelfen?«, fragte er besorgt und reichte ihr die Hand. Sie sollte nicht so schroff zu ihm sein, immerhin wollte er ihr nur helfen.

»Entschuldige. Ich glaube, ich habe heute ein bisschen viel Wodka auf einmal getrunken.«

»Ist doch nicht schlimm.« Er zog sie hoch. »Dein Tattoo sieht übrigens toll aus.«

Es war seltsam, von einem fremden Mann Komplimente zu hören, noch seltsamer aber war, dass er ihr eine Strähne hinter das Ohr strich. Als sie realisierte, wie schnell sein Gesicht sich ihrem näherte, war es fast schon zu spät. Sie konnte ihn nur abrupt stoppen, indem sie die Hände gegen seine Brust presste.

»Sei mir nicht böse. Ich will das nicht.«

»Warum nicht?« Als hätte dieser Tom noch nie eine Abfuhr bekommen, legte er frech seine Hände um ihre Taille.

»Weil ich es nicht will.« Zurückweichen ging nicht. Hinter ihr gab es nur steile Felsküste.

»Vielleicht weißt du es nur noch nicht.«

Sie wollte sofort zu den anderen, doch er hielt sie am Oberarm fest und drückte so heftig zu, dass sie garantiert blaue Flecken davontragen würde.

»Lass mich los, Tom.« Eventuell brachte es etwas, seinen Namen zu schreien. Er reagierte nicht. Zutreten? Zuschlagen? Lauter werden? Was sollte sie tun?

»Was ist schon dabei?« Tom tätschelte ihr mit der freien Hand die Wange. »Hier unter der Golden Gate gibt es nur uns beide.«

Das Rauschen der Wellen machte Emily ganz schwindelig. Was passierte gerade? Sie würde zutreten. Jetzt.

»Was hast du denn für Komplexe?«, hörte sie in dieser Sekunde eine Stimme, die ihr vage bekannt vorkam.

Tom fuhr erschrocken herum, lockerte seinen Griff dennoch nicht.

»Chris?«, fragte sie tonlos. Die Szene war ihr mehr als peinlich, ausgerechnet vor ihm. Er beachtete sie gar nicht.

Tom kniff die Augen zusammen, als suche er nach einem Namen oder irgendetwas anderem. »Bist du nicht der Kerl, der es am Samstagabend im Club so übertrieben hat?« Er ließ Emilys Arm los.

»Gehst du freiwillig oder muss ich nachhelfen?«, sagte Chris herausfordernd.

»Hau doch selber ab.« Tom zuckte nur mit den Schultern, machte aber keinerlei Anstalten, zu verschwinden. Ganz dicht stellte Chris sich vor Tom, der daraufhin einen Schritt zurücktrat.

»Für mich ist Weglaufen keine Option.« Chris sah auf seine Hände, dann faltete er sie zusammen, als wäre er in der Kirche. »Vielleicht läufst *du* besser schon einmal los.« Es klang spöttisch, und man konnte Tom förmlich dabei beobachten, wie die Unsicherheit in ihm aufstieg.

»Du spinnst ja. Das ist es mir echt nicht wert.« Er rempelte Chris, der ihn bisher nicht angefasst hatte, im Vorbeigehen absichtlich an und suchte das Weite.

»Wer war denn der Trottel?« Eine eindeutig rhetorische Frage.

Mit einem Schlag fühlte Emily sich ernüchtert. Sie strich sich das Top in Form, was sie etwas beruhigte, und murmelte ein *Danke* in Chris' Richtung.

»Ich bin mit Lucas auf der Party verabredet.« Chris hob die Hände, als richte sie eine Waffe auf ihn. »Du brauchst dich also nicht aufzuregen, nur weil ich hier bin.«

»Lucas? Der ist doch mit meiner Schwester da.« Sie ließ sich zurück in den feuchten Sand sinken.

»Darf er deshalb keine anderen Freunde haben?«

»Er ist viel zu jung für dich.«

»Ich habe nicht vor, ihn zu heiraten.« Chris lachte über die unsinnige Diskussion und entlockte ihr damit ebenfalls ein Lächeln. »Er ist der Sohn einer Bekannten meiner Mom.«

»Aha.« Zu kompliziert. Sie musste sich zuerst sammeln, um den Schrecken der letzten Minuten zu verarbeiten. Zum Glück war nicht wirklich viel passiert. »Warum bist du bis hierher gelaufen? Die Party findet am oberen Ende des Strands statt.« Sie blieb im Sand sitzen, weil sie keine Lust auf eine Schwindel-Alkohol-Attacke hatte. Nachher fiel sie noch vor ihm wie ein Groupie in Ohnmacht. Das wäre peinlich.

»Sei froh, dass ich da war.« Ungewohnt nervös trat er von einem Fuß auf den anderen. »Um ehrlich zu sein, Kim hat mich gebeten, nach dir zu sehen.«

O nein. Sie versank hier im Selbstmitleid, während Kim ihre Hilfe benötigte? Emilys Handflächen schwitzten. Eine tolle Schwester war sie. »Ist was mit ihr?«

Unschlüssig sah Chris sie an, beinahe prüfend. »Sie macht sich Gedanken um dich.«

»Bei mir ist alles bestens«, sagte Emily und drehte die Sektflasche mit dem dicken Glasboden tiefer in den Sand. »Und tschüss.«

Er ignorierte ihre Abschlussfloskel, was sie ärgerte. »Du glaubst doch nicht, dass ich dich nach der Nummer eben noch einmal hier alleine lasse, Emily Jones.«

»Willst du mich ab heute stalken?«

Er biss sich auf die Unterlippe und starrte zu der Menschenmenge am Ende des Sandstrands hinüber. »Du hast jedenfalls genug getrunken, denke ich.«

»Von welchem Club hat der Typ vorhin gesprochen?« Ihre Worte durchschnitten die warme Meeresluft, die beim Sprechen salzig schmeckte. »Was tust du da und vor allem, wieso kommst du grün und blau nach Hause?«

»Ich schlage mich mit anderen.«

»Was?« Mit weit aufgerissenen Augen beugte sich Emily nach vorn. Hatte sie ihn falsch verstanden?

»Ich schlage mich mit anderen«, wiederholte er ernst.

An den Fels gestützt richtete sie sich auf und wollte einen Schritt auf ihn zugehen, aber der Sand war zu weich. Mit dem Fuß knickte sie darin um. »Verflixt.«

»Mann, was hast du denn alles getrunken?«, fuhr Chris sie an.

»Ich bin vollkommen klar. Also?«

Mit dem Fuß zog er einen Kreis auf dem Strand. »Es gibt da diese Keller in der Montgomery Street. Überwiegend Finanzmenschen und ich.« Er wand sich verlegen. »Es ist nur Kampfsport, nach fixen Regeln natürlich.«

»Die Regeln habe ich in deinem Gesicht gesehen«, sagte sie und konnte ihre Sorge um ihn nicht verbergen.

»Der Sieger erhält ein Preisgeld. Ich weiß, dass sich das dumm anhört, und irgendwie ist es das auch«, erläuterte er ausweichend. »Aber es ist schnelles Geld, das wir dringend benötigen. Wir brauchen auf dem Gut immer wieder Maschinen und andere Dinge, eine neue Weinpresse und …«

Mut kroch in ihr hoch, und sie hatte nicht vor, das Thema auf sich beruhen zu lassen. »Das ist das, was du von deinem Leben erwartest, Chris? Dich mit irgendwelchen Typen in Kellern zu prügeln? Du lebst nicht in einem Kinofilm.« *War der eigentlich noch bei Trost?* »Du könntest als Arzt im Krankenhaus arbeiten und dein Gehalt auf normalem Weg verdienen.«

»Das geht nicht so einfach. Für eine Zulassung als Arzt muss ich erst die Assistenzarzt-Zeit absolvieren. Außerdem ist es nur Kampfsport, Emily. Und ich kann das nun einmal gut. Es sind schnell verdiente Dollars. Halb so dramatisch, wie du es machst. Ich habe es eine Zeit lang übertrieben, aber das funktioniert nicht mehr wegen …«

»… deiner Verletzung an der Rippe?«

Es schien so, als habe er genug von ihr, jetzt, da sie sein Geheimnis kannte. Gut, dann eben nicht. Sie würde zu den anderen zurückgehen und ihn hier stehen lassen mit seiner verdrehten Art, seinem komischen Hobby und überhaupt. Sie stieß sich von dem Felsen ab, strauchelte und fiel direkt in seine Arme. Sein langärmeliger Kapuzenpullover fühlte sich warm an ihren nackten Oberarmen an.

»Es reicht. Wir gehen. Ich fahre dich nach Hause«, sagte er bestimmt. »Wer weiß, was du heute Abend sonst noch alles anstellst.«

Ganz sicher würde sie sich von Chris MacGowan nicht sagen lassen, wann sie ins Bett zu gehen hatte. Die Umgebung wirkte etwas verschwommen auf sie. Gab es doch Strandliegen, die weiter hinten übereinandergestapelt zu erkennen waren? Wodka, Wodka-Energy und Sekt waren eben keine optimale Mischung – auf jeden Fall war es kein neues Sommergetränk. Aber das musste ja nicht sein Bier sein.

Emily lachte auf. Sein Bier, haha. Das passte.

»Du kannst gerne heimfahren, Chris. Ich bleibe hier und amüsiere mich. Und zwar blendend.«

»So wie vorhin? Wie soll dein Amüsement denn aussehen?«

»Na, bestimmt nicht wie du.« Sie betonte das du und fing seinen starren Blick auf. Während sie kurz schwieg, hob Chris ein Steinchen auf und warf es ins Meer. Der flache Stein hopste über die Wasseroberfläche, bevor er unterging. »Ich bin ja schließlich die Frau deines, in Anführungszeichen, besten Freundes. Übrigens habe *ich* Michael mein Eheversprechen gegeben und nicht du«, fuhr sie dann doch fort.

»Ich kann das Wort Versprechen nicht mehr hören«, sagte Chris so nachdrücklich, weshalb es in ihren Ohren nachhalte. Immer noch stand er dicht vor ihr, versuchte sie jedoch nicht anzusehen, fast so, als habe er Angst, sich sonst zu verlieren. Er sagte nichts, wobei diese Pause für Emily kaum auszuhalten war, der geringe Abstand zwischen ihnen auch nicht.

»Was denkst du, Chris?«

Er wandte ihr das Gesicht zu und sah aus, als müsse er genau überlegen, was er als Nächstes sagen oder tun würde. Das intensive Grün seiner Augen verblasste in der Dämmerung, der liebevolle Ausdruck, mit dem er sie ansah, blieb.

»Ich würde gerne mit dir irgendwohin fahren, wo wir alleine sind.« Trotz des Meters Entfernung merkte sie, wie sich sein Brustkorb schneller hob und senkte als zuvor. »Aber es ist falsch: Du hast getrunken und ...«

Alles in Emily prickelte, ein Gefühl wie Regen und Sonnenschein zusammen. Sachte fasste Chris Emily an den Schultern und schob sie langsam rückwärts gegen den Felsen. Emily spürte, wie er zuerst ihre Haare berührte, dann platzierte er seine Hände neben ihrem Kopf auf der steinigen Wand. Zärtlich legten sich seine Lippen auf ihre, und die Mauer, die sie um ihr Herz gezogen hatte, bröckelte. Sie erwiderte seinen Kuss, bog ihren Rücken durch, als sie seine Fingerspitzen fühlte, die am Saum ihrer Hotpants entlangfuhren und eine erregende Spur hinterließen. Die Schmetterlinge in ihrem Bauch waren zurück, zahlreicher als jemals zuvor.

»Michael wird es erfahren«, wisperte sie atemlos.

Doch Chris antwortete nicht. Stattdessen hob er sie mit spielerischer Leichtigkeit auf seine Hüften und drückte sie gegen den Felsvorsprung. Sie konnte und wollte nichts anderes, als ihn zu küssen – immer und immer wieder.

»Was ist mit deiner Rippe passiert?«, hauchte sie, als sie über die sensible Stelle fuhr.

»Nur ein Unfall«, hörte sie ihn in ihre Haare flüstern, es genügte ihr für den Moment. Sein Dreitagebart kitzelte an ihrer Wange, und sie mochte, wie sie ihm bis unter das Kinn reichte. Er trat einen Schritt zurück, ließ sie hinab und zog seinen Kapuzenpulli über den Kopf – wohl, weil er ihre Gänsehaut an den Armen gespürt hatte. Dabei hätte sie nicht sagen können, ob ihre Haut auf die Kälte reagierte oder auf die Wellen der Erregung, die durch ihren Unterleib zogen. Sie wollte mehr – viel mehr.

Während sie sich seinen Pullover überstreifte, tippte Chris abwesend auf seinem Smartphone herum. »Ich sage Kim Bescheid, dass du bei mir bist.«

Es war ihr also nicht nur vor der Glide Memorial Church so vorgekommen, als sei er ehrlich besorgt um ihre Schwester. Er war wirklich nicht der unnahbare Kerl, den er so gerne darstellte. Aber wieso hatte er eigentlich Kims Handynummer?

»Du magst Kim, oder?«, fragte Emily leichthin. Es war keine Frage, derentwegen man betreten schlucken musste, so wie er es tat. Augenblicklich wich er ihrem zweifelnden Blick aus und spielte weiter an seinem Handy.

»Ich muss dir etwas erzählen«, sagte er dann und es klang nicht gut. »Ich will nicht, dass das hier mit einer Lüge anfängt.«

»Geht es um dein Medizinstudium? Um diese Kampfsportsache und die Rippenverletzung?«, wollte sie ihn in die richtige Richtung lenken. »Ich habe zufällig mit der Praxis von Dr. Matthews telefoniert.« Sie ließ sich auf einen Steinvorsprung sinken, er setzte sich dicht neben sie. Wenn er ihr etwas von sich offenbarte, könnte sie vielleicht auch das ein oder andere Geheimnis loswerden: die Rezeptseiten, der Red-River-Deal, die gestohlenen Briefe.

»Emily, was ich dir jetzt sage, wird dich verändern. Aber ich möchte unbedingt, dass du es weißt.« Er war ihr nah wie eben und gefühlt doch so unsagbar fern, dass es sie ängstigte.

»Ich habe dich schon immer …« Er stockte, legte seine Hand auf ihr Knie. »Egal. Ich muss dir zuerst eine Sache erklären.«

Sie lachte kurz auf, einfach nur, weil sie nicht so recht wusste, wie sie mit ihm umgehen sollte.

»Es geht um Kim«, fuhr er ruhig fort.

Ungläubig sah sie ihn an. Kim war einundzwanzig Jahre, Chris dreißig Jahre alt. Was sollte sie mit ihm gemeinsam haben? Damals als Emily in Napa gelebt hatte, kannten die beiden sich so gut wie gar nicht. Als ahne sie etwas Schreckliches, zog sie ihr Knie unter seiner Hand weg.

Ruhelos knibbelte er am Stoff seiner Cargohose. »Als deine Schwester dreizehn Jahre alt war …«

»O Gott. Ich will es nicht hören. Ich will es echt nicht hören.« Sie presste die Ärmel des Kapuzenpullis auf die Ohren, hörte aber, wie er weitersprach.

»Da passierte dieser Unfall. Der Motorradfahrer, der deine Schwester … als sie über die Straße …« Er verbarg das Gesicht in seinen Handflächen.

Was? Emily riss die Augen auf. Das durfte nicht sein.

»Der Motorradfahrer, der deine Schwester angefahren hat … war …« Chris' Körper bebte, während Emily nichts sagen konnte.

Jede einzelne seiner Narben schien ihr mehr als gerechtfertigt. Sie zitterte. Buchstaben und Worte wollten ihr nicht einfallen. Ihre Lippen bewegten sich nicht und ihre Gelenke versteiften sich – so musste es sich anfühlen, zu erfrieren. Niemand wusste, wer Kim überfahren hatte, und es war gut so. Sonst hätte sie oder Dad denjenigen aus Wut, Trauer und Hass – all jenen Gefühlen, die sie damals überrollten – wahrscheinlich umgebracht.

»Ich …«, sagte Chris – der Mann, der nach eigenen Angaben jedes schlechte Klischee erfüllte.

»Du?« Wie vom Blitz getroffen, sprang sie auf. *Du warst das?*

Sie rang nach Luft, dann rannte sie los, hörte kaum, wie er ihren Namen rief, stolperte über den Sand und lief den Strand hoch bis zur Straße. Mit ausgestrecktem Arm hielt sie das herankommende Taxi an.

Chris war ihr nicht gefolgt. Es war vorbei.

Auf der Lederrückbank presste sie ihre kalten Beine aneinander und keuchte vor Anstrengung.

Was hatte er gesagt? Wie lauteten seine genauen Worte?

Einfach nur: »Ich …«

9. Kapitel

In dieser Nacht hatte Emily nur mit Mühe einschlafen können, zu viele Fragen geisterten durch ihren Kopf. Sie hatte gehört, wie Kim von Lucas nach Hause gebracht wurde. Ihr ansteckendes Gelächter hallte durch die Holzwände, als bestünden sie nur aus ein paar zusammengenagelten Spanplatten. Trotzdem war Emily wie erstarrt im Gästebett liegen geblieben; sie konnte ihrer Schwester nicht erzählen, dass sie erfahren hatte, wer damals der Unfallverursacher gewesen war. Das Handy hatte sie ausgeschaltet und sich die Bettdecke über die Ohren gezogen, erst dann war sie in einen traumlosen Schlaf gefallen.

»10 Uhr Abfahrt? Emmi, was soll dieser kuriose Zettel an meiner Tür?« An diesem Morgen sah Kim Jones mit ihrer bunten Kleidung aus wie eine Regenbogen-Elfe. Ihre feinen Haare klebten duschfeucht und wie glatt gebügelt an ihrem Kopf und … sie hatte keine Ahnung.

»Hast du Lust, mit auf das Black-Dragonfly-Gut zu fahren?«, fragte Emily so, dass es beiläufig klang, und sortierte Dads Küchenhelfer um. Wer hatte die Kochlöffel, Pfannenwender und Schneebesen bloß alle in die falschen Schubladen verteilt?

Kim blinzelte argwöhnisch. »Was soll *ich* denn auf einem Weingut?«

Emily dachte krampfhaft nach. Eventuell war ihre spontane Idee, Chris direkt mit Kim zu konfrontieren und umgekehrt, doch nicht so brillant. Kim war mit ihrem Leben glücklich, so wie es war. Vielleicht wollte sie gar nichts mehr von ihrem schrecklichen Unfall hören, und vielleicht schadete ihr das Wissen um die wahren Umstände sogar. Das durfte auf keinen Fall passieren. Am besten fühlte sie behutsam vor und fand heraus, wie Kim überhaupt zu ihrer Vergangenheit eingestellt war. Wenn es nur nicht so schwer wäre.

»Kim«, setzte Emily vorsichtig an, wurde jedoch von einem heftigen Klopfen unterbrochen. Die morsche Verandatür wackelte unter den Schlägen.

»Also Dad ist es sicher nicht. Der ist zur Arbeit, und er klopft nie an.« Sie hatte den Satz kaum beendet, da war Kim schon unterwegs zur Tür.

»Ist deine Schwester da? Ich erreiche sie nicht.« Chris' tiefe Männerstimme jagte Emily einen derartigen Schauer über den Rücken, dass ihr der Holzlöffel, den sie gerade in die richtige Schublade einsortieren wollte, aus der Hand rutschte. Mit einem dumpfen Aufprall landete er auf den Fliesen, das Geräusch kam ihr vor wie eine kleine Explosion.

Wie konnte er es wagen, in ihrem Zuhause aufzutauchen? Außerdem wirkte er nicht besonders schuldbewusst auf sie. Er kämpfte lediglich damit, nicht von dem altersschwachen Fliegengitterschutz erschlagen zu werden. Beim Eintreten bückte er sich, als wäre der Türrahmen zu niedrig für ihn, was gar nicht der Fall war. Dann stand er mit einem Mal mitten im Raum und knetete mit ausdrucksloser Miene die Hände. Keiner sagte etwas.

Kims Blick wanderte von einem zum anderen, bevor sie mit ihrem Fortbewegungsmittel auf die Küchentür zusteuerte. »Hier sind mir zu viele negative Schwingungen. Ich lasse euch mal lieber alleine.«

»Bitte bleib.« Emily erkannte ihre eigene zittrige Stimme kaum wieder. Der Rollstuhl hielt auf halbem Weg, drehte sich und ein verwirrtes Paar hellblauer Augen musterte überrascht ihr Gesicht.

Chris schien unterdessen die Staubkörner auf dem Fliesenboden der Küche zu zählen. »Ich musste ihr die Wahrheit sagen«, flüsterte er so leise, als rede er mit sich selbst.

Die eigentliche Botschaft drang nur sehr langsam zu Emilys Gehirnzellen durch: Chris MacGowan hatte gar nicht mit ihr gesprochen, er redete mit ihrer Schwester.

Kim schluckte und schloss die Augen. »Warum hast du das getan?«

In dieser Sekunde taumelte Emily zwei Schritte zurück, weil sie offenbar die Einzige war, die bislang im Dunkeln tappte. Abwehrend kreuzte sie die Arme über der Brust, als ihre Schwester auf sie zukam. »Du hast das gewusst? Dad auch?«

»Wir dachten nicht, dass irgendjemand Chris' Familie so nahekommt wie … wie du.« Zerknirscht kaute Kim auf ihrem Daumennagel herum. »Dad weiß nichts, und das soll auch so bleiben«, sagte sie mit einem warnenden Unterton in der Stimme.

Es fiel Emily nicht leicht, die Wut, die mit aller Macht an die Oberfläche drängte, im Zaum zu halten. »Dachtet ihr! Es ist dir also egal, dass dieser Kerl dich angefahren hat?« Anklagend deutete sie mit dem Kinn auf den einzigen Mann in der viel zu kleinen Wohnküche – und der war nicht imstande, sie anzuschauen. »Ist es dir etwa gleichgültig, dass du wegen ihm im Rollstuhl sitzt?« Am liebsten hätte sie Chris den Hals umgedreht, ihn aus dem Haus geschmissen, irgendetwas.

»Es ist passiert. Wäre es nicht dumm von mir, wenn ich mich immer noch damit belasten würde?« Kims Leichtigkeit im Umgang mit Chris war nicht zu fassen. Bis sie sagte:

»Ich habe da so ein ungutes Gefühl, Emmi. Von wem redest du eigentlich?« Ihre hellblauen Augen strahlten nicht mehr ganz so hell, und tiefe Falten hatten sich in Kims Stirn gegraben.

Als erwarte er ebenfalls eine Antwort, lehnte Chris sich an die Küchenzeile und hob die Augenbrauen.

»Du hast mich gestern nicht ausreden lassen, Emily. Ich fahre kein Motorrad«, erklärte er nach einer schweigenden Ewigkeit. Sein Blick glitt gen Zimmerdecke. »Ich habe noch nicht einmal einen Motorrad-Führerschein.« Dann traf seine Faust die Küchenablage. »Ich hätte ihn …«

»Das wollte ich nicht«, schaltete Kim sich beschwichtigend von der Seite ein und sah Chris lange an. »Er hat es mir damals selbst gestanden, und nur das zählt für mich.«

»Herrgott! Wer?« Ungeduldig ging Emily neben dem Rollstuhl in die Hocke, warf einen Blick über die Schulter und suchte in Chris' grünen Augen nach der Lösung. Doch der sah sie nur ausdruckslos an.

»Als er nach Brasilien verschwunden und nicht mehr wiedergekommen ist, war es egal«, sagte Kim. »Er ist weg und es hätte ohnehin nichts geändert.«

»Daniel MacGowan«, hauchte Emily. Ihre Knie wurden weich und sie musste sich auf einen Stuhl setzen.

»Aber er hat sich bei mir entschuldigt.«

»Für das, was er getan hat, gibt es keine Entschuldigung.« Emily wollte ihn auf der Stelle suchen, ihn anzeigen, ihn einsperren lassen – das alles, obwohl sie wusste, dass sie kein Recht dazu hatte, jemanden zu verurteilen. Es war einzig und allein Kims Entscheidung, wie sie damit umging.

»Es war ein Unfall, Emmi«, sagte Kim sanft. »Manchmal sollte man die Schubladen mit dem ganzen Ballast in Ruhe lassen, wenn sie einmal verschlossen wurden. Man sollte sie nicht aufreißen und darin herumwühlen. Das tut selten gut.«

Das Schluchzen kam schneller, als Emily es kontrollieren konnte. »Warum bist du nur so verflucht vernünftig?«

»Du und Dad, ihr hättet es ja sooo gut aufgenommen, wenn ich es euch erzählt hätte. Genauso wie Chris, als er es erfahren hat.« Ihre Schwester lachte spöttisch auf. »Wer weiß, wozu Dad fähig gewesen wäre. Dabei hätte es nichts für mich verändert.«

»Für mich hätte es aber eine ganze Menge geändert, zu wissen, wer es war.« Emily rieb sich über die Stirn, heiß und kalt war sie, und der Schweiß klebte auf ihrer Handfläche.

»Ich wollte meine restliche Familie nicht auch noch verlieren.« Das, was Kim noch nie getan hatte, tat sie jetzt. Sie wurde laut. »Ich hatte doch nur noch euch zwei – dich und Dad.«

Der Stuhl fiel krachend um, als Emily aufsprang und sie umarmte. »Du bist verrückt, Kim.«

»Na, da bin ich hier ja nicht die Einzige. Außerdem ist das in meiner Welt etwas Gutes. Wer will schon normal sein?« Kim versuchte, sich aus Emilys Umarmung zu befreien. »Es ist ziemlich anstrengend, wenn du so anhänglich bist, Emmi.« Dennoch drückte Emily sie fester an sich als zuvor.

»Ich habe ihn angezeigt, als ich es erfahren habe. Leider viel zu spät.« Der Satz kam so hastig, dass Chris sich beim Sprechen fast verschluckte. »Aber Kim wollte, dass ich die Anzeige sofort wieder zurückziehe.«

»Sie war dreizehn Jahre alt, Chris. Du hättest es uns sagen müssen.« Emily richtete sich auf und wäre am liebsten auf ihn losgegangen. Wie hatte er so etwas Wichtiges für sich behalten können?

»Sie war fünfzehn, als ich es herausgefunden und Daniel

angezeigt habe. Und sie wollte es nicht, verdammt noch mal. Was hätte ich denn tun sollen?«

»Manchmal sind die Dinge gut so, wie sie sind.« Kim hielt Emily am Handgelenk fest. »Ein langwieriger Schmerzensgeldprozess hätte doch niemandem gedient. Mir jedenfalls am allerwenigsten.«

»Daniel hat versprochen, er verschwindet von hier. Dann war er von heute auf morgen tatsächlich weg.« Chris wandte den Kopf ab, schritt zur Verandatür und stieß sie auf. Die Gittertür klapperte gegen die Hauswand.

Emily registrierte, wie er sich draußen auf der Veranda mit beiden Händen auf dem Geländer abstützte. Sie betrachtete ihn einen Augenblick, wie er mit hängenden Schultern dastand. Um das alles zu verarbeiten, hätte sie unendlich viel Zeit gebraucht, aber Tage oder gar Wochen hatte sie nicht. Auffordernd tippte Kim ihr mit dem Zeigefinger gegen den Oberschenkel. »Geh schon. Ich bin okay. Lucas holt mich gleich ab.«

»Du bist unglaublich.« Emily nahm Kims Gesicht in ihre Hände und drückte ihr einen Kuss auf die Stirn.

»So unglaublich ist das gar nicht. Man muss halt *wollen*. Wer nicht will, der hat verloren.« Die Schatten unter ihren Augen waren zurückgekehrt. Man sah ihr deutlich an, wie sehr es sie anstrengte, stets fröhlich zu sein. »Ich will einfach kein Verlierertyp sein, Emmi.«

Das war sie wirklich nicht.

Als Emily auf die Veranda trat, sah Chris nicht auf. Vielleicht schämte er sich, ihrem Blick zu begegnen. Dabei war es gar nicht seine Schuld. Eigentlich gab es nichts, was sie ihm vorwerfen konnte. Nichts von dem, was er getan hatte, war verwerflich. Im Gegensatz zu dem, was sie selbst tat. Sie sog schmerzlich die Luft ein. Es war Zeit, ihm alles zu beichten.

»Was willst du noch von mir, Emily Jones?« Er blieb auf die Brüstung gestützt stehen. »Ich bin nicht gut genug für dich. Nun weißt du es.«

Sie stellte sich neben ihn, ohne ihn zu berühren. »Du hast mir mal angeboten, mich zum Strand zu begleiten. Lass uns genau das tun. Jetzt.«

Ausdruckslos starrte er in den blauen Himmel. Seine Kiefermuskeln spannten sich an und er nickte stumm. Emily ging die Verandastufen hinunter und steuerte auf Chris' Land Rover zu. Sie drehte sich nach ihm um. »Kommst du?«

»Sie will ans Meer und hat gar keinen Bikini«, hörte sie Kim stöhnen, die ihnen auf die Holzterrasse gefolgt war. Als sei Badezeug im Moment wichtig.

Eine Weile fuhren sie wortlos in Richtung San Francisco und Chris drückte zwischendurch angespannt auf den Radiotasten herum. Die Atmosphäre in dem Land Rover war aufgeladen, so wie es nicht anders zu erwarten gewesen war und so wie Kim es nicht wollen würde.

»Wie sollen wir damit umgehen?«, fragte Emily, kurz bevor sie auf die Golden Gate Bridge auffuhren, die ihnen ein viel zu friedliches Panorama aus Meer, Brückenstreben und Hochhäusern bot.

»So wie deine Schwester vermutlich«, antwortete Chris und atmete aus. Seine Hände umfassten das Lenkrad so fest, dass seine Knöchel weiß hervortraten.

Es wurde Zeit, all das, was gestern und heute passiert war, hinter sich zu lassen. »Da ich ja keine Strandsachen dabei habe, wie wäre es, wenn wir irgendwo etwas zu Mittag essen?«, schlug Emily deshalb vor. Pasta und Pizza gingen doch eigentlich immer. »Italienisch?«

»Ich glaube, wir werden keinen Italiener finden, der bessere Pasta zaubert als meine Mom«, sagte Chris und lächelte zum ersten Mal wieder. »Was hältst du stattdessen von Mongolian Barbecue?«

Bisher hatte Emily nur ein einziges Mal in ihrem Leben mongolisch gegessen, in irgendeinem hippen Restaurant in New York, und außer der überaus anstrengenden Unterhaltung mit Michaels Chef war ihr von diesem Abend nichts in Erinnerung geblieben. »Was genau ist mongolisches Grillen?«

»Fleisch und Gemüse werden in einer Art Wok zusammen angebraten. Es ist eher eine Grillplatte, daher der Name Barbecue.« Es tat Chris sichtlich gut, über etwas anderes als seinen Bruder reden zu können. »Obwohl es mit dem Grillen, so wie wir es kennen, nicht wirklich viel zu tun hat. Aber vorher möchte ich gerne mit dir noch woandershin fahren.« Er wirkte gelöster, fast aufgeregt. Das düstere Geheimnis, das ihm auf der Seele lag, schien ihn weniger zu vereinnahmen, auch wenn das Dunkel nicht vollständig verschwunden war.

Während der Land Rover durch die Straßen von San Francisco kurvte, schaute Emily gespannt aus dem staubigen Seitenfenster. Viktorianische Häuserketten zogen an ihnen vorbei und der für den Hochsommer so bezeichnende Nebel kroch vom Meer in die Stadt hinein. Als sie eine gute Stunde später auf dem Parkplatz des Golden Gate Parks ausstiegen, war die Temperatur um mindestens fünf Grad gesunken. Chris nahm eine dunkelblaue Baumwollweste vom Rücksitz und reichte sie ihr. »Falls dir wieder kalt wird.«

Es kam ihr seltsam vertraut vor, Seite an Seite mit Chris die Parkanlage zu durchqueren. Sie passierten die Mondbrücke, die sich steil aufwölbte und im Wasser eines dekorativen Teichs spiegelte. Durch ein Labyrinth aus kunstvoll gestutztem Bambus, Azaleen und Kirschbäumen gelangten sie schließlich zu dem Japanischen Teehaus, das mit den roten Dachziegeln eher an einen kleinen Tempel als an ein Haus erinnerte. Der bitter-scharfe Duft von frisch aufgebrühtem Grüntee lag in der Luft und eine Kellnerin, die offenbar auf den Namen Yui hörte, geleitete sie an den einzigen freien Tisch direkt neben einer gewaltigen Buddha-Statue aus Bronze.

»Ungefähr so sahst du aus, als du mit leerem Tank auf der Golden Gate Bridge gestanden hast«, witzelte Chris, als sie sich im Schneidersitz auf den japanischen Hockern niederließen. Emily begutachtete amüsiert den stets lächelnden Bronzegefährten.

»Das hier ist unser erstes Date, Emily.«

Sie konnte die Wärme, die sich in ihrem Herzen ausbreitete, spüren, auch wenn sie nicht wusste, ob sie sie wahrhaben wollte. Ihr Blick fiel auf ihren Ehering. Seit sie das Schmuckstück damals in Chris' Land Rover und anschließend gleich noch einmal in der Scheune des Guts verloren hatte, hatte sie ihn nicht mehr abgenommen. »Es ist ein Date«, bestätigte sie abwesend.

»Der Insiderhandel. Ich habe es im Internet recherchiert«, sagte Chris ruhig. »Erzähl mir bitte nicht, Michael wusste nicht, wie strafbar das in seinem Business ist. Ausgerechnet jemand wie Michael Carsen.«

In Emilys Kopf tobte ein Orkan, sie musste sich zwischen *Michael verteidigen* und *Chris hat recht* entscheiden. Chris hatte recht. Natürlich hatte er das; nur leider waren Red Rivers Pläne auch eine Straftat. Betreten schluckte sie und war dankbar, als Yui sich mit zwei verschnörkelten Teetassen neben dem quadratischen Tischchen aufbaute.

»Wollen Sie Yin-Yang-Tee?« Der Bronzebuddha überragte die beflissene Servicekraft um mindestens zwei Köpfe. Da es ihr ohnehin schwergefallen wäre, sich zwischen den vielen Teesorten zu entscheiden, nickte Emily nur ergeben. Nachdem Yui die Tassen sorgsam mit den Henkeln nach außen vor ihnen positioniert hatte, tippelte sie zum Nachbartisch.

»Yin Yang. Scheint der Tee des Tages zu sein.« Um Chris' Augen bildeten sich fröhliche Lachfältchen, die sie bisher noch nie bei ihm wahrgenommen hatte. »Schwarz und weiß, die Gegensätze, die sich gegenseitig brauchen. Ich sehe da gewisse Parallelen. Du nicht?« Er grinste etwas zu schelmisch für sein sonst eher reserviertes Auftreten. »Licht und Schatten eben.«

»Und Mister MacGowan ist natürlich das Licht.« Emily hätte sich gerne zurückgelehnt, allerdings saßen sie auf diesen niedrigen Hockern, womit eine lässige Grundhaltung ohnehin wegfiel. So entspannt wie möglich straffte sie den Rücken und nippte an ihrem Getränk. »Der Tee ist gut.«

Chris nickte und sah ihr direkt in die Augen. »Eigentlich schuldest du mir ja noch etwas dafür, dass ich dich gestern vor diesem Typen gerettet habe.« Er strich bedächtig mit der flachen Hand über die rote Holzplatte des Tisches. Kleine Grübchen bildeten sich auf seinen Wangen. Sein Selbstbewusstsein war nach dem Tiefschlag mit Kim zu ihm zurückgekehrt.

»Gut, du hast zwei Wünsche frei.« Es war schon ausgesprochen, bevor sie darüber nachdenken konnte. Sie hatte ihm freiwillig zwei Wünsche versprochen? *Na, großartig.*

»Alles, was ich will?«, fragte er sofort nach.

»Das war ein bisschen vorschnell von mir«, ruderte sie zurück, aber er hörte ihr gar nicht zu. Stattdessen schob er seine Tasse hin und her und tat, als würde er ausgiebig überlegen.

»Erstens.« Seine Lippen zogen sich zu einem breiten Grinsen auseinander. »Ich wünsche mir, dass du mich nach dem Essen auf ein Getränk in mein Appartement begleitest. Du weißt ja noch nicht, wo und wie ich überhaupt wohne.«

Erleichtert atmete Emily auf. Den Wunsch würde sie ihm ohne Weiteres erfüllen. Insgeheim hatte sie sich bereits mehrfach versucht vorzustellen, wie Chris' Wohnung aussehen könnte: wie die eines angehenden Arztes oder wie die eines rustikalen Weinbauers? Oder keines von beidem? Von katastrophal bis schick war alles möglich. Yui tippelte an den Tisch und stellte eine Schale mit Nüssen vor ihnen ab, die sie nicht bestellt hatten, die aber offenbar zum Tee gehörten. Die grünen Wasabi-Nüsse schmeckten so scharf, dass Emily husten musste. »Okay. Hast du noch weitere Wünsche?«

»Unzählige.« Er warf ihr einen intensiven Blick zu und studierte dann die Teekarte, während Emily wiederum ihn studierte: Seine Hände und Arme waren sehnig, und man sah ihm an, wie viel er körperlich arbeitete. Die Kämpfe für Geld waren wohl verantwortlich für die ein oder andere verblasste Narbe – vielleicht auch für die an seiner Rippe. Es war immer noch unvorstellbar für sie, dass er das wirklich tat, nur um das Gut zu erhalten oder um seiner Mutter mit einer neuen Küchenmaschine eine Freude zu bereiten.

»Darf ich dir im Gegenzug zu den zwei Wünschen dann zwei Fragen stellen?« Kühn lehnte Emily sich vor.

»Meinetwegen, Miss Jones«, sagte er ruhig, ließ die Teekarte sinken und legte seine Hände auf den Tisch.

»Hast du deinen Bruder gemocht?« Sie erwartete halb, dass seine Miene sich verschließen würde, aber im Gegensatz zu sonst verfiel er nicht in dumpfes Brüten, weil sie ein mehr als heikles Thema angeschnitten hatte. Stattdessen beugte er sich vor, die Handflächen geöffnet, als sei er bereit für die ungeschminkte Wahrheit.

»Als wir Kinder waren, war ich froh, nicht alleine mit meinen Eltern und ihrer ewigen Streiterei zu sein. Aber dass Daniel und ich grundverschieden sind, habe ich schon immer gemerkt. Ich war oft ein Hitzkopf, allerdings nicht so wie er. Er war unüberlegt, unerbittlich, verantwortungslos. Ob ich ihn gemocht habe?« Chris griff nach seiner Tasse und leerte sie in einem Zug. »Weiß nicht. Kim und du – euch verbindet dagegen etwas Besonderes, finde ich.«

Ein warmes Gefühl der Dankbarkeit erfüllte Emily von einer Sekunde auf die andere. Sie dachte an die *Schwestern-Bank* unter dem Apfelbaum, an das eingeschnitzte K, das Kim mittlerweile als W interpretierte – *W wie wunderbar.* Mit einem Mal wusste Emily ganz genau, was sie wollte. Als wäre der Knoten geplatzt oder ein Vulkan explodiert, genauso fühlte es sich in ihrem Inneren an. Sie wollte in Zukunft für ihre Familie da sein: für Dad und für Kim. Befreit atmete sie ein, um Zufriedenheit auszuatmen. »Du hast noch einen Wunsch frei, Dr. MacGowan«, sagt sie dann mutig.

»Und du darfst mir noch eine Frage stellen.« Das Spielchen schien ihm richtig Spaß zu machen, und er schaute, wie sie fand, ziemlich herausfordernd.

»Wie hast du es geschafft, dein Medizinstudium gchcim zu halten?«

»So etwas interessiert dich?«, feixte er. »Ich habe Geld und das Appartement von meiner Tante geerbt. An einigen Wochentagen habe ich den Pflichtveranstaltungen an der Uni beigewohnt, ansonsten die Planungen rund um das Weingut vorangetrieben. Die schnellen Dollars, die ich nachts in der Montgomery Street verdienen konnte, haben mir extrem dabei geholfen, beides umzusetzen.« Laute japanische Musik dröhnte aus den Boxen neben ihnen und ließen ihn kurz innehalten, bis Yui leiser gedreht hatte. »Außerdem bekommt mir die Trennung zwischen den zwei Welten, San Francisco und Napa, sehr gut.«

Klang logisch. »Dann hattest du für Frauen wahrscheinlich keine Zeit.« Warum hatte sie das, auch noch in diesem erleichterten Ton, gesagt? Am liebsten hätte sie ihre Augen mit den Händen bedeckt und sich dadurch unsichtbar gemacht, wenn das funktionieren würde. War sie etwa eifersüchtig, weil er sicherlich nicht gerade keusch gelebt hatte?

»Dass ich keine Zeit für Frauen hatte, würde ich nicht behaupten«, antwortete er prompt. »Aber manchmal will man nur die Eine.« Seine Hand legte sich auf ihre.

Die spontane körperliche Nähe machte sie verlegen, weshalb sie nur recht leise weitersprechen konnte. »Was ist dein zweiter Wunsch?«

»Ein Kuss von dir.« Seine verführerischen Augen blitzten auf, und sie musste lachen. »Wunsch ist Wunsch.«

Eigentlich würde sie ihm gerne sagen, dass sie so nicht gewettet hatten und er sich gefälligst ein anderes Anliegen überlegen sollte. Doch wenn sie ehrlich war, sehnte sich alles in ihr danach, seine Lippen noch einmal auf ihren zu spüren. Als sei ihre Antwort klar, beugte er sich vor, legte seine Hände an ihre Wangen und küsste sie so leidenschaftlich über den Tisch hinweg, dass sie nach Atem rang und es schmerzlich bedauerte, als er sich wieder von ihr löste.

Das mongolische Barbecue vergaßen sie, stattdessen landeten sie direkt in Chris' Wohnung im South of Market

District. Die Wohngegend, in der viele Geschäftsleute unterwegs waren und die von dem beeindruckenden Fährgebäude sowie den Wolkenkratzern geprägt war, überraschte Emily ebenso wie die Ausstattung seines Appartements.

»Hier wohnst du also?« Ein Loft, achtzig oder neunzig Quadratmeter, eine einzige große Fläche. Es gab eine braune Ledercouch, einen Holzesstisch mit Stühlen und einen Pappkarton, der als Couchtisch fungierte. Die Küchenzeile war bescheiden. Auf dem Fußboden flogen ein paar lose Zeitungen herum, die Chris offenbar gelesen hatte. Wären da nicht die vielen Bücherregale, würde sich die Wohnung vermutlich ziemlich leer anfühlen. Dennoch war dieses Loft mitten in San Francisco zweifellos ein kleines Vermögen wert. »War Kate schon einmal hier?«

»Sie ist kein Stadtmensch.«

»Bist du einer?«

»Ich bin zumindest kein Weinbauer.«

Emilys Blick wanderte zu dem Bücherregal, das sich über die komplette Seitenwand zog und bis zur Decke reichte. Medizinische Fachbücher reihten sich an psychologische Wälzer und gesammelte Ausgaben irgendwelcher Ärztemagazine. Sie schlenderte an den Büchern entlang und betrachtete hin und wieder einen der Buchrücken: Pneumologie, Dermatologie, Unfallchirurgie …

»Verstehst du mein Dilemma?«, fragte er zaghaft. »Black Dragonfly und Medizin – es funktioniert beides irgendwie. Aber ich bin eher …« Chris hob den Deckel einer intarsiengeschmückten Holzkiste, die aussah wie eine Schatztruhe, und fischte ein Stethoskop heraus. »Das hier.«

Emily nahm ihm das Stethoskop aus den Fingern und tippte das metallische Abhorchteil an, das daraufhin wie eine Schaukel hin und her schwang. Sie konnte nachvollziehen, was er sagte, und sie bewunderte, dass er sich und der Medizin allen Widrigkeiten zum Trotz treu geblieben war.

»Die ärztliche Wissenschaft ist faszinierend. Ich würde gerne helfen, forschen. Der menschliche Körper ist sehr komplex.« Chris kramte wieder in der Truhe.

»Du solltest als Arzt arbeiten, schließlich brennst du dafür. Wie schaut es mit deiner Assistenzarztzeit aus? Du solltest sie so bald wie möglich antreten.« Sie versuchte sich an einem überzeugenden Gesichtsausdruck. »Das wirst du doch tun – oder, Chris?«

»Es war damals ein ziemliches Trauma für meine Mom, als ihre Schwester Missy gestorben ist.« Unsanft knallte er den Deckel der Kiste zu. »Sie betritt kein Krankenhaus mehr und sie geht nie zum Arzt und …«

»Du drückst dich vor einer Veränderung! Weil du jeden Tag im Krankenhaus arbeiten müsstest und somit weniger Zeit für das Gut hättest.« Emily ließ das Stethoskop wie ein Pendel kreisen. »Aber so schwer ist es gar nicht. Wenn man wirklich will, kann man alles verändern, Chris.«

Sie legte das Arztinstrument gut sichtbar mitten auf den Papp-Couchtisch und fuhr mit dem Zeigefinger die Buchrücken im Regal entlang bis zu einer Stelle, an der gar kein Buch stand. In der Lücke blitzte eine ihr bekannte Muschel hervor. »Wo kommt die denn her?«

»Im Auto lag der Sanddollar zu unsicher, die sind sehr zerbrechlich.« Chris ließ sich breitbeinig in sein braunes Ledersofa fallen, das ebenso aus der Royal-Suite eines altehrwürdigen Hotels in England stammen könnte.

Sie nahm das Kalkgebilde, und ein wenig Sand rieselte in ihre Handinnenfläche wie ein Déjà-vu. Ein ungutes Gefühl beschlich sie. Wie sollte sie bloß anfangen? Sie setzte sich neben ihn und legte einen Arm auf die breite Sofalehne, die ihr Halt gab.

»Also, der Sanddollar … ich muss dir da eine winzige Kleinigkeit sagen, und du musst mir versprechen, dass du nicht böse wirst.« Endlich war der Moment gekommen.

»Böse? Wieso das denn? Apropos Versprechen.« Chris rückte bis auf die Couchkante vor und fixierte mit den Augen das Stethoskop. »Der eigentliche Grund, warum das mit dem Arztberuf ohnehin nur ein Traum bleibt, ist … Ach, egal.«

»Nein, ist es nicht. Ich will es wissen.«

»Ich habe meiner Tante mein Ehrenwort gegeben, als sie gestorben ist. Ich habe ihr versprochen, ihr Anwesen in ihrem Sinne fortzuführen, das Gut zu retten. Missy war immer für mich da.« Chris winkte ab. »Aber entschuldige, was wolltest du sagen?«

Ja, was wollte sie sagen? In ihren Ohren rauschte es, als sie an die längst fällige Beichte dachte. Er hatte seiner Tante auf dem Sterbebett versprochen, das Gut zu retten? Fieberhaft überlegte sie, ob sie seine zu erwartende Wut irgendwie vermeiden konnte. »Erzähl weiter.«

»Ich hole uns etwas zu trinken, dann kann ich es dir zeigen.« Er stand auf und ging zur Küchenzeile hinüber.

Am liebsten würde sie Chris gar nichts gestehen, Max anrufen, die ganze Aktion abblasen. Wenn sie nur nicht so knietief im Schlamassel stünde: Ein Teil des handgeschriebenen Big-Business-Rezepts lag schließlich neben dem gestohlenen Briefpaket in ihrem Kleiderschrank.

Die Mittagssonne strahlte grell durch die bodentiefen Fenster des fünfzehnten Stocks und der Inhalt der zwei Rotweingläser, die Chris in den Händen hielt, schimmerte blaurot mit einem Hauch der Farbe Pink. Eiswürfel klirrten an den Rand des Glases. *Big Business.* Unvorstellbar, dass exklusiver Rotwein die Basis dieses kostbaren Mixgetränks darstellte. Er reichte ihr ein Glas und setzte sich neben sie auf das Sofa. Die Hitze seines Oberarms streifte ihre nackte Haut.

In all seinen Facetten schmeichelte das Sommergetränk ihrem Gaumen, und Emily beobachtete, wie auch Chris' Lippen das Glas berührten. Sofort ertappte sie sich bei dem Gedanken, wie gerne sie ihn wieder küssen würde, mit dem Geschmack des Weins auf seiner Zunge.

»Bist du glücklich, Emily?«

Seine Frage hörte sich einfach an.

»Mit dir: ja. Sonst: eher nein«, sagte sie und starrte vor sich hin.

»Ich finde, du hättest es verdient, glücklich zu sein.«

Seine Worte berührten ihr Herz so sehr, dass sie fast geweint hätte. »Als ich wieder bei meinem Vater eingezogen bin«, begann sie, ihre Finger verkrampften sich. Sie musste sich gleich zweimal hintereinander räuspern, um weitersprechen zu können. »Michael und ich, wir haben einen Ehevertrag. Ich würde, wenn wir uns scheiden lassen, mit nichts dastehen. Du kennst seinen Vater und seine Anwälte. Ich hätte keine Chance. Dann hatte Dad dieses Vorstellungsgespräch für mich arrangiert und dann …« Ihre Hände zitterten, und sie versuchte, sie in ihrem Schoß zu verbergen.

Chris biss sich auf die Unterlippe und stellte zuerst sein eigenes Glas und anschließend Emilys auf den improvisierten Tisch. Seine Stimme klang tief und viel zu ruhig. »Willst du deswegen bei Michael bleiben?«

Sie schluckte und musste die Tränen zurückhalten. »Niemals!«

Es kam ihr so vor, als habe Chris nur auf dieses *Niemals* gewartet. Unvermittelt unterbrach er ihren kläglichen Erklärungsversuch. Mit Zeigefinger und Daumen hob er ihr Kinn an und presste seine weichen Lippen auf ihre. Ihr kurzer Widerstand löste sich sofort in leidenschaftlichem Verlangen auf. Er war so unglaublich heiß und sie wollte ihn endlich spüren. Bestimmend umfasste er ihre Hüften und zog sie enger an sich heran. Die Intensität seines Kusses, wie er zärtlich mit seiner Zunge über ihre Lippen strich, ließ das Blut durch ihre Adern schießen. Gierig drängten sich ihre Münder aneinander, sein Griff um ihre Taille festigte sich – es raubte ihr beinahe den Verstand. Keine Gedanken. Es gab nur Chris und sie. Sekunden später fiel Emilys Blümchenkleid zu Boden, und als er sie sanft ablegte, fühlte sich das Leder des Sofas kühl in ihrem Rücken an. Innerlich stand sie lichterloh in Flammen. Lustvoll presste er seinen Unterleib heftig gegen sie, rieb sich an ihr, was sie nur noch mehr bereit für ihn machte. Er streifte sein Hemd über die Schultern, und ihre Finger fuhren automatisch an seinem Hals entlang, über seinen Bauch bis zu seinen Lenden. Kurz zog sie an seinem Gürtel, aber er stoppte sie. Sie wollte ihn so sehr, dass sie es kaum aushalten konnte. Ihr Herz begann zu rasen, als er mit dem Spitzenstoff ihres BHs spielte. Er bedeckte ihren ganzen Körper mit Küssen, und ein leises Stöhnen verließ ihre Kehle.

So, als habe er ihr inneres Flehen gehört, hob er sie hoch und trug sie zu seinem Bett hinüber.

Als sie Stunden später aufwachte, spürte sie, wie Chris mit den Fingerkuppen die Konturen ihres nackten Oberkörpers nachzeichnete. Mit geschlossenen Augenlidern ließ sie die vergangenen Momente in ihrem Kopf Revue passieren, und sie hatte Angst, auch nur eine einzige Sekunde dieser Erinnerung zu verlieren. Sie mochte, wie er die Führung übernommen und ihre Bewegungen dominiert hatte. Wie sich der feuchte Film auf seiner Haut angefühlt, wie er gerochen und wie er sich mit ihr bewegt hatte. So als wären sie eins, miteinander verschmolzen bis in alle Ewigkeit. Es war kribbelnd und aufregend, und eigentlich durften sie das nicht. Als die Wellen der Lust sie bebend überwältigt und sie ihn atemlos angesehen, keuchend seinen Namen gerufen hatte, da wusste sie, sie gehörte zu niemand anderem – nur zu ihm.

Emily drehte sich zum Nachttisch, um auf den digitalen Wecker zu sehen. Mitternacht.

»Ist alles in Ordnung?« Chris knipste das Nachtlicht an und griff nach seinem Handy, das neben seiner Jeans auf dem Boden lag. Er tippte eine kurze Mitteilung hinein und warf das Gerät anschließend auf seine Jeanshose zurück. »Ich habe vergessen, das Training heute Abend abzusagen.«

Entspannt schmiegte Emily den Kopf an seine nackte Brust und ließ ihre Finger abwärts bis zu seiner empfindlichen Vernarbung gleiten. »Ist die Verletzung vom Sport?«

»Nein«, sagte er etwas barsch und schob ihre Hand zur Seite. »Die Narbe ist …« Er schluckte hart, dann richtete er sich auf und lehnte sich mit dem Rücken gegen das Kopfende des Bettes. Emily setzte sich ebenfalls auf. »Mein Vater hat uns nie gut behandelt.«

»Das weiß ich.« Emily erinnerte sich, wie verstört Chris als Jugendlicher oft bei Michael erschienen war, bei seinem Freund, um dort für kurze Zeit Ruhe zu suchen.

»Es ist noch nicht so lange her, er wohnte schon ewig nicht mehr bei uns. Wir hatten das Gut aufgebaut, die ersten Pferdeboxen vermietet, und ich war gerade dabei, einen Lattenzaun zusammenzunageln. Da ist mein Vater aufgetaucht. Er hat ein Pferd aus der Box gelassen und ihm die Peitsche über die Kruppe gezogen. Es hat ausgeschlagen.«

Sie krallte ihre Hände ins Bettlaken, weil sie ahnte, was kommen würde.

»Und mich mit den Hufen in den Bauch getreten.«

Emily zog die Bettdecke höher und versuchte, das schreckliche Bild aus ihrem Kopf zu verdrängen. »Das war der Zwischenfall, von dem du immer gesprochen hast?«

»Es war nur eine Operation.« Er zuckte mit den Schultern. »Kein Drama.«

»Was zum Teufel …?« Emily schlug die Decke zurück. »Natürlich ist das ein Drama. Wer tut denn so was?«

»Glaub mir, er alleine hätte keine Chance gegen mich gehabt, und ich hoffe für ihn, er läuft mir nie mehr über den Weg. Mein Bruder war genauso …« Chris brach ab. Seine Stimme klang kraftlos, als er hinzufügte: »… wie mein Vater.«

Emily starrte durch das gegenüberliegende Fenster in die Dunkelheit. Nichts, was sie hätte sagen können, würde es besser machen.

Er rollte sich über sie, stützte sich jedoch mit einem Arm ab. Sie spürte seine kühle Stirn an ihrer und hob sehnsüchtig das Kinn, damit er sie küsste. Unendlich langsam und zärtlich kam er ihrem Wunsch nach.

»Bleib bei mir, Emily Jones. Für immer.«

Ihr Handy, das sie gestern auf dem Küchentisch des Hauses in der Jefferson Street 25 vergessen hatte, vibrierte, als Chris Emily hineinbegleitete. Er wollte gleich weiter zum Gut fahren, die Etikettiermaschine funktionierte nicht mehr richtig. Emily überflog den Text der E-Mail, die sie erhalten hatte, und legte das Smartphone rasch beiseite, um eine Schranktür nach der nächsten zu öffnen. Wann würde Max aufhören, sie am frühen Morgen zu bedrängen?

In seiner Mail wollte Max Brown unbedingt wissen, wann sie ihm denn nun das Big-Business-Rezept zukommen lassen würde und ob sie zu einem persönlichen Treffen in seinem Büro erscheinen könne. Aber so, wie sich das mit Chris entwickelt hatte, wünschte sie, sie könnte Max Brown und Red River einfach vergessen. Hätte sie Max doch bloß nie kennengelernt. Wie kam sie jetzt möglichst glimpflich aus dem Desaster wieder heraus und wie brachte sie Chris die ganze Sache bei?

»Was suchst du, Süße?« Er beobachtete sie belustigt.

»Hast du auch noch Hunger? Ich suche Dads Weißbrot«, stammelte Emily. Sie hätte es ihm spätestens gestern Nacht sagen müssen.

Er schmunzelte, wahrscheinlich, weil sie heute Morgen bereits gemeinsam Bagels gefrühstückt hatten. »Nein, danke. Ich muss los. Bin spät dran. Kommst du nach?«

Dads Honda hatte nicht vor dem Haus geparkt, und ohne Auto würde es schwierig werden, zum Gut zu gelangen. »Ich versuche es.« Sie vermisste Chris jetzt schon.

»Dann sehen wir uns später, ansonsten telefonieren wir.« Im Türrahmen hielt er plötzlich inne. »Von wem war die Nachricht eben?«

Emily konnte seine Eifersucht förmlich spüren, dabei war die E-Mail gar nicht von Michael. Von wem sie wirklich war, konnte sie ihm allerdings auch nicht sagen.

»Kim«, log sie.

»Ja? Hier.« Die Genannte erschien wie gerufen im Flur. Wie unangenehm. Warum hatte Emily das Knarren des

Holzbodens nicht vorher gehört? Wie hätte sie auch ahnen können, dass Kim zu Hause herumlungerte.

»Ihr schreibt euch, obwohl ihr im gleichen Haus lebt?« Ungläubig hob Chris eine Augenbraue.

»Wer schreibt was?« Kim knibbelte an ihrem frisch aufgetragenen Nagellack herum. Orangerot, wie ein Kürbis. »Meint ihr die Briefe?«

Hinter Chris' Rücken versuchte Emily, ihrer Schwester abwechselnd ein *Halt den Schnabel-* und *Timeout-*Zeichen zu geben, doch Kim glotzte sie nur verständnislos an.

Chris blieb weiterhin im Türrahmen stehen. »Welche Briefe?«

»Er meint die E-Mail, die du mir eben geschrieben hast«, half Emily Kim auf die Sprünge, die endlich so etwas wie Verstehen zeigte.

»E-Mail, elektronische Post, Briefe. Ist doch alles dasselbe«, meinte sie daraufhin schnell und winkte ab.

»Chris muss los, oder?« Emily zeigte auf die Küchenuhr über dem Esstisch.

»Versuche nie, mich zu verschonen, indem du mich anlügst«, sagte Chris und es klang merkwürdig. »Das habe ich auch nicht getan.« Er ahnte bestimmt etwas. Es wäre so leicht, ihm genau jetzt, da sie die nötigen Abbitte-Sätze sogar schon gedanklich vorformuliert hatte, alles zu sagen. Stattdessen suchte sie weiter in den Schränken nach … was auch immer. »Klar. Bis nachher.«

»Suchst du wieder den bösen Toast, Emmi? Ich helfe dir.«

Chris musste zur Seite treten, um Kim durchzulassen. Er ging noch einmal zu Emily, fasste sie um die Taille und gab ihr einen intensiven Kuss, bevor er das Haus verließ.

»Ich dachte, du findest ihn nicht so toll und vor allem nicht sexy.« Kim rieb sich scheinheilig die Nase. »Das Weißbrot liegt im Abstellraum, hinter den Küchenrollenvorräten. Dads neues Versteck. Er denkt wohl, ich wüsste das nicht.«

»Chris ist sogar ziemlich sexy«, murmelte Emily, und als Kim die Küche verlassen hatte, las sie noch einmal Max Browns Schlusssatz:

›Sonst können Sie den Produktmanager-Posten vergessen, Mrs. Carsen.‹

10. Kapitel

Emily hatte sich vor der direkten Konfrontation mit Max Brown gescheut und seine Nachricht nur ausweichend mit *Ich melde mich* beantwortet. Schweren Herzens hatte sie sich von der Vorstellung, bei dem internationalen Weinkonzern arbeiten zu dürfen, verabschiedet. In Bezug auf ihren Neuanfang und ihre Existenz würde sie sich etwas anderes einfallen lassen müssen. Allerdings nicht jetzt.

Die Zeit mit Chris löste ein absolutes Hochgefühl in ihr aus, das keine Unterbrechungen duldete – sie fühlte sich wie im siebten Himmel. Statt mit einer teuren Uhr überraschte Chris sie mit einer kleinen Buddhafigur aus Holz, die sie an ihre Begegnung auf der Golden Gate Bridge erinnern sollte und von nun an auf ihrem Nachttisch saß und immerfort lächelte.

»Ich hätte dir natürlich auch einen Nagellack schenken können, aber das wäre nicht passend gewesen, oder?«, zog er sie auf und blinzelte gegen die Sonne, die durch das bodentiefe Fenster auf das Bett seines Appartements fiel.

»Es war schon ein eigenartiger Zufall, dass wir uns an diesem einen Tag im Macy's wiederbegegnet sind – nach all der Zeit.«

»Ich glaube nicht an zufällige Begegnungen, Emily«, sagte der Mann, der nicht so aussah, als vertraue er überhaupt auf irgendetwas im Leben. »Ich glaube an das Schicksal.«

Wenn er seine Arme so von hinten um sie legte, wenn sie seinen Atem beim Sprechen an ihrem Ohr fühlte, dann wollte sie nichts anderes, als von ihm gehalten zu werden, jeden Tag und jede Nacht. Über Michael verloren sie kein Wort mehr. Nicht, weil die Ehe nicht existent gewesen wäre, sondern weil sie unwichtig war. Zumindest für den Moment. Diese zarte erste Zeit sollte ganz allein ihnen gehören.

Zwei volle Tage und Nächte kamen sie kaum aus Chris' Wohnung heraus. Wozu auch? Es gab nichts, was sie da draußen erwartete, außer der Wirklichkeit.

An einem Abend führte Chris Emily auf die Dachterrasse seines Lofts, wo er ein Picknick zwischen Zitronen-, Olivenbäumchen und unzähligen Kerzen für sie arrangiert hatte. Nie hatte sie so viele Schälchen mit Leckereien gesehen wie auf dieser bunten Picknickdecke. Wenn das Ambiente sie nicht schon sprachlos gemacht hätte, dann die Aussicht von hier oben – auf das Meer im Mondschein.

Emily tauchte mit Chris in seine Welt der Medizin ab, er erzählte von seinem Studium, dem Gut. Sie wiederum berichtete von New York, von Kim und von Dad. Sie sprachen sogar über Emilys Mom, worüber sie noch nie freiwillig mit jemandem geredet hatte. Er fragte nicht, wie es für sie gewesen war, ohne Mutter aufzuwachsen. Er wollte nur wissen, ob sie ein Foto von ihrer Mom dabeihabe. Als sie etwas verschämt das zerknickte Bild aus ihrem Portemonnaie hervorkramte, sagte er, Emily habe dieselben Bambi-Augen wie sie. Und Emily weinte. Zum ersten Mal lachte sie nicht, um ihre Trauer zu überspielen. Sie wurde nicht in das dunkle Loch gezogen, das sie erwartet hatte, und die Erde tat sich nicht unter ihr auf. Dafür aber ein neues Fenster in ihrem Herzen.

Alles fühlte sich genau richtig an, für achtundvierzig Stunden – bis das Wochenende vorbei war, Chris zur Arbeit musste und Emily dringend saubere Kleidung aus dem Haus in der Jefferson Street 25 benötigte.

Dad pfiff eine kleine Melodie und wanderte hüftschwingend durch die Küche in Richtung Veranda. »Hallo, Mäuschen. Stell dir vor, ich habe Max Brown getroffen.« Er steckte sich die Zigarre in den Mundwinkel und nahm sie wieder heraus, während Emilys Herz aus dem siebten Himmel direkt in ihre Hose plumpste. »Kommt ja normalerweise nie zu uns raus auf die Weingüter, der feine Mr. Brown. Aber gestern war er da und hat nach dir gefragt. Hast bald doch einen Job bei uns, hat er gesagt.« Dad hielt den Daumen hoch. »Läuft.«

Stumm öffnete Emily die Tür zum Abstellraum.

»Ich freue mich ja so für dich, Mäuschen«, sagte ihr Vater, was wegen der Zigarre, die nun doch wieder in seinem Mundwinkel hing, eher wie *Ich feuere dich, Mäuschen* klang. Er machte wiederholt einen Schritt vor, dann zur Mitte und mit dem anderen Fuß einen zurück. Dabei wiegte er die Hüften, als höre er lateinamerikanische Musik. Es erinnerte sie an Salsa.

»Vor, tipp, zurück, tipp. Vor, tipp, zurück, tipp«, nuschelte er, dann fiel die Fliegengittertür hinter Jack Jones ins Schloss. Kein Herzinfarkt heute früh bei Dad, dafür fühlte Emily sich, als würde sie selbst jeden Moment den Löffel abgeben. Über die beiden intimen Tage mit Chris hatte sie Max Brown und seinen Konzern tatsächlich beinahe vergessen. Leider löste sich das Problem nicht von allein in Luft auf.

Entschlossen ging Emily in ihr Zimmer, lächelte dem Holzbuddha hoffnungsvoll zu und schob nicht nur die Briefe, sondern auch die gestohlenen Rezeptseiten vorsichtig in ihre Lederhandtasche.

Die Erdbeerfelder auf dem Weg zum Black-Dragonfly-Gut nahm sie heute kaum wahr. Stattdessen wäre sie um ein

Haar mit einem Traktor zusammengestoßen und hätte fast eine Katze überfahren. Zum Glück nur fast, das Tier war schneller gewesen, als sie denken konnte. Sie passierte die von Ahornbäumen gesäumte Einfahrt und stellte den Honda wie gewohnt unter den Baum, der den meisten Schatten bot. Chris würde schon nicht komplett ausrasten, er hatte bestimmt Verständnis und sie konnte ihm alles erklären. Dennoch knirschte der Kies beim Gehen weder ermutigend noch beruhigend unter ihren Füßen.

Emily registrierte, dass der Löwenzahn und das restliche Unkraut aus den Pflastersteinfugen des Gehwegs entfernt worden waren. Tiffany werkelte vor dem Shop herum und mühte sich damit ab, die Gardinen, zwei Regale und die hässlichen Flaschen, die als Kerzenhalter dienten, vor die Ladentür zu manövrieren.

»Sperrmüll«, rief sie erklärend herüber und zuckte mit den Schultern, bevor sie wieder hineinging. Chris nahm Emilys Änderungsvorschläge anscheinend ernst und hatte sofort mit der Umsetzung begonnen. Selbst die altehrwürdige Eingangstür knarrte nicht mehr beim Öffnen.

Als Emily das aufgeräumte Bürozimmer betrat, hing Chris' Kopf tief über einem dicken Heftordner. Nichts erinnerte an das Chaos der letzten Woche.

»Hi. Ich habe gerade die Vertriebspartnerliste ergänzt. Die Bank muss unbedingt den Kredit bewilligen. Der Termin ist ja schon in ein paar Tagen.« Er starrte auf den Bildschirm. »Sorry, Süße, ich bin ein bisschen gestresst«, entschuldigte er sich für die kühle Begrüßung und erhob sich, um ihr einen kurzen Wangenkuss zu geben. »Schaust du bitte auch noch einmal über die Unterlagen?«

Emily stellte sich neben ihn und blätterte durch die Seiten im Ordner, an denen er gearbeitet hatte. »Das sieht sehr realistisch aus. Marsen&Marsen wären natürlich ein großartiger Vertriebspartner. Da drücke ich dir die Daumen«, sagte sie zurückhaltend. Wenn sie nur wüsste, wohin mit ihren eiskalten Händen.

Als hätte er die Unsicherheit in ihrer Stimme gehört, rieb er sich die Stirn. »Glaubst du, der Businessplan ist wirklich wasserdicht? Ich brauche die 100.000 Dollar, sonst kann ich einpacken.«

»Zweifel sind in dieser Phase sicher normal.« Angespannt tastete Emily nach ihrer Handtasche, als könne die plötzlich verschwunden sein.

»Personell muss ich natürlich aufstocken.« Chris nahm einen Bleistift in die Hand und lehnte sich zurück. »Ich weiß nicht, ob ich es schaffe, Big Business als Marke in allen Staaten zu etablieren.« Er tippte das Bleistiftende gegen seine Lippen und schien zu überlegen.

»Aber es muss doch gar nicht so riesig werden.«

Wie gebannt starrte Chris auf den Bildschirm. Sein Ehrgeiz war ihr bisher nie so extrem aufgefallen. Es machte ihn sogar noch reizvoller, als er ohnehin schon war. Erst jetzt merkte Emily, dass sie immer noch genauso steif dastand, wie sie hereingekommen war.

»Ich könnte übrigens eine Marketingmanagerin gebrauchen. Gutes Marketing ist alles in dem Geschäft.« Neckend stieß er ihr den Zeigefinger in die Seite, und seine Augen blitzten kurz auf.

Emily griff in ihre Handtasche, die nach wie vor über ihrer Schulter hing. Die Blätter des Rezepts fühlten sich weicher an als die Alufolie, in die sie die drei Briefe gewickelt hatte. Den dritten hatte sie nicht gelesen. Immerhin – auch wenn es für einen Freispruch wahrscheinlich nicht reichen würde.

»Nimm dir doch den Stuhl da drüben, Süße.«

»Chris, ich muss ganz dringend mit dir reden.«

Grüblerisch zeichnete er eine Art Pfeildiagramm auf die Schreibtischunterlage, die aus leeren Blättern bestand. »Wenn ich Marsen&Marsen wirklich davon überzeugen kann, bei uns einzusteigen ...«

»Ich habe Mist gebaut.« Ihre Stimme flatterte beim Sprechen, sie konnte es sogar in der Kehle spüren. »Du darfst nicht ausflippen deswegen. Also darfst du natürlich schon – aber du musst mir verzeihen. Ich bitte dich darum.«

Schneller als sie gucken konnte, setzte er sich kerzengerade hin und sah ihr direkt in die Augen. »Okay, Emily. Was ist los? Egal, was es ist ...«

Gerade als sie die Rezeptseiten aus der Tasche ziehen wollte, stieß jemand die Bürotür auf.

Grundgütiger!

»Emily, Schatz. Hier bist du also. Endlich.« Er sah aus wie der reiche Politikersohn, der er zweifelsohne war – jedenfalls nicht wie ein Strafgefangener.

Michael – freudestrahlend, teuer gekleidet – Carsen.

»Du bist so verdammt hübsch«, sagte er lächelnd. »Das ist sie. Oder, Chris?«

Als wäre ihr eigener Ehemann nichts weiter als eine Lichtspiegelung in der Wüste, rieb Emily sich die Augen und versuchte sich einzureden, er wäre nicht da. Chris hingegen erhob sich sofort.

»Mann, wie schön, dich wiederzusehen, MacGowan.« Stürmisch wollte Michael seinen ehemaligen Freund umarmen, doch der wich vor ihm zurück, als hätte er eine ansteckende Krankheit. »Ich habe deine Mutter im Supermarkt getroffen. Sie sagte mir, dass Emily hier ist. Ich glaube aber, sie hat es nur aus Versehen ausgeplaudert, wie sie halt so ist. Ist ja auch egal.« Michael lachte gekünstelt, und Emily fand seine Wimpern überhaupt nicht mehr so lang und besonders wie früher. Der ganze Mann war irgendwie … falsch.

»Wir arbeiten zusammen«, sagte sie, und es klang wie eine Rechtfertigung oder Entschuldigung, auf jeden Fall anders, als es klingen sollte.

»Wieso arbeitest du auf einem Weingut, Schatz?« Michaels Erstaunen war ausnahmsweise nicht gespielt. Es war so echt wie seine Überheblichkeit. »Wie dem auch sei, ich habe nur ein paar Stunden Zeit, dann muss ich wieder nach New York. Eigentlich hätte ich den Staat nicht verlassen dürfen, aber Dad hat … ach, ihr kennt ihn ja.«

»Dad. Na klar«, höhnte Chris. Würde er gleich aus dem Raum fliehen, Michael ins Gesicht schlagen oder jemanden anschreien?

»Jedenfalls, da bin ich nun.« Als sei es die beste Nachricht des Tages, stellte Michael sich mit ausgebreiteten Armen mitten ins Bürozimmer. »Wahnsinn, was ihr hier oben erschaffen habt, Chris.« Es klang nicht wirklich interessiert.

»Warum hast du mir nicht gesagt, dass er aus der U-Haft entlassen wurde?«, fuhr Chris Emily mit eisigem Unterton an.

Aber Emily war vollkommen paralysiert: von Michaels etwas längeren Haaren, seinem maßgeschneiderten Anzug und dem schiefen Lächeln, in das sie sich damals verliebt hatte.

»Wie war es in der U-Haft?«, fragte sie schließlich spröde. Wollte sie das wissen? Sie stützte sich mit einer Hand Halt suchend auf dem Schreibtisch ab. *Ein wirklich ordentliches Büro.*

Als wäre er die Hauptfigur in einem Bühnenstück, schritt

ihr Ehemann auf sie zu, dann ging er in die Knie. Chris verdrehte die Augen. »Es tut mir leid, was passiert ist, Schatz. Ich habe einen Fehler gemacht und ich wollte das nicht. Glaub mir.«

Er roch gepflegt, nach salzigem Meer, Aftershave und Sonnencreme.

»Du hast Insiderinformationen weitergegeben, Anleger hintergangen …« Ihre Stimme kam einem Krächzen gleich. Die ließen ihn wirklich einfach so gehen?

»Gut, es ist nicht optimal gelaufen, aber …«

Nicht optimal?

Michael rieb sich über die Nase. »Der Prozess steht noch an. Keine Sorge, Schatz, das wird schon.« Der geborene Optimist glaubte an die Kraft des Geldes – und an die seines Vaters, der immer alles in den Griff bekam. »Flieg mit mir zurück nach New York.«

Ein Satz, der Emily mehr schockierte als alles andere. Vergessene Emotionen wie Wut und Enttäuschung flammten in ihr auf, aber sie empfand auch so etwas wie Vertrautheit und Gewohnheit. Das klare *Nein* aus ihrem Mund überraschte sie selbst.

Wie ein Scharfschütze kniff Michael die Augen zusammen. »Natürlich kommst du mit.« Er wollte nach ihr greifen, doch sie entzog sich ihm.

Augenblicklich stellte Chris sich vor sie. »Dein reicher Daddy gibt dir nicht das Recht, dich hier wie Gott aufzuführen, Michael.«

Argwöhnisch wanderte Michaels Blick zwischen ihnen hin und her. »Was genau läuft da eigentlich zwischen euch beiden?«

Schweigen. Emilys Herz hämmerte viel zu schnell in ihrem Brustkorb.

In Michaels Miene hingegen lag keine Regung. »Ich verstehe, wenn du mir nicht sofort vergeben kannst. Aber: Wir sind verheiratet, Emily Carsen.« Anklagend hob er seine beringte Hand.

Emilys Gefühle standen komplett auf dem Kopf, als ihr eigener Ehemann sich von ihr wegbewegte. An der Tür drehte er sich plötzlich um. »Solange du mir nicht verzeihen kannst, muss ich das wohl akzeptieren. Aber *ihn* akzeptiere ich nicht.« Mit dem Zeigefinger deutete er auf Chris, so als solle der gehängt oder auf dem Scheiterhaufen verbrannt werden.

»Ist das eine Drohung?«, fragte Chris lauter als nötig. Es machte ihr Angst.

Flink wie eine Raubkatze war Michael wieder bei ihm. »Das ist es«, sagte er kalt und starrte ihn hasserfüllt an.

Minuten danach, als ihr Ehemann schon lange nicht mehr im Raum war, konnte Emily seine Präsenz noch spüren.

»Das wolltest du mir also sagen?« Der Groll schoss so schnell wie ein Pistolenschuss aus Chris' Mund.

»Ich wusste nicht, dass er hier auftauchen würde.«

»Wirst du es ihm erklären?«

»Ich wusste das nicht«, wiederholte sie, damit er sie auch wirklich verstand. Sie wollte nach seinem Gesicht greifen, doch er hielt ihre Hände fest.

»Sag ihm, wie viel dir das mit uns bedeutet.« Ehe sie reagieren konnte, nahm er ihr die Handtasche von der Schulter und hielt sie ihr hin. »Nimm dein Handy und ruf ihn an.«

»Wie soll ich ihm denn jetzt …«

»Ich weiß, was ich will, Emily. Egal, was es mich kostet.« Er ließ die Tasche mit einem dumpfen Poltern auf den Boden fallen. »Die Frage ist nur: Was willst du?« Langsam legte er seine Hand an ihre Wange und sah ihr lange in die Augen, die sich mit Tränen füllten.

Michael war aus der U-Haft entlassen worden. Es war unglaublich.

»Vielleicht ist er besser für dich als ich.« Abrupt löste Chris seine Hand von ihrer Haut.

»Warte!«, rief sie ihm hinterher, zu schwach, um entschlossen zu klingen. »Ich wollte dir eigentlich etwas anderes beichten.«

Schlechter Moment, hörte sie Kims trockene Stimme in ihrem Kopf.

»Ich erteile dir für all das, was du tust, ganz sicher keine Absolution, Emily Carsen. Ich bin kein Priester.« Es tat weh, wie er ihren Nachnamen betonte.

Chris MacGowan ging – aus dem Büro und vielleicht auch aus ihrem Leben.

Matt und ausgelaugt hatte Emily sich im Haus ihres Vaters in die Streifenbettwäsche gerollt und war erschöpft eingeschlafen, irgendwann nachts schweißgebadet aufgewacht und hatte dann die restlichen Stunden bis zum Morgengrauen apathisch wach gelegen. In ihrem Magen lag ein Stein so groß wie Kalifornien, weil ihr altes Leben den Weg zurück zu ihr gefunden hatte. Gleichzeitig vermisste sie Chris so stark, dass es sie zerriss. Deshalb und nur deshalb hatte sie den dritten und letzten Brief aus dem Päckchen herausgekramt.

Dezember

Meine Liebe,
das ist mein letzter Versuch, dich zu überzeugen.

Deine Angst ist völlig unbegründet. Natürlich kann es ein Schock für alle werden, aber die Wahrheit kommt immer ans Licht. Irgendwann wird der Tag da sein.

Chris hat ein Recht darauf, es zu erfahren, auch wenn sein leiblicher Vater mittlerweile sein eigenes Leben mit seinen beiden Töchtern führt. Er ist der Mann, den du nie vergessen konntest. Du musst es ihm dringend sagen. Er ist Chris' Vater.

Wie gerne bist du mit ihm zum Tanzen gegangen, hast ihn während seiner Arbeitszeit auf dem Weingut besucht. Dass er etwas älter war, hat dich nie gestört. Du hast ihn geliebt, ich weiß es.

Auch an ihm ist das Leben nicht spurlos vorübergegangen. Er ist ein gebrochener Mann, hat seine Frau sehr früh verloren.

Das Leben läuft weiter, Kate.

Chris muss es erfahren und das wird er. Früher oder später.

Für immer,
Deine Missy

Missy. Emilys Augenlid begann zu zucken. Kates Schwester hatte diese Nachrichten geschrieben? An Kate? Emilys Gedanken rasten wild durcheinander. Chris' leiblicher Vater war offenbar ein ganz anderer Mann. Aber wer kam infrage? Laut Brief hatte dieser Mann zwei Töchter, konnte tanzen, arbeitete damals auf einem Weingut und seine Frau war früh gestorben ... Dad? Nein. Konnten sich Missys Briefe ausgerechnet um den Mann drehen, der mit Emily hier in diesem Haus in der Jefferson Street 25 lebte? Außerdem trug das Rezept exakt dieselbe Handschrift. Puzzleteile setzten sich zusammen: Big Business war Missys Kreation, vielleicht sogar ihr Lebenswerk. In Emilys Ohren zischte es, als ob ein Zug mit Vollgas hindurchrasen würde. Sie musste etwas tun: Duschen. Am besten kalt. Zu viele Ereignisse und zu viele Informationen am frühen Morgen.

Trotzdem schrieb sie zuerst eine Nachricht an Michael, kurz und bündig, ohne sich zu erklären. Er hatte das schließlich auch nie getan. Direkt im Anschluss schickte sie Max eine Absage: Sie wollte den Produktmanager-Posten nicht. Mehr brauchte er nicht zu wissen. Ende.

»Du siehst aus, als hättest du unter der Dusche einen Horrorfilm geschaut. Sag mal, ist unser Föhn kaputt?« Kritisch musterte Kim Emilys provisorischen Nach-der-Dusche-Dutt.

»Wo ist Dad?« Emily sah sich suchend in der Küche um.

»Schon weg. Ich warte nur noch auf Lucas, der fährt mich zur Arbeit.« Kim versuchte, sich in der zerkratzten Edelstahltür des Kühlschranks zu spiegeln, wahrscheinlich um zu kontrollieren, ob sie für ihren Freund hübsch genug aussah. Währenddessen angelte Emily das Erdnussbutterglas aus dem Regal, nahm ein Messer aus der Schublade und setzte sich schweigend damit an den Esstisch.

»Du hast keinen Teller, kein Brot und keine Marmelade. Also was ist los, Emmi?«

»Michael war da.« Emily rückte das Messer neben dem Glas zurecht. »Aber es ist noch schlimmer.«

»Ich dachte, der sitzt in U-Haft.«

Mit einem Ruck drehte Emily das bauchige Glas auf und tauchte das Messer in die salzig-süße Masse. Sie hörte Kim in die Abstellkammer rollen und wieder hinaus. »Er ist gestern auf dem Gut aufgetaucht.«

»Leibhaftig? Das ist ja krass. Ich bekomme einen Herzinfarkt.« Kim, in einem Ton wie Dad zu seinen besten Zeiten. Wie lange hatten sie den Satz schon nicht mehr von Jack Jones gehört? Sie hielt sogar kurz die Hand auf die Brust gepresst, bevor sie Dads Toast vor Emily auf dem Tisch ablegte.

»Und jetzt?« Es fühlte sich an, als säße Kim auf ihrem Schoß, so dicht hatte sie den Rollstuhl neben Emily geparkt.

»Er möchte, dass ich mit ihm zurückfliege. Nach New York.« Die Erdnussbutter direkt von der Messerspitze schmeckte eisenhaltig, nicht zuckerig genug.

»Du willst zurück?«

»Ich will Chris. Aber ich kann ihn nicht haben.«

»Jede zweite Ehe wird heute geschieden. Das ist doch kein Thema.« Wie eine Kummerkastentante plapperte Kim drauflos, ohne zu wissen, wie groß die Katastrophe wirklich war. »Ihr habt keine Kinder, das macht die Scheidung einfacher. Gut, Michaels Vater wird dir und Chris vermutlich Steine in den Weg legen, aber das bekommt ihr schon hin. Und …«

»Herrschaftszeiten, Kim. Ich kann ihn nicht haben«, wiederholte sie noch einmal laut, damit sie es auch selbst begriff. Sie ließ das Messer auf die Tischplatte sinken und starrte vor sich hin.

»Was redest du da für einen Quatsch?«

»Ich bin in unseren Vielleicht-Halbbruder verliebt«, hauchte Emily und Kim lachte sofort hysterisch auf.

»Fantasierst du jetzt?«

Statt zu antworten, drückte Emily die Stirn auf den Tisch.

Es war der absolute Weltuntergang.

Einen Rezeptklau konnte man verzeihen, man konnte sich scheiden lassen, aber Familienverhältnisse konnte man nicht ändern.

Aus der Tasche der Stoffhose, die sie nach der Dusche schnell übergestreift hatte, zog sie den zerknitterten dritten Brief hervor. Sie hatte ihn so oft gelesen, bis ihr schlecht geworden war. Kim, die immer noch dicht neben ihr stand, riss ihn ihr sofort aus der Hand. Sie überflog die Zeilen und murmelte beim Lesen hin und wieder einige Wörter mit.

»Chris' cholerischer Dad ist gar nicht sein leiblicher Vater?«, fragte sie nach einer Weile ungläubig. »Und du denkst jetzt, dass Dad …? Du hast echt eine blühende Fantasie, Emmi.« Sie lachte kopfschüttelnd. Noch.

Emily hoffte inständig, Kim würde irgendeinen handfesten Beweis dafür finden, dass ihr Vater, Jack Jones, absolut nicht infrage kommen könnte. Stattdessen ging ihre Schwester wie ein Privatdetektiv noch einmal die Indizien durch.

»Also nur weil der Mann tanzen kann … Na jaaa.« Kim zog das A vermutlich absichtlich gleichgültig in die Länge. »Das kann nun wirklich jeder sein«, winkte sie ab. »Und zwei Töchter sind jetzt auch nicht so außergewöhnlich.«

»Er hat seine Frau früh verloren.« Emily fasste sich an die Kehle, und Kim schluckte fast gleichzeitig mit ihr.

»Das macht den Kreis etwas enger. Aber dann müsste Dad ja mit Kate MacGowan …«

»Ich habe das Gefühl, Chris und ich, wir sind uns so ähnlich«, sagte Emily leise. »Es ist so vertraut zwischen uns.«

»Schon mal von Seelenverwandtschaft gehört, Emmi?

Das bedeutet nichts.« Kim warf den Brief auf den Tisch, als gehöre er ins Altpapier. »Was hat es überhaupt mit dieser Missy auf sich?«

»Sie ist Kates Schwester.«

»Aber dann ist doch alles ganz einfach.« Kim klatschte in die Hände und trällerte die Worte beinahe.

»Gar nichts ist einfach.« Aus der Verpackung auf dem Tisch zog Emily etwas zu aufgebracht eine Scheibe Toast, die daraufhin sofort in der Mitte zerbrach.

»Du musst Kate nur dazu bringen, die Wahrheit zu sagen. Dann wissen wir, wer Chris' Dad ist.«

Aktuell war Chris ziemlich sauer auf sie. Nicht gerade die perfekte Ausgangssituation für irgendeine Art von Gespräch auf dem Weingut. Emily fingerte an der Toastscheibe herum, auf dem Tisch verteilten sich Brösel, die sie gedankenverloren auf den Boden wischte.

Seit dem Kuss im Vorratsraum hatte sich ihr Leben verändert, sie hatte sich verändert.

Jemand klingelte Sturm.

»Lucas. Vielleicht haben wir das Hupen überhört.« Schnell machte Kim sich auf den Weg zur Tür, während Emily seufzend aufstand, den letzten Brief faltete und in ihre Hosentasche steckte. Sie würde ihn zu den anderen beiden Umschlägen zurück in ihren Kleiderschrank legen. Dann versuchte sie, die Toastscheibe wieder zusammenzusetzen und zu bestreichen, obwohl sie gar keinen Hunger hatte.

»Carsen, guten Morgen. Ich war in der Gegend.« Emily zuckte zusammen. Niemand Geringerer als Max Brown stand erhobenen Hauptes im Kücheneingang. Kim hatte ihn offenbar hereingelassen und war gleichzeitig mit Lucas verschwunden. Zumindest fehlte von ihr jede Spur und vor allem jedes Geräusch.

»Die E-Mail von heute Morgen war nicht Ihr Ernst, oder?« Der Mann im Anzug kratzte sich am Kopf. »Sie können jetzt nicht aussteigen.«

»Ich möchte mit Ihren Machenschaften wirklich nichts mehr zu tun haben. Tut mir leid, Mr. Brown.«

»Sie sind momentan meine wichtigste Mitarbeiterin, Carsen.« Er hob ein blumiges T-Shirt an, das Kim auf der Küchenablage hatte liegen lassen, ließ es wieder fallen und machte ein Gesicht, als könne er selbst nicht glauben, was er da gerade gesagt hatte. »Jedenfalls möchte ich Sie nicht auf die vierstellige Vertragsstrafe verklagen müssen, die Sie laut ebendiesem Vertrag zu zahlen haben, falls Sie aussteigen.«

Emily klappte die Kinnlade herunter. Von einer Vertragsstrafe hörte sie zum ersten Mal. In einer Art Übersprunghandlung schob sie sich ein Stück Toast in den Mund. »Fahren Sie doch selbst zum Gut und sehen nach, was dort geplant ist«, nuschelte sie nervös kauend.

»Ich bin der Inhaber von Red River. Da kann ich schlecht dort auftauchen«, antwortete Max und rückte seine Brille akkurat auf dem Nasenrücken zurecht. »Der Zug rollt, Carsen. Sie können nicht mehr aussteigen.« Er machte eine Geste wie ein Schiedsrichter, der ein Fußballspiel abpfiff. »Wir sehen uns übermorgen in meinem Büro. Erst dann ist Ihre Zeit abgelaufen. Glauben Sie, Black Dragonfly schafft eine Expansion alleine?«

Nach dem, was gestern passiert war, zweifelte Emily ein wenig daran, dass Chris im Moment überhaupt irgendetwas schaffte. Er kochte sicher innerlich vor Wut, auf sie, auf Michael – dabei ahnte er von Red River noch gar nichts.

»Mit meiner Hilfe ist Chris MacGowan jedenfalls weiter gekommen als vorher«, spuckte Emily Max vor die Füße, der sich mit einem seltsamen Lächeln umdrehte und zum Abschied nur gegen den Türrahmen klopfte. Kurz darauf hörte Emily die Fahrertür seines Jaguars zuschlagen. Im Schneckentempo rollte der Wagen draußen am Küchenfenster vorbei, und mindestens einhundert Mal so langsam erhob Emily sich von ihrer Anklagebank.

Sie würde jetzt auf das Gut fahren, Abbitte bei Chris leisten, mit Kate sprechen. Auch wenn Kim es lächerlich fand, musste Emily dringend wissen, ob Jack Jones der leibliche Vater war, von dem Missy sprach.

Alle anderen Probleme würde sie später lösen … und eigentlich war alles andere ohnehin unwichtig.

Das Steingebäude mit dem verwaschenen Black-Dragonfly-Schriftzug lag verlassen vor ihr in der Morgensonne, als Emily den Honda direkt neben dem roten Land Rover abstellte. Chris war also auch da. Unvernünftigerweise freute sie sich bei dem Gedanken daran, ihn wiederzusehen. Sie sehnte sich sogar nach Kate, obwohl sie nicht verstand, warum Chris' Mom Missys Briefe versteckt und das Geheimnis so lange für sich behalten hatte.

Die Absätze ihrer Schuhe hallten in dem vertrauten mit Sonnen- und Zitronenkacheln geschmückten Korridor. Aus der Gutsküche vernahm sie ein Klappern und Rascheln. Es roch nach frischen Waffeln. Frühstück à la Kate MacGowan.

Umso erstaunter war sie, als sie Tiffany am Herd entdeckte.

»Emily, Liebes. Das ist ja cool, dass du da bist«, überfiel die sie sofort. »Ich muss nämlich rüber in den Shop. Schaust du nach Kates Kuchen im Ofen?« Sie deutete auf die Zeitschaltuhr in Form eines Eisbechers. »Gelati. Die klingelt in fünf Minuten oder so.« Schon flog Tiff in ihrem langen Batikkleid zur Tür hinaus.

Emily setzte sich auf einen der Barhocker an der Kochtheke und beäugte den Inhalt des Backofens, während sie auf Kates Erscheinen wartete. Um sich abzulenken, fummelte sie an ihrem Handy herum, was ihr allerdings auch keine Lösungen bot. Nach gefühlten fünf Stunden bimmelte endlich der Eisbecher. Sie zog die Ofenhandschuhe an und beförderte die duftende Backware nach draußen auf die Arbeitsplatte.

»Bellissima.« Da war sie. Der terrakottafarbene Rock bauschte sich um Kates Beine und der weite Ausschnitt ihrer Bluse entblößte minimal ihre Schultern. »Herrje, mein Rotweinkuchen. Danke, dass du da bist.« Sie schnupperte. »Genau auf den Punkt.«

Es tat Emily leid, Kate in Bedrängnis bringen zu müssen, aber sie brauchte nun einmal Fakten. So wie die Briefe klangen, wusste Chris' leiblicher Vater offenbar auch nichts von seinem Glück. Sie hoffte inständig, dass Kim richtiglag und es sich nicht um Dad handelte. Der würde sonst nicht nur einen, sondern gleich mehrere Herzinfarkte bekommen.

»Hol mal meine Bialetti aus der Schublade, Emily«, rief Kate ihr so beschwingt wie immer zu. Sie nahm ihr die Ofenhandschuhe ab, streifte sie über und bugsierte die Kuchenform zum Abkühlen von der Arbeitsplatte auf einen Gitterrost. »Ich koche uns gleich einen Kaffee.«

»Das hier wird kein Kaffeekränzchen«, sagte Emily ruhig und setzte sich wieder auf den Barhocker. Sie spürte, wie Kate, die sich eigentlich gerade auf einen gemütlichen Start in den Tag einrichten wollte, sie neugierig ansah. Ihrem

Blick nach zu urteilen, erwartete sie entweder Klatsch und Tratsch oder eine absolute Sensation.

»Dimmi. Erzähl es mir.«

Der Mut verließ Emily so schnell, wie er gekommen war, und sie fuhr mit dem Zeigefinger das Muster der Steinarbeitsplatte auf der Kochinsel nach. »Du kennst meinen Vater?« Ihr Versuch, beiläufig zu klingen, hörte sich genauso an – wie ein Versuch.

»Jack Jones. Großer Tänzer.« Kate vollführte ein paar gekonnte Tanzschritte, die Emily nicht definieren konnte. »Ist seit Kurzem im Tanztreff mit mir.«

Die gingen zusammen zum Tanztreff?

»Bewegt sich wie ein junger ragazzo, dein Dad.« Als sei ihre Aussage nicht verstörend genug, hob Kate den Daumen in die Luft, und Emily fühlte sich wie im falschen Film.

»Ragazzo? Mein Dad?« *Der mit den Pseudo-Infarkten?*

Mrs. MacGowan summte eine Melodie, zupfte an ihrem Kuchen herum und holte die Bialetti aus der Schublade.

»Kennt ihr euch schon lange?«, stammelte Emily wie eine besorgte Teenagermutter, die ihre Tochter nach der ersten Liebe ausfragte.

»Seltsame Frage«, kommentierte Kate entsprechend, während sie Espressopulver in die Bialetti-Öffnung einfüllte. Sie konnte sich noch so sehr als die fröhlich backende Südländerin darstellen, irgendetwas stimmte hier nicht, und Emily würde es herausfinden. Schluss mit dem Drumherumgerede.

»Es ist wegen Chris«, blaffte Emily so, als sei damit alles gesagt.

»Si. Mein Sohn. Was ist mit ihm?«

»Dein Sohn: ja. Und wessen Sohn noch?«

Es fühlte sich an, als wäre es draußen dunkler geworden.

Gab es gleich ein Gewitter, oder war das nur das Donnerwetter, das sie gerade selbst ausgelöst hatte? Der Messlöffel knallte auf die Arbeitsplatte. Die Bialetti stand offen. Es würde wohl erst einmal keinen italienischen Kaffee in diesem Haus geben.

»Wer ist Chris' Vater?«, wiederholte Emily lauter, um sicherzugehen, dass die Worte ankamen.

Die sonst so geschäftige Kate MacGowan ließ die Arme hängen. »Ich denke, du kennst ihn nicht.«

Die Antwort genügte Emily, um kurz durchzuatmen. Folglich war es nicht Dad, denn es klang nicht so, als sei diese Aussage gelogen. Gott sei Dank.

»Warum hast du das Chris nie gesagt?«

»Die Wahrheit kommt immer ans Licht«, murmelte Kate gedankenverloren. Sie wirkte wie versteinert. »Manchmal wartet man zu lange auf den richtigen Zeitpunkt.« Langsam kam wieder Bewegung in die kleine Italienerin, so als habe sie plötzlich den Drang, endlich alles loswerden zu wollen. »Chris' leiblicher Vater ist Unternehmer. Was, wenn er keinen Sohn gewollt hätte? Ich wollte Chris eine weitere Enttäuschung ersparen. Irgendwann habe ich mich scheiden lassen. Chris' sogenannter Dad war also aus seinem Leben verschwunden. Damit kam er gut klar. Keine weiteren Wunden.«

»Sag es ihm trotzdem, ich bitte dich darum.«

»Ich wollte ihn nicht verletzen ... Heilige Maria, der Rotweinkuchen! Tiffany wartet.« Kate riss einen Oberschrank auf, griff nach der Puderzuckermühle, dann nach dem Kuchen auf dem Rost und stürmte damit hinaus. Das Gewicht auf ihren Armen ertrug sie für den Augenblick offenbar besser als die Last der Wahrheit auf ihren Schultern.

Emily konnte Kates Reaktion verstehen, wie eigentlich alles, was sie gesagt hatte. Gedankenverloren, wie sie war, merkte sie kaum, wie sie ins Bürozimmer schlenderte. Sie setzte sich auf den Drehstuhl, fuhr über die Tastatur und drückte etwas unschlüssig auf der Maus herum. Die Pflanzen müssten gegossen werden. Bis auf den Kaktus ließen alle die Köpfe hängen. Sie verteilte das restliche Wasser aus der kleinen Gießkanne, die auf dem Fenstersims stand, und setzte sich dann wieder hin.

Es war nicht mehr ihr Job, aber sie wollte trotzdem wissen, ob Chris den Businessplan hatte finalisieren können. Nur kurz gucken. Sie schaltete den Computer ein und klickte auf das entsprechende Tabellenkalkulationsdokument, überflog die Zahlen und las sich den Plan durch. Es sah alles sehr gut aus, wenn sie auch immer noch ein bisschen daran zweifelte, dass die Bank einen Kredit in Höhe von 100.000 Dollar auf Basis des Businessplans bewilligen würde. Hoffentlich bereitete Chris sich auf das Interview mit dem Bankmenschen gut genug vor. Das war mindestens genauso wichtig.

Auf ihrem Handy öffnete sie das E-Mail-Programm – nur Werbe-E-Mails, Michael hatte nicht auf ihre Nachricht von heute Morgen reagiert. Die feinen Härchen an ihren Armen stellten sich einzeln auf, als Chris' Stimme stark und zugleich unendlich liebevoll zu ihr herüberdrang.

»Mrs. Carsen.« Er kam direkt auf sie zu. Sie begann, ihren Nachnamen zu hassen, wenn er ihn so aussprach. Zu allem Übel sah er auch noch verdammt gut aus, obwohl er genauso wie bei ihrem ersten Treffen ein grobes Holzfällerhemd mit rot-schwarzen Karos trug. Wo sollte sie anfangen? Jetzt bloß nichts Falsches sagen.

Sie hob die Hände, weil es ihr nicht richtig vorkam, ohne

Erlaubnis an seinem Computer zu sitzen. »Ich wäre hier besser nicht aufgetaucht.«

»Sehe ich genauso.«

»Ich habe mir Sorgen gemacht, weil der Businessplan doch perfekt sein muss für deinen Termin mit der Bank in ein paar Tagen. Ich will nicht, dass du alles verlierst, Chris.«

»Das habe ich schon«, flüsterte er und kreuzte die Arme über der Brust.

Aus Angst, er könne sich umdrehen und gehen, redete sie einfach drauflos. »Ich hatte diese Briefe gefunden, versehentlich. Ich wollte sie zurücklegen, ehrlich. Aber jetzt bin ich froh, dass ich es nicht getan habe.«

Er war zu gut erzogen, um sie zu unterbrechen, anzubrüllen oder zu fragen, was sie da überhaupt faselte. Stattdessen riss der Nachrichtenton des Mailpostfachs sie aus dem Redestrom. *Red River Winery* – eine Nachricht von Max Brown. Ein Schauer lief ihr über den Rücken, als sie draufklickte. Chris beugte sich über sie. Es war ihr vollkommen entgangen, wie dicht er neben ihr stand. Sein gestählter Körper, den sie normalerweise anziehend und sexy fand, hatte jetzt etwas Bedrohliches.

Die E-Mail umfasste nur wenige Sätze, aber wenn er die überflogen hatte … Seine Stirn zog sich zusammen, während Emily panisch versuchte, sich aus dem Mailprogramm auszuloggen. Dabei stieß sie an die Maus, weshalb sich das Tabellenkalkulationsprogramm am PC öffnete, dann rutschte ihr das Smartphone fast aus der schweißnassen Hand. Letztendlich schaffte sie es doch irgendwie, das Gerät in ihrer Handtasche zu verstauen.

»Wer von Red River will das Big-Business-Rezept wissen?«

Er hatte mitgelesen. Emily sah die Ader an seiner Schläfe pochen und das blanke Entsetzen in seinem Gesicht.

»Ich kann dir das erklären. Es ist alles völlig anders, du musst mir glauben.«

»Weiter.« Mehr als ein Wort schien sie ihm nicht mehr wert zu sein.

»Als ich zurück nach Kalifornien kam, hat man mir bei Red River einen Job angeboten.«

Chris legte angespannt die Daumen an die Schläfen. »Du willst mir jetzt hoffentlich nicht sagen, du arbeitest für die?« Er musterte sie von oben bis unten. »Rede«, forderte er sie auf.

»Der Inhaber von Red River …« Ihr Unterkiefer zitterte. »Also eigentlich fand ich diesen Max ganz sympathisch. Aber dann hat er mir einen richtigen Traumjob in Aussicht gestellt, wenn ich die genaue Zusammensetzung von Big Business herausfinde. Ich war in Bedrängnis wegen Michael, und ich konnte nicht mehr aussteigen, weil ich unterschrieben hatte. Jetzt droht er mir mit einer Vertragsstrafe, die ich zahlen muss, wenn …«

Chris stieß scharf die Luft aus. Er wirkte so, als müsse er gleich den Bildschirm, den Schreibtisch oder irgendetwas anderes zerschlagen. »Du hast mir die ganze Zeit nur etwas vorgespielt? Mich nur benutzt, um an dieses Rezept zu kommen?« Er wich vor ihr zurück, was ihr augenblicklich den Boden unter den Füßen wegzog.

»Ich brauchte einen Neuanfang. Ich wollte nicht mehr von Michael abhängig sein. Meine Geld- und Kreditkarten waren gesperrt, es war mein absoluter Traumjob und ich wusste nicht weiter. Ich war so dumm und durcheinander.«

Er konnte sie offenbar nicht ansehen, dabei wollte sie so gerne in dem Grün seiner Augen eine Bestätigung dafür finden, dass alles wieder gut werden würde. »Du hast das tatsächlich getan?«

»Ich habe einen Rezeptteil hier. Niemand hat ihn gesehen. Ich schwöre es«, stotterte sie und wühlte in ihrer Handtasche herum.

Sein Mund bildete einen feinen Strich und seine Wangenknochen wirkten noch kantiger. Ehe sie sichs versah, zog er sie zuerst aus dem Bürodrehstuhl und riss ihr dann die Seiten aus der Hand. »Verschwinde. Und setz bloß keinen Fuß mehr auf mein Gut.«

»Aber ...«

»Geh ... bitte.« Sein Brustkorb hob sich und sie sah den Schmerz in seinen Gesichtszügen. Ihre Tränen waren nicht mehr aufzuhalten. Emily presste die Tasche gegen ihre Brust und rannte aus dem Büro, den schmalen Gang entlang bis in die große Eingangshalle.

An der Haustür hielt sie inne. Sie wollte sich wenigstens noch von Kate verabschieden, sie noch einmal bitten, sich Chris zuliebe mit der Vergangenheit auseinanderzusetzen. Sie horchte, doch Kate schien nicht mehr da zu sein: kein Gesang, kein Getänzel auf dem Steinfußboden. Als Emily schon den Griff der Haustür in der Hand hielt, drang Chris' Stimme durch den Seitenkorridor, hart und geschäftsmäßig.

»Was wollen Sie von mir, Mr. Carsen?«

Mr. Carsen? So sprach Chris nicht mit Michael. War das etwa der alte Carsen senior? Schnell huschte sie hinter den Mauervorsprung zum Treppenaufgang der Eingangshalle. Es hörte sich so an, als sei Chris in dem Gang zwischen Büro und Lobby stehen geblieben. Der Lautsprecher seines Handys war eingeschaltet, offenbar ein Versehen, das Emily zur ungewollten Mithörerin machte.

»Es geht hier um die Ehe und die Ehre meines Sohnes«, bellte der Politiker Carsen durch den Hörer wie ein Bullterrier.

»Um beides hat Michael sich nie sonderlich gesorgt, so wie es aussieht.«

»Papperlapapp.« Am anderen Ende wurde laut gehustet.

Emily wagte kaum, zu atmen.

»Du willst sie doch gar nicht.« Michaels Vater war hartnäckiger als eine schwere Grippe.

»Ihr feiner Herr Sohn hat Emily die Geld- und Kreditkarten sperren lassen. Er hat sie in eine unmögliche Lage gebracht. Ist das eine funktionierende Ehe?«

»Das Geld musste eingefroren werden. Er saß in Untersuchungshaft. Ihm wird schließlich Übles vorgeworfen, aber das soll dich ja nicht belasten, Junge. Sorge du dich lieber um dein Gut.«

»Ich sorge mich, um was ich will, Mr. Carsen«, sagte Chris nachdrücklich.

»Ich gebe dir 100.000 Dollar.«

Emily glaubte, sich verhört zu haben. Sie presste die Hand auf den Mund, um ein Schreien zu unterdrücken. Chris klang genauso überrascht. »100.000? Was soll ich damit?«

»Dich um deine eigenen Angelegenheiten kümmern.«

100.000 Dollar – das war exakt die Summe, die Chris benötigte. Sicher hatte der alte Carsen überall seine Informanten. Er wollte Chris tatsächlich eine Unsumme dafür bezahlen, sich von ihr fernzuhalten? Emily schluckte. Wie verlockend fand Chris wohl dieses Angebot, jetzt, da er mit ihr nichts mehr zu tun haben wollte? Sie hörte, wie sich die harten Schritte auf dem Steinfußboden entfernten, Chris murmelte irgendetwas. Reglos stand sie immer noch hinter dem Mauervorsprung an der Treppe.

11. Kapitel

Kim hatte nicht nur probiert, Emily mit Pralinen und Schokolade aufzumuntern, sie hatte ihr abends sogar eine Salami-Pizza mit extra viel Käse gebacken und versucht, Emily zu überreden, mit ihr und Lucas auszugehen. Als ob Essen und Party die Allheilmittel wären.

»Es ist keine Katastrophe, dass du nicht herausgefunden hast, wer Chris' leiblicher Vater ist«, hatte Kim gesagt und dabei ganz gelassen ausgesehen. »Immerhin ist es nicht Dad. Ist doch super! Es ist also nichts verloren.«

Das mit dem *Verloren* stimmte natürlich nicht, denn Emily fühlte sich, als hätte ihr jemand das Herz herausgerissen. Als Chris ihr sagte, sie solle sich nie wieder bei ihm blicken lassen, wäre ihr beinahe die Luft zum Atmen weggeblieben, und sie glaubte, auf der Stelle sterben zu müssen. Aber er hatte seine Worte ernst gemeint, und es gab nichts, was sie dem Schmerz, den sie verursachten, entgegensetzen konnte. Eine furchtbare Leere machte sich in ihr breit. Sie legte sich mitsamt ihrer Kleidung in ihr Bett und zog sich die Bettdecke über den Kopf.

Die folgenden beiden Tage verbrachte Emily damit, die feinen Haarrisse an der Zimmerdecke zu zählen und Chris noch mehr zu vermissen, wenn das überhaupt möglich war. Sie hatte weder Hunger noch sonst irgendetwas. Alles, was sie zum Leben brauchte, war er. Dad lugte hin und wieder um die Ecke, er sorgte sich sicher um sie, ließ sie aber in Ruhe – wohl, weil er merkte, wie wenig Wert sie auf jegliche Art von Gesellschaft legte.

An Tag drei lenkte Kim rigoros den Rollstuhl durch den Türrahmen des ehemaligen Gästezimmers. Sie sah energisch aus. »Wenn du auch nur eine Minute länger liegen bleibst, schimmelst du wie ein Camembert-Käse. Das will hier niemand erleben. Außerdem mag ich Käse nicht besonders. Steh auf – es reicht!« Sie rollte ans Bett, hob vorsichtig den Teller, den sie mitgebracht hatte, von ihrem Schoß und setzte ihn neben Emilys Nase auf das Kopfkissen. »Ich habe ein Erdnussbutter-Marmeladen-Weißbrot-Sandwich für dich gezaubert, und glaub mir, das hat mich einiges an Überwindung gekostet, mehr als die Salami-Pizza.« Sie lächelte. »Und jetzt erzähl mir alles und lass ja nichts aus.«

Nachdem Emily unter Kims wachsamem Blick ins Weißbrot gebissen hatte, sprudelten die Worte nur so aus ihr heraus. Es war absolut keine schöne Geschichte, allein schon, weil sie durch Emilys andauerndes Schniefen unterbrochen wurde. Aber sie berichtete ihrer Schwester jedes kleinste Detail, angefangen bei Michaels Verhaftung wegen Insiderhandels, Chris' Kuss und dem Gefühlschaos im Vorratsraum, dem Red-River-Deal und zuletzt dem unmoralischen 100.000-Dollar-Angebot von Carsen senior, das sie mit angehört hatte.

»Red River hätte das Rezept kommentarlos kopiert und das Getränk dann international vertrieben?« Kim biss in die Banane, die sie sich mitgebracht hatte, vermutlich ihr zweites gesundes Frühstück für heute. »Unglaublich. Ich hätte dich auch zum Mond geschossen an Chris' Stelle«, sagte sie kauend, während Emily ihr angebissenes Sandwich auf dem Teller hin und her schob.

»Aber ich hätte das doch niemals durchgezogen. Ich habe diesem Max noch nicht einmal einen Teil des Rezepts geschickt, als ich ihn hatte.«

»Das Gut ist Chris' Leben, Emily.« Kopfschüttelnd bewegte sich Kim zum Mülleimer neben dem Kleiderschrank und warf die Bananenschale hinein. »So wie du das eben beschrieben hast, hat er aus einem bestimmten Grund beschlossen, in erster Linie Weinbauer zu sein statt Arzt. Das ist übrigens genauso unglaublich.«

Kim kam zurück zum Bett, nahm den Holzbuddha in die Hand und drehte ihn so, dass Emily ihn ansehen musste. »Ich habe Dad gestern gefragt, ob er Kate näher kennt.«

Emily musste ihre Augen kurz schließen, was nicht an Kims Bemerkung lag, sondern daran, dass ihr der Blick verschwamm. Vermutlich war ihr Kreislauf total im Keller vom tagelangen Verweilen in der Horizontalen, oder es war wegen des lächelnden Buddhas, der sie dazu aufforderte, positiv zu denken, egal, was passiert war. Und der sie an Chris erinnerte.

Du kannst laufen, wohin du willst, aber du kannst nicht davor fliehen, was dir im Leben passieren wird. Die Kunst ist: trotzdem weiterzutanzen, flüsterte eine Stimme in ihrem Kopf, die nicht Kim gehörte.

»Dad weiß noch aus unserer Schulzeit grob, wer Kate ist, so richtig kennt er sie aber erst seit Kurzem aus dem Tanztreff. Behauptet er zumindest.« Kim stellte den Buddha unachtsam zurück auf den Nachttisch, weshalb er nun an die Wand glotzte. »Ich glaube Dad.«

»Du glaubst dem Mann, der Weißbrot vor dir versteckt?« Emily schmunzelte, wenn auch nur ein klein wenig. Es tat ihren Gesichtsmuskeln gut. »Wir wissen ja schon, dass er nicht Chris' Vater ist.«

»Und wie bekommen wir nun dein Leben wieder in den Griff?«, fragte Kim.

»Die Mühe können wir uns sparen. Ich bin am Nullpunkt, eher sogar unter null. Der Job hat sich erledigt, Chris will mich nie wiedersehen.«

»So wie du im Moment aussiehst, möchte dich tatsächlich niemand unbedingt wiedersehen, du Nullpunkt.« Kim rümpfte gespielt übertrieben die Nase, dann wurde sie ernst. »Wenn du Chris wirklich liebst, musst du um ihn kämpfen, Emmi. Solange du das nicht getan hast, hast du kein Recht, seinen Verlust zu betrauern. Hör auf zu jammern und streng dich an.« Flink eilte ihre Schwester zum Kleiderschrank. »Du nimmst jetzt die Briefe und zeigst sie Chris.« Der filigrane Traumfänger schaukelte und die Schranktür protestierte quietschend, als Kim sie aufriss. »Wo ist das Alu-Päckchen mit den Umschlägen von dieser Missy?«

»Im Regal vor dir. Der letzte Brief liegt noch oben auf, weil ich an dem Tag doch keine Zeit hatte, ihn ordentlich wegzupacken.«

»Da ist nichts.«

Emily stöhnte. »Wenn du willst, dass ich aufstehe, kannst du mir das auch anders sagen.« Sie schälte sich aus der Streifenbettwäsche, die sie dringend wechseln sollte, und schlurfte zum Kleiderschrank.

In besagtem Regal tastete sie sich sogar unter den T-Shirts entlang, allerdings war da tatsächlich nichts – weder darunter noch dahinter noch sonst irgendwo. Hektisch durchforstete sie jeden Winkel des Schranks und beförderte schließlich die Kleidungsstücke nacheinander auf den Fußboden. Atemlos stieß sie ein *Rück es heraus, Kim* hervor, als nichts mehr übrig war, was sie hätte durchwühlen können.

Die hob nur verstört die Hände. »Würde ich ja gerne, aber ich hab's nicht.«

»Es kann nicht weg sein.« Es musste da sein! Emily atmete hörbar ein und wieder aus. Zur Unterstützung riss sie die Arme nach oben, damit die Luft leichter in ihren Brustkorb strömte.

»Du siehst seltsam aus, Emmi.«

»Danke. Das hilft mir total.«

»Warum sollte ich lügen, wenn du aussiehst wie eine Wahnsinnige?«

»Weil du der Optimist unter uns bist. Vergessen? Ich muss die Briefe finden, ich muss mich bei Chris entschuldigen, ich muss ...«

»... duschen und dich ordentlich anziehen?«, vollendete Kim ihren Satz.

Nur zwanzig Minuten später saß Emily Jones gestriegelt und gebügelt am Küchentisch, um schnell einen wach machenden Kaffee zu trinken. Kim schob ihr noch einmal das restliche Sandwich zu – und nicht nur das.

»Was soll ich mit der Zeitung?« In dem Käseblatt stand normalerweise nie etwas Außergewöhnliches drin.

»Es ist der California Globe von heute«, antwortete Kim. »Ich dachte, das solltest du dir besser mal ansehen.«

Emily biss in ihr Weißbrot und hob den Blick. Das Brot blieb ihr beinahe im Hals stecken, als Kim den Mittelteil aufschlug und das Magazin so drehte, dass die fette Schlagzeile Emily direkt ins Auge sprang:

Lokaler Gutsbesitzer erobert Amerika.

In einem blütenweißen Hemd lächelte Chris in die Kamera. Er sah aus wie ein professioneller Unternehmer. Weder erkannte man auch nur ein einziges seiner Tattoos noch hatte er irgendwelche Gesichtsblessuren. Der Typ auf dem Foto sah aus wie jemand, der keine Zweifel hegte und genau wusste, was er tat.

Chris MacGowan, der vor acht Jahren das Black-Dragonfly-Weingut seiner Tante geerbt hat und ihr dafür ein verrücktes Versprechen geben musste, macht seine Worte nun wahr: Er plant den großen Durchbruch.
Mehr verrät der Gutsbesitzer uns nicht, außer, dass wir sein innovatives Lifestyle-Getränk bald in allen Bars und Kneipen des Staates genießen dürfen. MacGowan plant mittelfristig eine amerikaweite Expansion.
Gespannt warten wir auf das Ergebnis.
Die Redaktion hat schon einen kleinen Vorgeschmack bekommen. Wir sind begeistert und werden berichten.

Darunter befanden sich einzelne Konsumentenmeinungen, so etwas wie:

Das In-Getränk des Sommers. oder Mein absoluter Lieblingsmix.

Nur der Name Big Business fiel seltsamerweise gar nicht.

Sie starrte wieder auf das Foto, als könne es zu ihr sprechen. Um was für ein verrücktes Versprechen ging es da? Und was sollte der Zeitungsartikel überhaupt bedeuten? Chris brauchte zuerst den Kredit von der Bank, bevor er mit einer derartigen Nachricht an die Öffentlichkeit gehen konnte, und der Banktermin hatte noch gar nicht stattgefunden. Das wusste sie ganz genau, schließlich hatte sie den Termin für ihn vereinbart.

100.000 Dollar und die Kontakte von Carsen senior genügen wohl, um die Expansionspläne anzustoßen, schoss es durch ihre Gedanken. Nein, Chris hatte niemals Carsens Schmiergeld angenommen ... Oder doch?

»Das klingt ziemlich cool, finde ich«, schwärmte Kim. »Ich mag den Drink. Hab ihn aber nur einmal in San Francisco zusammen mit Lucas getrunken. Das Getränk ist wirklich der Hammer.« Sie zeigte sich tief beeindruckt, was Emily nur noch stärker beunruhigte. »Die reden von *Big Business*, nicht wahr? Warum steht das denn da nirgends?« Mit dem Zeigefinger fuhr Kim die Zeilen entlang.

»Ich freue mich für ihn«, murmelte Emily abwesend. Seit ihrem Streit waren nur wenige Tage vergangen. Tage, in denen sich das Blatt offenbar komplett gewendet hatte. Wie lange hatte sie eigentlich nichts von der Welt um sich herum mitbekommen? Emily schaltete ihr Smartphone ein, das sie ewig nicht mehr beachtet hatte; sofort vermeldete es einen Maileingang.

VON: chris.macgowan@blackdragonfly.com
AN: emily.carsen@gmail.com

Emily,
im Anhang findest du das, was du von mir wolltest:
Einen Scan des originalen Big-Business-Rezepts.
Noch weiß niemand, mit welchem Getränk ich an den Markt gehen werde.
Tu damit, was du für richtig hältst.
Chris

»O mein Gott. Ich habe die Rezeptur. Es ist vollständig, alle sechsunddreißig Seiten.« *Versehen mit Missys bunten Skizzen, Herzchen und Verzierungen.* »Chris hat es mir geschickt. Einfach so.«

Warum tat er das? Er hatte sie rausgeworfen, wollte sie nie mehr wiedersehen, plante die Expansion allein. Und jetzt schickte er ihr relativ kommentarlos diese wertvolle Formel? Das Rezept war da – direkt vor ihr, in ihrem Mailordner. »Wo ist der Honda-Schlüssel?«

Offenbar erriet Kim ihre Überlegungen. »Er hat die 100.000 Dollar von Carsen senior nicht angenommen, bestimmt nicht. So tickt Chris doch gar nicht.« Ihre Schwester stellte sich ihr in den Weg, aber Emily umrundete den Rollstuhl, während sie das Handy in die Gesäßtasche ihrer Jeans steckte. Auf der Kommode glänzte Dads Autoschlüssel, wie frisch poliert. Schnell griff sie zu, lief noch einmal zurück und klemmte sich die Tageszeitung unter den Arm. Die Lethargie der vergangenen Tage war wie weggeblasen.

»Ich melde mich.« Sie warf Kim eine Kusshand zu und huschte hinaus. Das *Mach keine Dummheiten* ihrer Schwester überhörte sie einfach.

Als der Honda hustend über die Golden Gate Bridge fuhr, fühlte sich Emily zurückversetzt. Sie erinnerte sich, wie Chris sie in seinem Wagen mitnehmen musste, an seinen Blick, als sie ihre Mundwinkel trainiert hatte, und an sein Lachen. Die rostroten Brückenpfeiler zogen sich bis in den Himmel. Möwen kreisten über dem Meer. Damals hatte sie überhaupt nicht geahnt, was auf sie zukommen würde, sie ahnte es auch jetzt nicht. In ihrem Magen bildete sich ein fester Klumpen.

Vor dem beeindruckenden Glasgebäude der Red River Winery parkte sie den Honda auf einem Parkplatz für Kurzzeitparker. Allzu lange würde sie ohnehin nicht benötigen. Die rothaarige Empfangsdame erinnerte sich nicht mehr an sie und hatte absolut keine Lust, eine Emily Carsen in Jeanshose und T-Shirt komplikationslos passieren zu lassen.

»Es könnte Sie Ihren Jahresbonus kosten, wenn Sie mich nicht durchlassen«, drohte Emily als letztes Mittel zum Zweck, wusste aber nicht, ob das die groß gewachsene Frau überzeugte. Immerhin griff die Dame endlich zum Hörer.

»Hier steht eine Verrückte in einem fragwürdigen Oberteil und will mit Ihnen sprechen, Sir.«

Was war mit dem Shirt nicht in Ordnung?

Die Empfangssekretärin verlor keine weiteren Worte und winkte Emily mit einer erhabenen Geste durch.

»Wusste ich doch, dass Sie pünktlich sein werden, Carsen. Heute ist Ihr letzter Tag.« Max Brown lächelte gewinnend. »Dann beginnen Sie mal mit Ihrem Abschlussbericht.«

Tatsächlich. Emily brauchte es gar nicht nachzurechnen, es war der letzte Tag von Max Browns Ultimatum. Bis heute sollte sie ihm die Ergebnisse liefern. Das passte ja hervorragend. Fehlte nur noch seine Frage nach dem Wetter in der Weinregion. Wie vergangenes Mal deutete Max mit einer ausufernden Geste auf den Ledersessel, aber Emily war zu aufgeregt, um sich niederzulassen.

»Ich habe das Rezept«, sagte sie mit fester Stimme. »Alle sechsunddreißig Seiten. Ich kenne die Formel.«

Max blieb der Mund offen stehen. Er wirkte zum ersten Mal erschüttert – so sehr, dass er sich setzen musste, während Emily den Rücken durchdrückte und sich noch gerader hinstellte. »Wie lautet die Zauberformel denn, Mrs. Carsen?«

»Wissen Sie was?« Mittlerweile trat Emily Max fast auf die teuren Lackschuhe. »Ich gebe sie Ihnen nicht.«

»Sie machen mich ja total nervös mit Ihrer Art heute.« Max sah aus, als würde er Emily am liebsten eigenhändig in den Ledersessel verfrachten. »Nun nehmen Sie doch erst einmal Platz.«

»Denken Sie eigentlich, nur Red River ist in der Lage, ein derartiges Getränk zu vermarkten?« Statt von ihm abzurücken, beugte sie sich vor und tippte ihm kräftig mit dem Zeigefinger auf das dunkelblaue Sakko. »Ich weiß, dass Chris MacGowan es auch alleine schafft. Er expandiert.« Sie warf die Tageszeitung mit dem aufgeschlagenen Artikel auf den Glastisch zu. »Bitte schön.«

Selbst wenn das Geld für die Expansion von Carsen senior stammte, es war ihr in diesem Moment vollkommen egal. Chris würde es schaffen. »Das Ganze hat mich schon genug gekostet.« Ihre Stimme klang heiser, obwohl sie bestimmt und verärgert auftreten wollte.

»Jetzt regen Sie sich mal nicht so auf. Sie tun ja gerade so, als ob ich Ihre persönliche Zukunft zerstört hätte.«

»Unser Vertrag ist abgelaufen. Sie bekommen von mir kein Rezept und keine weiteren Informationen. Und eine Vertragsstrafe zahle ich Ihnen ganz sicher nicht. Das geht vor Gericht niemals durch.« Sie war überrascht, wie selbstbewusst sie sich anhörte.

»Alles klar«, antwortete Max nur gelassen und seufzte.

»Das war's?« Emily streifte sich die feuchten Handflächen an der Jeans ab und fühlte, wie sich ihre Gesichtszüge entspannten. Ihr Blick wanderte durch den Raum. Sie würde nie wieder hierherkommen.

»Das war's«, bestätigte Max leichthin. »Sie haben einen guten Job gemacht und wir überweisen Ihnen Ihren Lohn dafür umgehend.«

»Meinen Lohn?« Hatte sie sich verhört?

Ganz offenbar nicht. Max zeigte auf das rote Acrylbild, das hinter dem Mahagonischreibtisch hing. »Ich habe das

Gemälde fertiggestellt – Sie haben geholfen, es zu komplettieren.«

Mit gemischten Gefühlen beobachtete sie, wie Max lächelte. Er war ihr trotz allem immer noch irgendwie sympathisch. Sie konnte nicht einordnen, warum. »Was soll das darstellen?«

»Ich male leidenschaftlich gerne. Zugegeben, es ist ein wenig abstrakt.« Max erhob sich und schlenderte auf das Bild zu. »Es ist eine Libelle«, sagte er und ließ sie nicht aus den Augen.

Emily runzelte die Stirn, ihre Gehirnzellen ratterten: Black Dragonfly – schwarze Libelle. Sie ging hinter den Schreibtisch und stellte sich dicht vor das mit Acrylfarben gemalte Bild. Jetzt, da sie es wusste, konnte sie wirklich eine Libelle erkennen: Schwarzrot thronte sie mitten in dem knallroten Farbklecks. Die Libelle sah so filigran aus, dass Emily sich kaum vorzustellen vermochte, wie der gestriegelte Mr. Brown mit dem Pinsel hoch konzentriert davor gesessen haben musste. Sie traute sich nicht, den Konzerninhaber direkt zu fragen, was sie so brennend wissen wollte: Warum eine Libelle? Stattdessen nahm sie aus den Augenwinkeln ein kalkartiges Gebilde auf dem Mahagonischreibtisch wahr: ein Sanddollar. Vielleicht war Max Brown ein leidenschaftlicher Muschelsammler. Oder hatte Chris recht und Zufälle gab es nicht?

»Ist alles in Ordnung mit Ihnen, Mrs. Carsen? Sie sehen etwas blass um die Nase aus«, sagte Max belustigt hinter ihrem Rücken. Sicher nestelte er wieder an seiner Brille herum, während er sprach. Emily lenkte ihre volle Konzentration auf das Bild.

»Soll das darstellen, wie Red River das kleine Black-Dragonfly-Gut verschluckt? Im übertragenen Sinne?«

Entschlossenen Schrittes kam Max auf sie zu. Die Hände hielt er gefaltet. »Es verstößt gegen meine Prinzipien, ein aufstrebendes Weingut zu ruinieren. Sie kamen direkt aus der Wirtschaftsprüfung, aus dem strengsten Laden, den New York zu bieten hat. Hat es Ihnen gefallen, dort mit Zahlen zu jonglieren?«

Emily verzog das Gesicht. »Ich bin kein Finanzmensch.«

»Ihre Zeugnisse sagen etwas anderes.« Nun schob er seine Hände in die feinen Anzugtaschen und zuckte selbsterklärend mit den Schultern. »Manchmal muss man es sich eingestehen, wenn man eine Sache gut kann.«

»Sollte man nicht besser seinen Träumen folgen?« Es fühlte sich kurios an, mit dem Inhaber des größten kalifornischen Weinhandels über Lebensträume zu diskutieren.

»Träume sind etwas Wunderbares, aber bin ich Maler geworden? Es mag hin und wieder richtig sein, seinen Träumen zu folgen. Idealerweise aber sollte man beides verbinden können – Leidenschaft und das, was man gut kann. Lernen Sie, sich zu erkennen, und bleiben Sie sich treu.«

»Finanzwirtschaft hat nichts mit meinem beruflichen Traum zu tun. Und mit dem Glücklichsein schon gar nicht«, sagte sie, ohne wirklich überzeugt zu klingen. In Wirklichkeit wusste sie längst, dass die Finanzthematik ebenso zu ihr gehörte wie das Interesse für Marketing, ihre Ordnungsliebe und ihr zurückgewonnener Familiensinn.

»Genauso hat Wein rein gar nichts mit Chris MacGowans Traum zu tun.« Mit dem Zeigefinger fuhr Mr. Brown über den unteren Bildrand, woraufhin das Gemälde leicht ins Schaukeln geriet. »Dennoch versteht er etwas von der Kunst, einen guten Wein zu produzieren – mehr noch. Das liegt wohl in den Genen. Die Medizin hingegen ist seine

Leidenschaft, dafür brennt er. Im Grunde genommen wird er irgendwann beides miteinander verbinden müssen, egal, wie gegensätzlich es ist.«

»Woher wissen Sie so viel über ihn?« So langsam wurde das Gespräch zu intim für Emilys Geschmack.

»Mrs. Carsen, Sie haben mir wirklich sehr geholfen.« Die dunkelbraunen Chef-Pupillen strahlten sie an. »Ich wusste, Sie können das. Ihre Zeugnisse sprechen eine deutliche Sprache und Ihre Persönlichkeit sowieso, ob Sie wollen oder nicht.« Er rückte das Libellen-Bild wieder gerade und positionierte sich etwas weiter weg, um es zu betrachten.

Emily kniff die Augen zusammen. »Soll das etwa heißen, Sie wollten das Rezept gar nicht?«, stieß sie schließlich hervor.

»Nein. Niemals.« Mittlerweile hatte er sich ihr voll und ganz zugewandt. Er lächelte, fast wie der Holzbuddha. »Was soll ich denn mit einem Jahrhundertwälzer von sechsunddreißig Seiten?«

Emily fasste sich an die Kehle. »Sie wollten doch den Getränkemarkt erobern, weltweit … junge Zielgruppe und so.«

»Und Sie glauben, wenn wir das wirklich gewollt hätten, wäre Red River keine bessere Lösung eingefallen, als ein Rezept zu stehlen?«

Ihr Unterkiefer klappte nach unten, sprachlos starrte sie Max an, der die Arme über der Brust verschränkte.

»Sie sind mir vor die Füße gefallen, Mrs. Carsen. Wie ein Geschenk des Himmels«, philosophierte er und beobachtete dabei die Libelle auf dem Gemälde, als würde sie ihre zarten Flügel bewegen. »Ich wusste, dass Black Dragonfly finanzielle Probleme hat. Chris MacGowan brauchte dringend einen Kredit, insbesondere für die Expansion. Sonst hätte er dichtmachen können. Er hätte niemals meine Hilfe angenommen und mein Geld schon gar nicht. Niemals. Es war viel schlauer, *Sie* auf dem Weingut einzuschleusen. Ich konnte natürlich nicht wissen, wie es laufen wird. Dass das Ganze eine gewisse Eigendynamik entwickeln würde, das war ein glücklicher Zufall. Wie dem auch sei – es hat funktioniert. Der Zeitungsartikel spricht für sich. «

»Und *Sie* sprechen in Rätseln. Chris ist und bleibt Ihr Konkurrent, auch wenn das Gut klein ist. Warum sollten ausgerechnet Sie ihm in irgendeiner Form bei seinen finanziellen Problemen helfen wollen?«

»Chris MacGowan ...« Max schluckte, dann drehte er sich um und schritt zu dem riesigen Fenster, das eine faszinierende Eine-Million-Dollar-Aussicht über ganz San Francisco bot. Er nahm die Hornbrille von der Nase, legte sie auf dem Fenstersims ab und rieb sich die Schläfen. »Er ist mein Sohn.«

Stumm ließ Emily sich auf den lederbezogenen Schreibtischstuhl, der eigentlich Max gehörte, sinken.

»Ich war mit dieser wunderschönen, sehr temperamentvollen Frau zusammen, aber Kate MacGowan war verheiratet.«

»Sie und Kate?« Es war nicht schwer, zu verstehen, warum die Südländerin dem Charme dieses attraktiven Mannes erlegen war. Umgekehrt ebenso.

»Es sollte nicht sein. Ich habe daraufhin hier in San Francisco die Firma meines Vaters übernommen und mich in die Arbeit gestürzt, um Kate zu vergessen. Arbeit war ja bei uns im Betrieb schon immer genug da.« Max ließ die Brille auf dem Fenstersims liegen und schritt zu dem kleinen Glastisch, wo er sich einen Firmenkeks von dem Präsentierteller fischte, lediglich um damit herumzuspielen. »Ich habe danach eine andere Frau kennengelernt, Erika, leider ist sie viel zu früh von uns gegangen. Wir haben zwei erwachsene Töchter.«

»*Sie* sind der Mann, den Missy beschrieben hat?«

»Kate und ich – es war so viel mehr als eine Affäre, aber sie hat es beendet. Wegen ihres Sohnes, Daniel, den es zu diesem Zeitpunkt schon gab. Sie wollte ihm eine intakte Familie bieten. Mittlerweile kann ich das besser verstehen. Man trifft andere Entscheidungen, wenn man bereits ein Kind hat. Ich wollte um sie kämpfen, aber sie hat mich nicht gelassen.« Gedankenverloren drehte er den Keks in seiner Hand. »Kate kann ziemlich resolut sein.«

Emily nickte zustimmend. »Warum sind Sie sich so sicher, Chris' leiblicher Vater zu sein?«

»Vor einigen Wochen, bevor Sie hier auftauchten, habe ich von einem Notar einen Brief erhalten. Dem lag dieser Sanddollar bei, den Sie dort sehen. Laut Notar hat Missy verfügt, dass das Schreiben erst knapp acht Jahre nach ihrem Tod an mich übergeben werden darf. Sie hatte ein genaues Datum festgelegt. Angeblich war das die Zeit, die sie Kate geben wollte, mit den Gegebenheiten zurechtzukommen, Dinge zu klären. Natürlich ist es nicht richtig von Missy, sich so vehement in die Angelegenheiten ihrer Schwester einzumischen, dennoch: Sie hat geschrieben, falls Kate es aus Angst oder Scham nicht übers Herz gebracht hätte, mir die Wahrheit zu sagen, würde sie dies übernehmen.«

»Missy scheint ein echter Dickkopf gewesen zu sein.«

»Das können Sie laut sagen, und Sie können sich vielleicht vorstellen, wie ich geguckt habe: Ich habe einen Sohn!« Er sagte es, als sei er gerade noch einmal Vater geworden. »Es passt alles: die Zeit, sein Aussehen. Ich weiß, dass er mein Sohn ist.« Der Keks fiel aus Max' Hand und zerbrach auf dem Fußboden. Er bückte sich, um die Krümel zusammenzuwischen, was ihn überhaupt nicht mehr so mächtig und Furcht einflößend wirken ließ wie damals, als Emily ihn kennengelernt hatte. »Plötzlich nahm das Schicksal seinen Lauf. Ich habe recherchiert. Dabei habe ich nicht nur festgestellt, dass dieses Getränk von Chris' Gut produziert wird – es ist wirklich ein Kassenschlager. Ich habe auch herausgefunden, dass er Medizin studiert hat. Und irgendwann stolzierte Ihr Vater, der zigarrenrauchende Jack Jones, mit Ihren Bewerbungsunterlagen in mein Büro. Den Rest kennen Sie.«

»Sie wollten Chris helfen?«

»Ich bereue es, so viele Jahre verloren und keinen Kontakt zu ihm gehabt zu haben. Karriere ist nicht alles. Das Wichtigste im Leben ist die Familie. Meine Töchter wohnen weit weg, eine sogar in Europa. Es wäre schön, ein Kind in der Nähe zu wissen.« Er richtete sich auf und trug die Krümel zum Mülleimer. Dann atmete er tief aus. »Das klingt jetzt vermutlich ziemlich gefühlsduselig für einen alten Mann wie mich, oder?«

»Nein, gar nicht.« Dennoch musste sie ihn das fragen: »Warum haben Sie nicht einfach alles aufgeklärt?«

»Warum hat Kate das nicht getan?«, entgegnete er. »Immerhin, mein Plan hat funktioniert. Chris wird expandieren und er wird es schaffen.«

»Das ist wohl so.« Sie sah noch einmal auf das Gemälde mit dem riesigen roten Farbklecks und der kaum erkennbaren Libelle in der Mitte.

»Ich habe sie erst kürzlich hinzugefügt – die Libelle. Ohne sie wäre das Bild nicht vollständig gewesen.«

12. Kapitel

Max Brown war also Chris' leiblicher Vater. Das war so verrückt, dass es fast schon wieder einleuchtend war. Gedankenverloren marschierte Emily aus dem Red-River-Büropark hinaus, doch statt in den Honda zu steigen, lief sie weiter in Richtung Chinatown. Dabei nahm sie kaum die knallbunten Beschilderungen des orientalisch angehauchten Stadtteils wahr, der sich vom Rest der Millionenmetropole abhob. Rote Lampions zogen sich an den Häuseralleen entlang, die Inhaber exotischer Obststände buhlten um Kundschaft und die Straßen waren vollgestopft mit Menschen. Asiatische Musik drang aus den Geschäften hinaus auf die Gehwege. Emily schlug den Weg zur Glückskeksfabrik ein. Wenn das Glück schon nicht zu ihr kam, würde sie es wohl selbst suchen müssen. Sie brauchte dringend einen Rat, selbst wenn er in einem Keks stand. Wie könnte sie Chris' Vertrauen wiedererlangen? Ihr Magen zog sich zusammen. Augenblicklich vermisste sie nicht nur Chris, sondern auch Kate und das Leben auf dem Black-Dragonfly-Weingut, sogar den Milchkaffee mit dem Sahneschaum und der glitzernden Zucker-Zimt-Mischung. Sie ließ den Kopf hängen und achtete kaum darauf, wohin sie lief, bis sie sich in dem kleinen Hinterhof der Ross Alley wiederfand, in dem es herrlich nach Teig und frischen Backwaren duftete.

Neugierig betrat Emily den Laden, der zwar das Glück in die ganze Welt auslieferte, aber so winzig war, dass neben ihr höchstens fünf weitere Menschen darin Platz gefunden hätten. Die einzige Mitarbeiterin, eine Chinesin, die fast vollständig von einer großen Backmaschine verdeckt wurde, nickte ihr freundlich zu. Es wäre ziemlich albern, hier in diesem Geschäft nur einen einzelnen Keks zu kaufen. Deshalb griff Emily nach einer Tüte, auf der *100 Stück* stand – einhundert Chancen auf einen guten Rat. Genau das, was sie jetzt brauchte. Dennoch betrachtete sie den Beutel skeptisch von allen Seiten, vielleicht sollte sie sich doch lieber einen anderen aussuchen. Welcher hatte wohl die besten Tipps zu bieten? Die Chinesin beobachtete sie amüsiert, fasste neben sich und schwenkte ein durchsichtiges Tütchen mit zwei Keksen. Nur zwei Kekse?

»Glück oder Pech. Man nie vorher weiß«, sagte sie lächelnd, bedeutete Emily, sich ihr zu nähern und das Kekstütchen in Empfang zu nehmen.

»Was kosten die?«

»Geschenkt.« Sie zwinkerte Emily zu. »Manchmal Mensch braucht nur ein Keks, manchmal zwei.«

Dann setzte sie sich wieder an die Maschine und ließ den Teig in die dafür vorgesehenen Formen fließen, so als wäre Emily gar nicht da.

Was für ein seltsamer Tag. Nachdenklich wanderte Emily zurück zum Red-River-Parkplatz. Der kleine Spaziergang hatte keine neuen Erkenntnisse gebracht, aber gutgetan. Wie eine Trophäe stellte sie die Klarsichttüte mit den beiden Keksen auf den Beifahrersitz und fuhr los. Nach wenigen Metern geriet sie auf der Golden Gate Bridge in einen Stau, dabei war sie noch nicht einmal zur Rushhour-Zeit unterwegs. Gelangweilt schaute sie nach links, wo leider kein gut aussehender Kerl in einem Land Rover hielt, sondern ein alter Buick mit einer Dame, deren Gesicht so faltig aussah wie eine vertrocknete Pflaume. Auf ihrem Schoß hockte ein grimmiger Mops. Schnell wandte Emily den Kopf in die andere Richtung. In dem blassblauen Kleinwagen zu ihrer Rechten saß ein Mann, dessen Glatze fast gegen den Autohimmel stieß. Er kaute auf einer Möhre herum. Seufzend stellte sie den Motor ab wie all die anderen Fahrer vor ihr.

Ein feiner Nebel hüllte die roten Brückenpfeiler ein, weshalb es ihr beinahe so vorkam, als schwebe die Brücke haltlos im Nichts. Dort, wo die Nebeldecke aufriss, sah man das helle Blau des Meeres durchschimmern. Es gab ihr die Hoffnung, irgendwie könne doch noch alles gut werden. Aber die Autos vor ihr bewegten sich nach wie vor keinen Zentimeter und das minutenlange Hinausstarren half ihr nicht weiter. Schließlich nahm Emily die Kekstüte vom Beifahrersitz und entschied sich spontan dafür, den linken Glückskeks zu essen. Sie öffnete die Verpackung, zog ihn hervor und brach ihn in der Mitte entzwei. Im Geist formulierte sie eine Frage an den Weisheitskeks, die nur sehr schwer zu beantworten war. Eine echte Herausforderung an das Gebäck:

Was soll ich tun?

Kaum gedacht schüttelte sie den Kopf – sie fragte einen Keks um Rat. So ein Quatsch. Kim glaubte vielleicht an so etwas, aber doch nicht sie. Dennoch schielte Emily mit zittrigen Fingern auf den gedruckten Text auf dem weißen Papierstreifen, während sie sich eine Kekshälfte in den Mund schob.

Geh den richtigen Weg, nicht den einfachen.

Toller Ratschlag. Ihr Weg führte in die Jefferson Street 25, nach Hause. Schließlich wollte Chris sie nicht mehr sehen. Wie durch ein Wunder setzte sich die Blechkarawane plötzlich schleppend in Bewegung.

Als sie eine Stunde später die Blätter der Ahornbäume sah, die sich leicht im Sommerwind bewegten, konnte sie sich kaum daran erinnern, wie sie zum Black-Dragonfly-Gut gefunden hatte. Während der Fahrt hatte sie über so vieles nachgedacht. Sie spürte einen Druck in der Schläfe und blickte zur Beifahrerseite. Einmal hatte sie sich schon, peinlicherweise, von einem Keks Hilfe erbeten. Dann konnte sie das auch ruhig noch ein zweites Mal tun.

Unschuldig lag der zweite Glückskeks auf dem Beifahrersitz. Außer der nichtssagenden E-Mail mit den Rezeptseiten hatte Emily nichts von Chris gehört. Also:

Was mache ich mit Chris?

Sie nahm den gebogenen Keks und brach ihn in der Mitte entzwei:

Küssen ist stets eine gute Idee.

Nach allem, was war? Da irrte der Keks sich aber gewaltig.

»Wenn eins definitiv nicht passieren wird, dann das«, sagte sie. Sicherheitshalber biss sie trotzdem in eine Kekshälfte. Vielleicht half es, wenn man ihn verzehrte. Die beiden Zettelchen faltete sie ordentlich zusammen und steckte sie in ihre Hosentasche. Konnte ja nicht schaden, ein bisschen Glück dabeizuhaben. Hoffentlich hatte Chris das Geld von Michaels Vater nicht angenommen. Nur weil in der Zeitung irgendetwas von Expansion stand, musste dem ja nicht so sein.

Doch bereits im Eingangsbereich fielen ihr die ersten Veränderungen auf. Was war denn hier los? Die eher karge Lobby sah aus wie ein Blumenladen. Außerdem lag ein Perserteppich auf den Steinfliesen, einer von der nicht ganz billigen Sorte. Waren die Wände und die Decke gestrichen worden? Emily versuchte, den auffälligen Umgestaltungen keine allzu große Beachtung zu schenken, bis sie Kates ehemaliges Kochreich betrat. Von der alten Küche war kaum mehr etwas zu erkennen. Der Edelstahl der neuen Hightech-Geräte glänzte wie frisch poliert, Emily befürchtete fast, die kühlschrankgroße Saftpresse könne anfangen, mit ihr zu sprechen. Der Raum war jetzt extrem funktional und steril eingerichtet, so wie es sich eigentlich nur für ein Großunternehmen gehörte. Irgendwie schien alles, was Emily bisher gesehen hatte, einer Rundumerneuerung zum Opfer gefallen zu sein. Was war nur hier los? Wenigstens die Zitronenkacheln im Korridor zum Büro waren dieselben geblieben, was sie seltsam beruhigte.

»Junge, das ist ja großartig«, hallte Kates Stimme aus der Eingangshalle, die Emily gerade verlassen hatte.

»Marsen&Marsen steigen echt ein. Die haben eine unschlagbare Erfahrung im Vertriebsbereich«, antwortete Chris. »Ich kann mich wirklich nicht beschweren.«

Emilys Gefühle fuhren Achterbahn und sie bekam einen kleinen Schluckauf. Chris hatte expandiert, es war keine Zeitungsente gewesen, sondern eine stichhaltige Pressemitteilung.

Carsen senior, 100.000 Dollar.

»Kannst du der Bestellung noch die Eichenfässer beifügen? Grazie.« Die Schritte wanderten in der Eingangshalle umher, wobei die Damenabsätze jetzt die Treppe hinaufklackerten, während die Turnschuhsohlen ihren Weg in den Gang fanden, wo Emily wie angewurzelt stand. Ihr Schluckauf war augenblicklich wie weggeblasen.

»Du? Hier?« In der Hand hielt Chris eine Mappe, auf der in großen Lettern Marsen&Marsen zu lesen war.

Sie hatte nicht vorgehabt, ihm Vorwürfe zu machen. Eigentlich hatte sie mit Kate noch einmal wegen Max Brown sprechen wollen. Und dann kam es doch anders.

»Hast du dich von Michaels Vater bezahlen lassen?« Ihre Stimme war kaum mehr als ein Flüstern.

Skeptisch sah Chris ihr ins Gesicht. »Woher weißt du das mit Carsen senior?«

Ihr linkes Augenlid zuckte und sie konnte es nicht ändern. »Es ist also wahr? Die Neuerungen … du hast dich wirklich dafür bezahlen lassen, dich von mir fernzuhalten?« Ihre Knie waren viel zu weich. Lange würden sie sie nicht mehr tragen.

»Du hast das Telefonat mit angehört?« Chris stand jetzt dicht vor ihr und legte eine Hand auf ihren Oberarm. Ihre Haut darunter brannte wie Feuer. Es kam ihr vor, als berühre er sie zum ersten Mal. »Kennst du mich so schlecht, Emily?«

»Woher hast du das viele Geld? Der Termin mit der Bank hat doch noch gar nicht stattgefunden.«

»Nicht von Carsen senior«, sagte er etwas zu laut und der Korridor schien mit einem Mal zu klein für sie beide.

»Aber die neuen Geräte und dieser Zeitungsartikel …«

»Emily.« Obwohl er ihren Namen sagte, schaute er zu Boden. »Ich bin immer noch wütend auf dich, weil du nicht mit mir über diese Red-River-Sache geredet hast.« Er hob den Blick, und sie konnte nicht anders, als in seine Augen zu sehen. Wie sehr hatte er ihr gefehlt. Den Tränen nahe trat sie einen Schritt zurück, bis sie die Wand im Rücken spürte. Chris verfolgte ruhig ihre Bewegungen, bevor er weitersprach. »Mich von dir fernhalten? So viel Geld kann mir niemand bieten.«

»Ich hätte Max Brown das Rezept nie gegeben, noch

nicht einmal einen Teil«, presste sie heraus und knetete ihre Hände. »Warum hast du mir überhaupt den vollständigen Scan geschickt?«

»Ich werde immer wollen, dass du glücklich bist, Emily Jones. Und wenn du dazu dieses Rezept brauchst, bitte. Ich wusste, du würdest es nicht an Red River weitergeben.« Seine Worte kamen klar und deutlich. »Dank dir hat das mit dem Kredit übrigens geklappt. Der Bankberater hatte unseren Termin vorgezogen. Ich bin noch an dem gleichen Tag hingefahren, an dem du das Gut verlassen hast.«

»Das Geld ist von der Bank?«

»Von wem denn sonst?«

Erleichtert atmete sie auf. »Max hat alles richtig gemacht«, sagte sie, mehr zu sich selbst.

»Max?«

»Dein ... Der Inhaber der Red River Winery.«

Chris stöhnte genervt. »Was soll der Typ denn richtig gemacht haben? Es geht mir immer noch nicht in den Kopf, warum du nicht zu mir gekommen bist. Stattdessen lässt du dich auf einen Deal mit einem Kerl ein, den du gar nicht kennst.«

»Ich konnte wirklich nicht mit dir darüber sprechen ... Dich enttäuschen.« Emily tat es selbst leid, wie unbefriedigend das klang.

Er machte einen Schritt zurück. »So wenig hältst du von mir?«, sagte er, ohne sie aus den Augen zu lassen. Seine Muskeln spannten sich an und das Y auf seinem Arm war deutlich zu erkennen.

»Ich konnte einfach nicht ...«

»Du *konntest* einfach nicht?«, wiederholte er. Es hörte sich gequält an, genau das hatte sie nicht gewollt.

»Was ist daran so schwer zu verstehen?«, sprach eine helle

Frauenstimme dazwischen. »Hätte sie demjenigen wehtun sollen, den sie liebt?« Kate stand mitten im Gang, und Emily zuckte zusammen, während Chris wie erstarrt wirkte.

»Das geht dich nichts an, Mom.«

»Das geht es sehr wohl.« Vorsichtig zog Kate einen Sanddollar aus ihrer Küchenschürze, und Emily erkannte auf Anhieb das besondere florale Muster. Es war einer der Dollar aus dem Alu-Päckchen.

»Ich hatte Angst, dich zu verlieren, Chris.« Kate ergriff seine Hand und umschloss sie mit beiden Händen. »Aber es kommt immer alles so, wie es kommen soll. Nicht wahr?«

»Ich fürchte, ich kann dir nicht folgen.« Abrupt zog Chris sich zurück, kreuzte die Arme und fixierte seine Mutter mit seinen Augen, die in dem einfallenden Sonnenlicht bedrohlich hellgrün funkelten.

»Ich hatte jahrelang Angst vor diesem Moment. Ich …« Kate geriet ins Stottern. »Ich war wie paralysiert … und … komplett handlungsunfähig. Missy hat es damals nicht geschafft, mich davon zu überzeugen, dass die Wahrheit der bessere Weg ist. Ständig hatten wir Streit deswegen, und ich müsste unfassbar böse auf sie sein, dass sie sich selbst nach ihrem Tod noch in meine Angelegenheiten einmischt.« Sie schluckte. »Dass sie ihren Dickkopf durchsetzen wollte … durchgesetzt hat. Aber tatsächlich bin ich … Ich bin erleichtert.« Unvermittelt bekreuzigte sie sich. »Mio dio. Gott sei Dank.«

»Was immer diese Wahrheit ist, von der du da redest«, sagte Chris mit einem bedrohlichen Unterton und presste seine Arme enger an seinen Körper. »Für heute habe ich genug gehört.«

Doch seine Mutter ließ sich nicht stoppen. »Ich weiß, du hast dir dein Leben anders vorgestellt. Man trifft existenzielle Entscheidungen; aber nur, weil sie groß sind, sind sie nicht automatisch richtig. Ich habe mich damals für deinen Vater entschieden, obwohl ich wusste, er tut uns nicht gut.«

Emily bemerkte, wie Chris seine rechte Hand zur Faust ballte. »Warum?«

»Manchmal ist es nicht so leicht, das Gewohnte loszulassen, selbst wenn es schmerzt. Als ich Ian geheiratet habe, wollten wir gemeinsam eine Familie aufbauen. Er war ja nicht immer so.«

»Cholerisch, Mom?«

Die Luft war elektrisch aufgeladen. Wie schwer musste es für Kate sein, ihrem Sohn zu gestehen, dass der Vater, den sie ihm zugemutet hatte, eine einzige Lüge war?

»Ich weiß, wie sehr du an Missy gehangen hast«, begann sie und streichelte wie in Trance über Chris' Arm. »Besonders als du noch ein kleiner Junge warst.«

Stocksteif und wortlos betrachtete Chris das Y auf seinem Unterarm.

»Sie war immer für dich da, wenn ich mal wieder versucht habe, meine Ehe zu retten.«

Er knirschte mit den Zähnen. »Vergeudete Zeit.«

»Missy wusste als Einzige von mir und diesem anderen Mann. Sie hat keine Ruhe gegeben, bis heute nicht.« Kates Stimme wirkte abwesend, so als versinke sie in einer fernen Erinnerung.

Chris' Gesicht glühte, und Emily konnte schwer einordnen, ob es die Neuigkeit seiner Mutter war, die sein Blut zum Kochen brachte, oder ob es nur die Sonne war, die sich durch die Fensterscheibe auf seine Haut brannte. Er wischte mit dem Handrücken über seine Stirn, als könne er damit alles eben Gehörte auslöschen.

»Ian ist nicht dein leiblicher Vater.«

Es war Emily nur so vorgekommen, als hätte Kate den Satz geschrien, dabei hatte sie ihn geflüstert. Die Wahrheit war offenbar auch so laut genug.

Chris schloss die Augen, während seine Kiefermuskeln sich anspannten. »Was? Sag das noch einmal.«

»Ian MacGowan ist nicht dein Vater«, wiederholte Kate. Chris ließ seinen Oberkörper gegen die Wandkacheln sinken, die mit ihren Zitronen und Sonnen gerade jetzt viel zu fröhlich wirkten. Sein gepresstes Lachen klang verletzt. »Hast du noch mehr idiotische Witze auf Lager?«

Nervös wühlte Kate in ihrer Schürzentasche herum. »Dein richtiger Vater lebt in San Francisco«, stammelte sie und zog aus dem Schürzenstoff die drei Briefe hervor, die nicht mehr in Emilys Kleiderschrank zu finden gewesen waren. Erschrocken drückte Emily eine Hand auf ihren Brustkorb, doch Kate nickte ihr nur beschwichtigend zu.

»Dein Dad hat mir die Briefe zurückgegeben, Emily. Ich weiß ja, dass du mit mir darüber reden wolltest. Jack hat sie beim Wäscheeinräumen in deinem Schrank gefunden, und da ich ihm im Tanztreff von meiner Schwester Melissa, die alle nur Missy nannten, erzählt hatte … Er hat wohl eins und eins zusammengezählt, als er ihren und Chris' Namen auf dem letzten Brief gelesen hat. Ich bin dir so unendlich dankbar, Emily.«

Emilys Augen suchten den Kontakt zu Chris, der jedoch weiterhin in sich gekehrt an der Wand lehnte. Die Briefe interessierten ihn anscheinend überhaupt nicht.

»Ich habe mich immer so anders gefühlt als Ian und Daniel«, sagte er. Ganz bewusst schien er seinen Bis-dato-Vater nur noch beim Vornamen zu nennen, so als wäre er jetzt schon ein Fremder. »Wer ist mein richtiger Vater?«

Es war, als könne man den zentnerschweren Stein hören,

der offenbar von Kates Herz fiel, weil ihr Sohn mehr wissen wollte, als sie gehofft hatte. Dennoch blieb Chris auf Abstand zu seiner Mutter an der Steinwand gelehnt stehen.

Emily betete, er würde nicht weglaufen oder ausrasten, wenn er erfuhr, wer sein leiblicher Vater wirklich war.

»Max Brown«, sagte Kate und der Name schien auf dem Küchenboden zu zerschellen wie ein wertvolles und sorgsam gehütetes Erbstück aus Porzellan. »Der Inhaber der Red River Winery ist dein Vater.« Chris' Augen schnellten zu Emily herüber, als Kate stockend weitersprach. »Er war vornehm, attraktiv und gebildet. Und er hatte Interesse an mir, obwohl ich nicht so wohlsituiert war wie er. Er kam aus einem ganz anderen Umfeld als Ian und ich. Es tut mir so leid, Chris. Ich konnte nicht einschätzen, wie Max reagieren würde, wie du reagieren würdest. Aber Max hat mich angerufen, er würde sich freuen, dich kennenzulernen.«

Zuerst legte Chris seine Stirn an die kühlen Kacheln, kurz darauf stieß er sich plötzlich mit den Händen von der Wand ab und lief nach draußen, so als müsse er sich übergeben. Emily eilte hinter ihm her, versuchte, ihn einzuholen, was unmöglich war. Erst an der Pferdekoppel blieb er stehen.

Wie lange war es her, dass sie hier miteinander diskutiert hatten? Es war am Tag nach dem unfassbaren Kuss im Vorratsraum gewesen. Emilys Herz schlug heftig in ihrer Brust, aber es war nicht mehr aus Glas, so wie am Anfang, als sie verwirrt und verbittert zurück nach Napa gekommen war. Im Gegenteil – es war stark, vielleicht sogar stärker als jemals zuvor. Emily wusste jetzt ganz genau, was sie wollte.

»Chris.« Sie fasste nach seinem Oberarm. Als er sich zu ihr umdrehte, erkannte sie die Tränen in seinen Augen.

»Ich habe alles verloren.«

»Du hast alles gewonnen«, verbesserte sie ihn sanft. »Max

Brown ist ein toller Mensch. Er hat mich nur engagiert, weil er dich unterstützen wollte. Er weiß seit Kurzem, dass du sein Sohn bist. Missy hat ihm geschrieben.«

»Sie ist tot!« Mit voller Wucht trat Chris gegen einen der Zaunpfeiler, weshalb der Weidezaun bedenklich wackelte. »Wie kann sie ihm dann, verdammt noch mal, schreiben?«

»Missy hat vor ihrem Tod einen Brief an Max aufgesetzt und arrangiert, dass er ihn knapp acht Jahre später durch einen Notar erhält«, sagte Emily. »Max wollte dir nur helfen … durch mich.«

»Ich will ihn kennenlernen.« Der durchtrainierte Kerl mit den vielen Tattoos öffnete seine Arme, seine Handflächen und wirkte dadurch beinahe angreifbar. »Missy hält selbst nach ihrem Tod noch die Fäden in der Hand. Es ist nicht zu fassen. Sie war schon immer anders als andere.«

»Wir auch«, setzte Emily hinzu und zum ersten Mal lächelte Chris wieder. »Max weiß, dass das Gut nicht deine wahre Leidenschaft ist.«

»Du liebst die Medizin, Chris.« Kate hatte den Weidezaun ebenfalls erreicht. Sie versuchte, sich ihrem Sohn zu nähern, seinen Arm zu berühren. Er zog ihn weg. »Du hättest deinen Berufswunsch nicht unterdrücken sollen.«

»Nachdem Missy von uns gegangen war, hast du ständig gesagt *Alle Mediziner sind inkompetent und haben keine Ahnung.*«

»Aber das hatte doch nichts mit dir zu tun! Ich hatte meine Schwester verloren und war enttäuscht vom Leben – vom Leben im Allgemeinen.«

»Missy hat mir im Krankenhaus versprochen, die Arbeit würde für etwas gut sein. Wenn ich fest zusage, dass ich diesen Drink *Big Business* groß herausbringe und das Gut rette, dann würde alles einen Sinn ergeben. Die Familie würde nie mehr finanzielle Schwierigkeiten haben. Allerdings wollte sie eigentlich, dass ich zuerst meinen Traum umsetze, mein Medizinstudium. Dazu kam es nicht: Du hast nach Missys Tod auf diesen ärztlichen Kunstfehler beharrt, Mom, und ich habe daraufhin entschieden, die Medizin sausen zu lassen. Ich wollte meine ganze Kraft in das Gut stecken.« Er deutete auf seine Brust, vermutlich um zu untermauern, dass es allein seine Entscheidung war. »Der Aufbau des Guts hat anfangs nicht so funktioniert, wie ich mir das vorgestellt hatte. Ich war nicht mit Herzblut bei der Sache, habe heimlich doch das Studium begonnen. Dieses wahnsinnige Doppelleben hat mich fast umgebracht. Aber vieles, was Missy gesagt hat, stimmt. Sie hat zum Beispiel immer behauptet, dass man alles erreichen kann, wenn man wirklich will. Sieh dir an, was wir aus dem Gut gemacht haben, was wir mit dem Getränk erreichen werden.« Er kramte einen Schlüsselbund aus der Tasche seiner Jeanshose und versuchte, einen der Schlüssel zu entfernen. Seine Finger zitterten zu sehr, genauso wie seine Stimme. Als es ihm schließlich gelang, reichte er Kate den Schlüssel mit dem aufgedruckten Zifferncode. »Das ist der Tresorschlüssel, den sie mir hinterlassen hat. In dem Tresor lag das Big-Business-Rezept. Für mich ist er irgendwie der Schlüssel zum Glück. Klingt pathetisch, ich weiß.«

Als Kate den Tresorschlüssel entgegennahm, füllten sich ihre Augen mit Tränen. Sie sah weder ihren Sohn noch Emily an. »Du hast dein Versprechen an sie erfüllt, Chris. Big Business wird ein Riesenhit. Du hast das Gut gerettet. Du hast alles getan«, flüsterte sie liebevoll.

»Ich werde eine Assistenzarztstelle antreten«, sagte er ebenso leise. »Am San Francisco Hospital.«

»Das ist großartig.« Kates Augen strahlten und ihr Mund

formte ein stolzes Lächeln. Sie wagte es sogar, vorzutreten und Chris kurz innig zu umarmen.

»Es ist nicht alles vergessen, Mom«, sagte der nur. »Es wird dauern.«

Sie nickte, trotzdem sah sie erleichtert aus, als sie sich umdrehte und zurück zum Gut ging, langsam, als trüge sie schwer an der Last ihrer Gedanken.

»Ich habe Michael eine Nachricht geschickt«, sagte Emily nun zögernd. »Mit einem Mann wie ihm kann und will ich nicht länger zusammen sein. Ich liebe ihn nicht.«

»Das heißt, du bleibst bei mir?« Hoffnung, Liebe, Zuversicht – das alles schwang in Chris' Stimme mit. Er zog sie mit einem schmerzerfüllten Stöhnen an sich und legte eine Hand an ihre Wange. »Ich halte es kaum ohne dich aus – du bist mein erster Gedanke am Morgen und mein letzter in der Nacht. Bleib bei mir, Emily Jones.«

Sein Kuss war so stark und zärtlich zugleich, dass sie dieses Gefühl fast von den Füßen riss. Nur ganz langsam machte sie sich von ihm los.

»Du hast einiges zu klären, und du solltest Max kennenlernen«, sagte sie. »Ich werde wiederkommen.«

»Ist das ein *Vielleicht*?«, fragte Chris und um seine Augen bildeten sich feine Fältchen.

»Nein.« Emily lehnte kurz die Stirn gegen seine Brust, dann trat sie einen Schritt zurück. »Es ist viel mehr als das – es ist ein Versprechen, Chris MacGowan.«

Epilog

Acht Jahre später | San Francisco | Kalifornien

Eine junge Frau in einem Hippiekleid mit John-Lennon-Sonnenbrille drängte sich mit einem geduldigen Lächeln an ihnen vorbei und bog in das kleine Café ab, in dessen Fensterfront ein weißes Peace-Zeichen klebte.

Tatsächlich war es ziemlich unhöflich, den Wagen auf dem halben Bürgersteig zu parken. Er sah Lucas streng an, der gerade kontrollierte, ob die Hupe noch funktionierte, indem er die ganze Straße zusammentrötete. Die Studentinnen und Studenten, die in dem gegenüberliegenden Park auf Picknickdecken lagen und die Abendsonne genossen, hoben irritiert die Köpfe, konzentrierten sich dann aber schnell wieder auf ihre Bücher.

Er mochte die Straßen des Stadtteils Haight-Ashbury, wo es ruhig und entspannt zuging. Eine Wohltat gegenüber den oft hektischen und anstrengenden Krankenhaus-Schichtdiensten. Mit den Fingerknöcheln klopfte er gegen die Fahrertür des roten Land Rovers. »Pass gut auf den Wagen auf, Lucas. Keine Kamikaze-Aktionen.«

»Du machst dir ernsthaft Sorgen um dein Auto?«, fragte Kim zweifelnd vom Beifahrersitz aus. »Lucas fährt eh nur maximal 80 km/h. Sieh du lieber zu, dass du in die Klinik kommst. Die Patienten warten auf dich.« Sie warf ihm eine Kusshand zu und schon brauste der Land Rover um die Ecke Cole Street, Haight Street davon.

Er hatte es gewusst: Kims Freund würde den Rover zu Schrott fahren. Andererseits, der Wagen war mittlerweile steinalt. Hier in San Francisco ließ sich alles mit öffentlichen

Verkehrsmitteln erreichen. Und seit Emily diese Familienkarosse besaß, die aussah wie ein übergroßer Schuhkarton, war es klar: Seinen geliebten Geländewagen benötigten sie nicht länger.

Auf das Black-Dragonfly-Gut fuhr er selten, er schaffte es zeitlich einfach nicht. Niemals hätte er zu träumen gewagt, die Verantwortung für den Betrieb eines Tages größtenteils abgeben zu können. Aber Max hatte ihn unterstützt und ihm einen hervorragenden Verwalter empfohlen. Überhaupt entpuppte Max Brown sich als riesengroße Hilfe. Das, obwohl die erste Begegnung mit seinem leiblichen Vater ziemlich seltsam gewesen war. Wenn er jetzt daran zurückdachte, musste er grinsen. Kate hatte sich natürlich vorher mehrfach bekreuzigt und sich dann den heißen Kaffee in den Schoß geschüttet. Letztendlich war die ganze Aufregung jedoch völlig umsonst gewesen. Max war aus tiefstem Herzen stolz, einen Sohn dazugewonnen zu haben. Außerdem schienen Kate und Max nicht gerade unglücklich darüber, dass ihre Verbindung wiederbelebt wurde. Immer häufiger gingen sie miteinander aus und hatten in Freundschaft wieder zueinandergefunden. Max wirkte fast ein bisschen erleichtert, das Geschäftsmännische ablegen und Zeit mit seiner neuen Familie verbringen zu können. Seine eigenen Töchter lebten nicht in Kalifornien, aber sie wussten von Chris' und Kates Existenz. Man hatte gegenseitig beteuert, sich irgendwann kennenzulernen. Ob das eines Tages wirklich der Fall sein würde, stand allerdings in den Sternen.

Er wartete immer noch auf dem Bürgersteig und schaute gedankenverloren die Straße hinunter, obwohl der Rover nicht mehr zu sehen war.

Glücklicherweise war es Emily nicht schwergefallen, sich

in San Francisco einzuleben. Dennoch fuhr sie in jeder freien Minute nach Napa, und es war wohl nur eine Frage der Zeit, bis sie gemeinsam dorthin ziehen würden – sobald sein Dienstplan im Krankenhaus diese Flexibilität zuließ. Seine Emily war eben kein Großstadt-Mädchen. Er lächelte.

»Hey, was hast du heute noch vor?« Emily schob sich an seine Seite und drückte ihm einen Kuss auf den Hals. Ihre langen dunklen Haare kitzelten auf seiner Haut.

»Kommt drauf an, was meine Frau vorhat.« Er legte ihr die Arme um die Hüften und sah in die Rehaugen, in die er sich schon als Jugendlicher verliebt hatte. Ihre Augenfarbe hatte etwas völlig Unschuldiges, aber ihr herausfordernder Blick nahm ihn vollkommen ein. Er könnte stundenlang hineinsehen.

»Ich mag es, wenn du mich *deine Frau* nennst«, neckte sie ihn und strich dabei über seine Hand. »Das Y auf deinem Arm ist viel deutlicher. Kann das sein?«

»Ich habe es nachstechen lassen. Tattoos sind schließlich für die Ewigkeit. So wie wir beide.«

Ein feines Lächeln zog über ihr Gesicht und sie schmiegte sich enger an ihn. Er spürte, wie sie sich in seinen Armen entspannte. »Alles im Leben hat einen Sinn«, sagte er.

»Vielleicht nicht alles«, korrigierte sie ihn.

»Das mit uns auf jeden Fall.« Zärtlich hob er ihr Kinn an und küsste sie auf den Mund. Für kein Geld der Welt würde er jemals dieses Gefühl wieder hergeben. Er würde sie beschützen, für sie da sein.

Für immer.

Rezept: Big Business

Das Sommergetränk für zu Hause.

Du brauchst:

Eine Flasche (Black-Dragonfly-)Rotwein, trocken
125 g Himbeeren
200 g Erdbeeren
½ Wassermelone
Cranberry-Sirup
600 ml Orangensaft
200 ml Bitter Lemon
300 ml Sprudelwasser

Frische Minze
1 Limette
Eiswürfel/Crushed Ice

Himbeeren und Erdbeeren halbieren/vierteln, Melone in kleine Würfel schneiden. Die Früchte ungefähr drei Stunden in einer Rotwein-Orangensaft-Mischung im Kühlschrank ziehen lassen.

Parallel dazu den restlichen Rotwein in einen Dekanter geben und den Wein bei Zimmertemperatur drei Stunden atmen lassen.

Anschließend die beschwipsten Früchte in ein großes Gefäß geben. Mit dem Rotwein, eiskaltem Bitter Lemon, Sprudelwasser und Orangensaft aufschütten. Zum Schluss einen Spritzer Cranberry-Sirup hinzufügen.

Die Wein-Frucht-Mischung in Longdrink-Gläser verteilen. Eiswürfel oder Crushed Ice hinzugeben und mit frischer Minze und Limette garnieren.

Die Früchte dürfen gegessen werden.

Eiskalt und unbeschwert genießen.
Salute!

Danksagung

In einer Zeit, in der man fast alles mit lustigen Smiley-Bildchen ausdrücken kann, könnte ich an diese Stelle auch rosa Blümchen, tiefrote Herzen und jede Menge küssende Smiley-Gesichter setzen.

Tiefrote Herzen gehen in erster Linie natürlich an alle Leser/innen dieses Buchs und meines Romans »Sommer ins Glück«. Ohne Euch wäre meine Schreibreise gar nicht möglich, und ich hoffe, wir werden zusammen noch viel erleben.

In den letzten beiden Jahren, in denen ich Bücher geschrieben habe, habe ich unfassbar viele tolle Menschen kennengelernt. Ich kann mir ein Leben ohne Euch (und meine Familie … und Schokolade) gar nicht mehr vorstellen. Als Autor/in lebt man ja immer irgendwie am Limit – deshalb bin ich unendlich glücklich und dankbar, Herzensmenschen an meiner Seite zu haben, die mich kennen, begleiten und bedingungslos unterstützen.

Ein Dankeschön mit einer Million Herzchen geht allen voran an meine brillante Lektorin, Freundin und Herzensmensch Claudia Winter, die mir gezeigt hat, dass Aufgeben keine Option ist. Sie ist für mich die Königin der schönen Sprache, unfassbar schnell, wortgewandt, und sie hat für jedes Problem eine Lösung. Ihre Bücher findet ihr im Goldmann Verlag.

Ein riesiges Danke mit vielen Blümchen, Sanddollar und Libellen geht an die wunderbare Claudia Toman (Traumstoff Buchdesign), die – ohne viele Worte zu verlieren – mal wieder exakt das gezaubert hat, was ich mir vorgestellt habe. Ich liebe, liebe, liebe dieses Cover!

Ein großes Danke mit rosaroten Blümchen auch an die liebe Sybille Weingrill, mein persönlicher Master of Rechtschreibung/Grammatik und an den schnellen Stefan Stern, Master of Satz – ohne die ich niemals auskommen könnte. Besonders danke ich Euch speziell bei diesem Buch für Eure spontane Flexibilität und hohe Einsatzbereitschaft.

Unendlich viele küssende Smileys verdienen auch die Testleser der ersten Stunde, die sich den Rohentwurf des Werks zu Gemüte geführt haben und die wertvolle Anmerkungen für mich hatten:

Danke an meine »für immer« beste Freundin Christina Stephani, die ich schon seit der Kindergartenzeit kenne. Sie findet jedes noch so kleine Detail in diesem Roman, das zu mir und/oder meiner persönlichen Vergangenheit gehört. Es ist ein ganz besonderes Gefühl, dass du da bist! Immer, überall. Danke!

Danke auch an meine liebste Freundin Silvia Müller, die mir mit ihren sehr coolen Anmerkungen nicht nur geholfen, sondern mich auch oft zum Lachen gebracht hat. Ich freue mich riesig, dass uns die Kinder zusammengeführt haben!

Den Testlesern der zweiten Stunde danke ich für ihr Adlerauge, ihre Schnelligkeit und ihre Meinung: meiner süßen Jil, die ich auf meiner ersten Buchmesse kennenlernen durfte und nicht mehr missen möchte, und meiner lieben Beate, die sich trotz vieler Termine durch die Menschenmassen der FBM 2016 zu unserer Glücksmomente-Lesung gekämpft hat.

Ein großes Danke an meine enge Autorenfreundin und Herzensmensch Silvia Konnerth für ihre Tipps, ihr immer offenes Ohr und den regen Austausch seit mittlerweile über zwei Jahren. So wunderschön, dass wir uns gefunden haben. Auf viele, viele weitere Jahre!

Danke an alle für Eure Mühe, Hilfe, Liebe, Unterstützung und überhaupt … für Euch!

Ich danke meiner gesamten Familie dafür, dass sie da ist. Ihr seid die Allerbesten! Ganz besonders danke ich meinem Mann, weil er mich insbesondere in den wilden und oft chaotischen Schaffensphasen unterstützt. Und natürlich danke ich meinen Kindern für ihre Geduld, wenn Mama mal wieder im hausinternen Büro verschwunden ist. Ganz besonders möchte ich mich in Bezug auf dieses Buch auch bei meiner eigenen Mama bedanken, die ebenfalls Testleserin der ersten Stunde war und hilfreiche Tipps geliefert hat. Bei meiner Tochter bedanke ich mich mit 1000 Küsschen dafür, dass sie mir geholfen hat, dieses zauberhafte Cover auszuwählen.

Ihr seht, die Liste der Menschen, denen ich dankbar bin, ist ziemlich lang, und vermutlich habe ich den ein oder anderen vergessen. Aber jede/r, der in den letzten Monaten mit mir zu tun hatte, hat etwas mit der Entstehung dieses Buchs zu tun.

Denn: Zufälle gibt es nicht und alles hat einen Sinn!

DANKE!

Eure Katie

Weitere Werke der Autorin

Sommer ins Glück

Was tust du, wenn 504 Stunden zur größten Herausforderung deines Lebens werden?

An das Glück glaubt Annie Clark nicht. Schließlich hat sie gerade ihren Job verloren. Außerdem muss sie dringend 49.904 Dollar und 12 Cent auftreiben, um zu verhindern, dass ihre exzentrische Mutter und ihr autistischer Bruder auf der Straße landen. Für so etwas wie die Liebe hat sie wirklich keine Zeit. Doch dann trifft sie den smarten Jonathan Holden mit den unwiderstehlichen lichtblauen Augen. Er unterbreitet ihr ein unverschämtes Angebot, das sie direkt in die Welt der Reichen und Schönen bringt – für genau 504 Stunden. Ehe Annie sichs versieht, steht sie vor der größten Herausforderung ihres Lebens.

Ein luftig-leichter Wohlfühlroman unter der Sonne Kaliforniens, die auch für diejenigen scheint, die erst noch lernen, an das Glück der Liebe zu glauben.

Für alle mit einer Vorliebe für Romantik und Gefühl, Amerika und Italien!

Jetzt bei Amazon (http://amzn.to/2u0ANvu) ansehen.

Lesermeinungen:

»Es gibt Lebensgeschichten, die laufen so ab: arbeiten - heimgehen, Familie mit 2 Kindern, alles in Butter. Und es gibt Geschichten, die einen bewegen, die einen spüren lassen, das Familie nicht da aufhört, wo das eigene Leben beginnt, sondern mit jedem Tag wächst. An seinen Erfolgen, Aufgaben und auch an traurigen Ereignissen. Sommer ins Glück ist herrlich erfrischend geschrieben, leicht & trotzdem tiefsinnig. Für mich ein faszinierendes Debüt mit einer Prise Leben, Glück und vielen Emotionen. Liebe Leser - berechnet Eure Lesezeit bitte ab genau hier neu. Absolute Leseempfehlung, nicht nur für den Sommer!«
(Kasas Buchfinder)

»Es fesselt mich. Ich kann kaum aufhören zu lesen.«
(Leserin)

»Auch, wenn ich nicht so oft in diesem Genre zu Besuch bin, bin ich von »Sommer ins Glück« einfach nur begeistert und man erhält was die Autorin im Klappentext verspricht. Ein Roman mit Herz und Gefühl, den ich sehr gerne weiterempfehle.«
(Kleine Bücherinsel)

»Manchmal zum Schmunzeln, und manchmal kamen ein paar Tränen. Eine sehr gefühlvoll und sehr bewegend geschriebene Liebesgeschichte.«
(Leserin)

»Mein Buch des Sommers! Durch und durch.«
(Jilys Blog)

9521097R00171

Printed in Germany
by Amazon Distribution
GmbH, Leipzig